行
李
TravellingWith

沿路行走，直到自己变成道路。

行李
TravellingWith
02

荒野志

黄菊——主编

人民文学出版社
PEOPLE'S LITERATURE PUBLISHING HOUSE

序
有一管时光之笛

一天和德国人老阿聊起西伯利亚平原，他建议我去看看。其实心里一直有那个"穿越西伯利亚火车"的想象，还真挺有兴趣。

人活在环境里，以所处的环境作为参照，所有的关系、自我认知，都是环境的镜像。漫长的自我塑造里，人被拗出一个"自我"，是适者生存的那个自我。出门旅行的意义，就在于参照系的改变。环境改变了，原本那个社会性的自我似乎可以被清零。朋友说，旅行会重新定义自我，但我觉得更大的意义在于自我的消失。这世界上有太多的风景，这个消费时代也教会了"生活方式""旅游认识世界"这些稀释人生的见鬼概念。我颇赞同赫尔佐格对于行走的态度，以及他"旅游是罪孽，旅行是美德"的"歪理邪说"，身体是丈量世界的好媒介，但身体不仅要在场，还需要确实到达。时间带来见识，见识多了，感官也会疲软。

长久的对于自然的疏离和想象一直伴随着我的时间，出门旅行，人文景观固然充满魅力，但自然本身已经是人最重要的功课了。在一种身份里待得太久，困境不断，时不常地，会想念山川旷野。面对一片舒展绵延、经年沉默的风景，其实可以用"单调乏味"来形容，它的单调在于，以人为参照的时间尺度消失，而诞生了一种覆盖一切的隽永力量，包括自我。那些纠缠不休、困惑已久的命题，都随着语境的变化而烟消云散，不再沉重，令自我回归到尘土一般的存在。真遇到那样的地方，你会马上认出，而情感沸腾，却陷入失语，体验接近圣灵附体。

十几岁正值青春期的时候，在中央美院附中读书，有课程美其名曰"下乡实习"。需要自己打点背包，装上被褥、脸盆、衣物、画具等，最外面一层是块塑料布，打包时保护行李，落脚后铺在床上，防水防虫。最帅的是用军用背包带扎好，做一付双肩背的背带，就上路了。那种生活确实给了我不可磨灭的烙印，除了去看一些古代的绘画雕塑，下乡实习的主要内容是到农村写生。年轻时一切都过剩，体力过剩，情感过剩，在山里走路最消耗，也最释放，记忆中有几次漫无目的的行走，都发生在青春期的那段时间。说漫无目的，还是会有个方向，但感觉可以一直这样走下去，在身体透支之后，依然可以用一种奇特的节奏继续走，精神好像自肉身出离了，脑子里不断冒出各种幻象和语句，但不在全然的意识之内。在那种极限状态下，美，而且好。由此我爱上走路，爱上爬山，爱上山。

在尼泊尔爬山的时候，弄坏了膝盖。尼泊尔地处珠穆朗玛峰的南坡，很奇特的是，在极为狭窄的、最为倾斜的空间里，有从平原到世界屋脊的各种地貌。从最南端向北望去，可以清楚看到这个国家从平原、丘陵，逐渐上升到小山、雪山的整个阶梯状面貌，也有很多条徒步和登山的经典路线。

我选择在博卡拉去爬一个 Hill。我对挑战最高峰不是很有向往，但雪山近在眼前的壮美确实吸引了我，跟了一个向导上山。当地的夏尔巴人天生是爬山的高手，我在女性里不算怂的，但爬着爬着，我的背包就在他身上了，他要不断地停下来等我。第二天晚上，已经到了 Hill 脚下，因为寒冷，数码相机已经不工作了。住的旅馆叫"Moonlight"，我的床贴着窗户，半夜像是被照醒，才知道旅馆为什么叫这个名字，抬眼就看到巨大的月亮在头顶，我也才发现自己确实到达了一个比较高的位置,曾经经过的村落,都在我下方的山谷里,月光把人间照得清澈,四处都是雪了!

凌晨四点开始爬山,为了赶一场可以预期的节目:看日出。和白天一路游客的情形不同,几乎不见人影。向导依然在我十米开外,我只能听见自己的脚步声,高原干燥,虽然是雪,踩在脚下"咯吱咯吱"地响,这是世界上全部的声音。一旦停下脚步,就是一片寂静,只有眼睛有事可做。月光还是亮得晃眼,我意识到是因为周围全部都是雪,成了夜空里巨大的反射墙,天上还布满星辰,我眼睛看看天,一闪一闪,看看地,一闪一闪。这一切如果拍下来,不过是一幅恶俗的圣诞卡片,但当时的情境,像是被锁定在绚烂璀璨的梦境里。我走走停停,眼泪不自觉就流下来。

许多事情没有同在,其实很难和人分享,即便同在,也不一定可以同感。我们描述的能力非常有限,语言有时只是制造了很多障碍。我能想起来,在路上很多个无法言表的时刻,一部分是可以描述,一部分是在语言之外,有的至今未知,还没有向我显现出表象之下的意义。那些令人感动、触动的时刻,就留在记忆里,闪闪发光。那些事物仿佛注定在你生命里,以不同的面目显现在我们眼前,仿佛也构成了我生命里无比重要的刻痕。而我也在想,这些东西对于每个人的特殊意义到底在哪里?为什么它们会穿越日常,启示性地刻在心里,从不曾褪色?

接到黄菊邀约的时候,正好在印度,又是另外的尺度。印度是个让中国人都会觉得密度太高的地方,各种声音分贝都高,那种混沌状的多样性,无法被现代性消化,身处人间城郭,却也有荒野之感,因为那样的凶险已经很陌生了。在印度,我始终会模糊、但顽固地感知到一个词汇,如同在静穆的自然面前感知到的那样：生命感。生命在生息之间，没有个体特别凸显出来，万物喧嚣，在同一韵律里呼吸。

　　认识黄菊十年有余，也是她在微博时代坚持了多年的博客的忠实读者。对她惊人的工作耐受力印象深刻，同样印象深刻的是她惊人的感知力。不管以前做杂志，还是现在做"行李"，她都是个敏感的发现者和美好的倾听者。这本书里的人不管干了多惊天动地的事，都是普通人，只是他们选择了一件特别的、身体极限的事做，经验让他们对世界去除了很多自以为是的附会和偏见，非常动人，我看到的不是猎奇，而是人心的朴素。

　　时代是大步流星的，与时俱进成了现代人的刚需，由于大脑过于发达而成了空心，人那点困惑永远在，我们失去的技巧可能是生命最基本的情感技巧。在技术可以解决一切的时代，黄菊说做这本集子"最关注的还是人，探索人，探索自己，只是借此观察的场景，在荒野而已"，我们爱谈生活方式，爱谈跨界、新价值，还有最时髦的人工智能，其实人还在的时代，我们的真切命题依旧还是关于人，而且是最朴素的人性。解决了这些问题，"时间"才不会是"时代"的同义词。

向京
2018年5月于北京

目 录

序　　有一管时光之笛　向京　/ 1

蒂姆·寇普　重走成吉思汗之路　/ 4

老独　雅鲁藏布独行记　/ 16

寒山　沿路行走，直到自己变成道路　/ 36

乔阳　白马雪山与绿绒蒿之恋　/ 60

奚志农　云上的家庭　/ 82

张瑜　我爱刺猬、绿头鸭，还在床上养了40只螳螂　/ 100

李国平　看山只看极高山　/ 120

罗静　纵使世界忘记我，山会记得我　/ 140

张亮　扁带人生　/ 158

爵士冰　探险是为了明白回家的路有多美　/ 174

程远　为了对抗孤独，我跑了十年　/ 208

张诺娅　如果这条路是安逸的、安全的，我宁愿停止旅程
　　　　——太平洋山脊小径徒步　／ 228

　　孤身徒步 3500 公里
　　　　——阿帕拉契亚小径徒步　／ 246

　　如果你不关心那里，登顶 N 次又如何？
　　　　——尼泊尔 8000 米雪山区域徒步　／ 268

　　走到极致，每一刻都是彼岸
　　　　——大陆分水岭小径徒步　／ 288

后记　／ 311

荒野志

蒂姆·寇普
Tim Cope

澳洲人蒂姆·寇普慢慢长成了一个旅人应有的样子：
头发凌乱，衣服脏兮兮的，充满生命力和野性的自由。
从蒙古国到匈牙利，行程 10000 公里，
他带着几匹马和一只狗，在没有道路、没有围栏、
不用计算时间的旷野里，整整走了一年多。
远离城市的旷野才是他梦境所在之地。
[摄影 / 蒂姆·寇普]

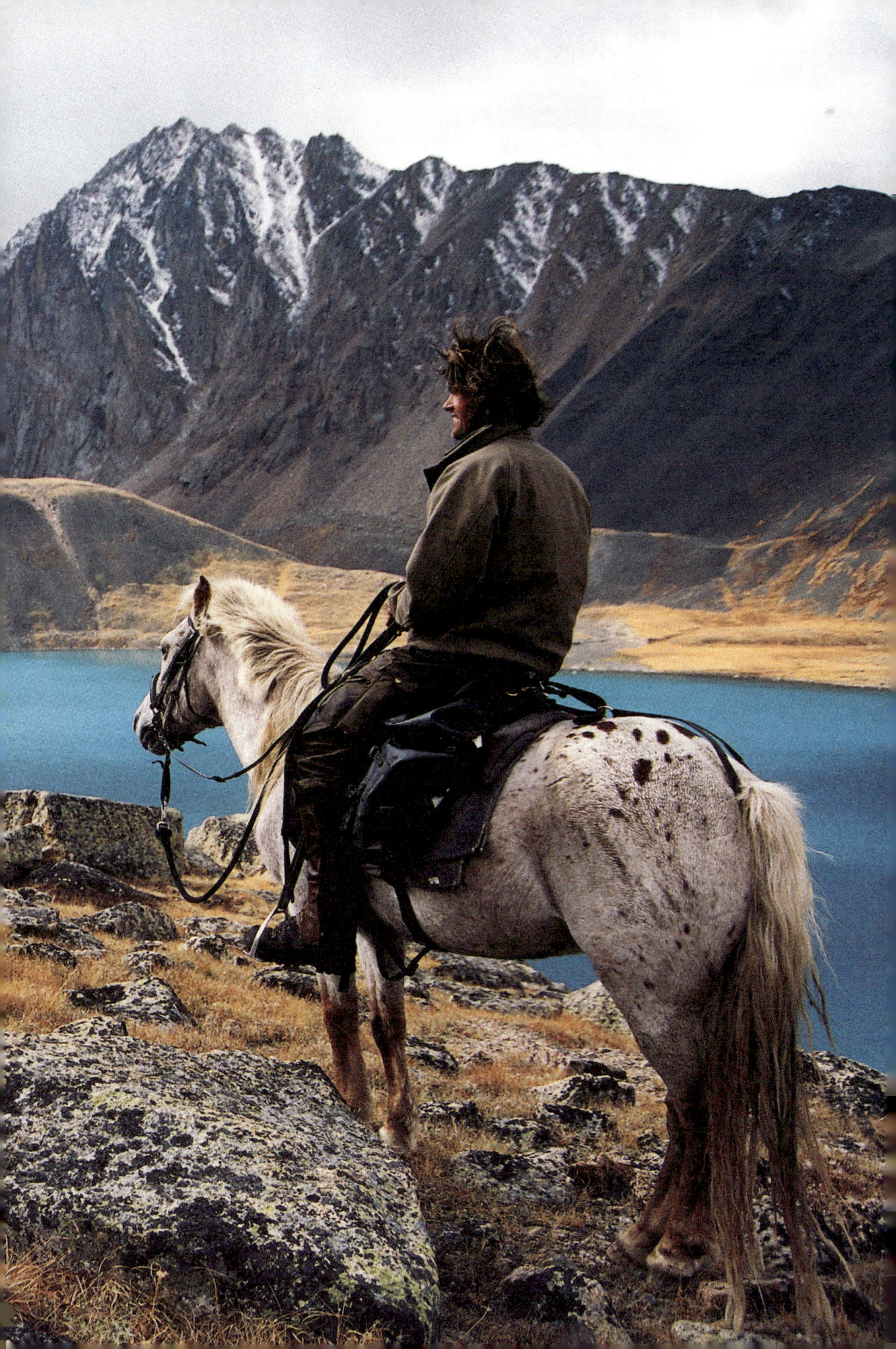

蒂姆·寇普　重走成吉思汗之路

　　2014年，我在号称"户外奥斯卡"的班夫山地电影节上看到纪录片《追寻成吉思汗之路》：不会骑马的澳大利亚青年蒂姆·寇普(Tim Cope)，和他的五匹马、一只狗一起，沿着成吉思汗曾经走过的足迹，用三年时间，在旷野里走完了10000公里……我深感震撼，久久不能平静，好像旷野就在咫尺之外召唤我。一年后，他来到我所在的城市演讲，于是有了这次对话。

[笑飞　2015年春天采访]

1.

行李 在追寻成吉思汗之路之前,听说你还做了几次长途旅行?

蒂姆·寇普 1999年,我20岁时,进行了第一次长途旅行。那次我和朋友克里斯(Chris Hatherly)一起,从圣彼得堡骑车到北京,10000公里,路上穿过整个俄罗斯和蒙古。我们花了14个月,一直骑到2000年才结束。

行李 为什么选择这条路线?

蒂姆·寇普 在学校的时候,我对俄罗斯一点概念都没有,对中国也是。看地图时,发现俄罗斯是世界上最大的国家,但我对它一无所知,所以我很想知道,这片土地上生活着什么样的人?地形和风景如何?诸如此类。

　　第二次长途旅行时,我还是选择了俄罗斯。这次一共三人,从西伯利亚出发,划一条木船,沿叶尼塞河而下。因为要在北冰洋冻结之前抵达终点,基本上是每周7天,每天24小时,一直在小船上划啊划啊,划了5个月。

行李 为什么选择这条河?

蒂姆·寇普 我被这条河迷住了,它从西伯利亚南边发源,一路向北,最后汇入北冰洋,是俄罗斯水量最大的河,也是西西伯利亚平原和中西伯利亚高原的分界线。沿途地貌从森林、苔原变化到极地,我想看看它们变化的过程,还想了解在这里生活的人们,那一带有很多少数民族。它就像一条神奇的通道,带着你穿过那些美丽的景色。即将到达终点的时候,河面足足有60公里宽!

行李 然后就开始了成吉思汗之路?

蒂姆·寇普 是,这是我第三次长途旅行,沿着成吉思汗走过的足迹,从蒙古骑马走到匈牙利。我从小的梦想就是有一天可以探索一个没有围栏、不用考虑星期几和几点钟的地方，而且我对成吉思汗很感兴趣，他是马背上的帝王，建立了那样庞大的帝国，作为所谓的"野蛮人"，怎么能做到这样？我对沿途的文化、民族都很感兴趣。

  在澳大利亚的时候，有一天妈妈走到我的房间来，和我开玩笑，问我想干什么，我说我想从蒙古国的首都骑马到匈牙利。我妈简直要晕倒了，她的惊讶也有道理，因为我不会骑马，甚至对马还有点阴影，因为我7岁的时候曾经在骑马时摔下来，摔断了胳膊，不得不送往医院。不过我心意已决，我想知道哈萨克斯坦、巴基斯坦这些地方是什么样的，还有蒙古马，这些马据说是成吉思汗时代的蒙古马的后代。这些地方还有一个共同点：它们都深受苏联影响。

行李 你是通过历史资料来确定路线，还是只确定起点和终点，中间随心所欲地走？

蒂姆·寇普 我在出发前做了很多功课，查了很多资料。不过到每个地方时，我发现我得把那些计划扔在一边，一边走一边重新学习。我出发时还不会骑马，所以得从头开始学习骑马。上路的第一天，我不敢骑马，马也不敢让我骑，所以我们一起走了一整天。我还得学习在冬天、夏天如何在野外生活。冬天最冷的时候有零下52度。我有一双高到膝盖的靴子，还有件非常保暖的羽绒服，但我的睡袋只适用于零下30度，不过我和我的狗蒂贡（Tigon）睡在一个睡袋里，它帮助我保持睡袋里的温暖。马就待在外面，它们无所谓。

行李 一天里都是怎么安排日程的？

蒂姆·寇普 如果在冬天，早晨天还黑着我就得爬起来。天冷得很，我得把所有衣服都穿上。然后出帐篷，喂马，给它们梳毛、清理，把毯子盖上。再给我和蒂贡弄点热食，它常常偷吃我的食物。太阳出来后，我就开始出发。在日落之前能骑多远就骑多远，一般来说是每天 15 公里左右，幸运的话，能达到 20 公里。白天我几乎不能停下来吃午餐，就是一直走啊走啊。夏天就正好相反，因为白天太热，我得晚上赶路，夜里虽然没有太阳，但大部分时候有月亮和星光，很美，而且我有手电筒，走一段时间后，眼睛会适应黑暗。

行李　到处一片荒野，怎么找路？

蒂姆·寇普　如果附近有人，我就问路，不过总的来说，我得靠指南针。朋友跟我开玩笑说，如果你走着走着，听到遇到的人都在说法语了，就说明你走过头了。我需要找有水草的地方露营，因为马每天都要喝水吃草。但在地图上，你没法看出哪里有水，哪里有草。我也会在行李里给马带点麦子、燕麦和玉米这样的粮食，也就 15 公斤，只够吃 5 天。

行李　为什么要选择骑马？

蒂姆·寇普　因为马是进入哈萨克斯坦、巴基斯坦这些国家的偏僻地方的唯一工具。在我骑完自行车，也就是从圣彼得堡到北京的 10000 公里后，我发现自己不喜欢在现成的路上行走。我很喜欢骑马到处走的感觉，它可以带着我走到地图上没有标注的小地方。那里的一切都是野生而自然的，没有围栏，没有周一到周五和每天 24 小时的规定，我可以摆脱从小到大社会规范给我的各种限制。

行李　路上遇到的人怎样？

蒂姆·寇普　这里的人可能没多少钱，但他们慷慨大方。我骑车那趟旅行，在西伯利亚遇到一个人，他开着卡车，遇见我们时，从车上下来邀请我们一起喝伏特加。我说不了，喝完 5 杯我就没法骑车再走 8 公里了。他很生气，说，难道你觉得我喝了 5 杯伏特加后开车就容易吗？这就是这里人的性格，他们乐于分享，也很容易把别人当作朋友，尤其是想想当时俄罗斯人的生活状况，就觉得这更不容易。

秋天的荒原上,
草、马、蒂姆·寇普,
全都金灿灿的,
他已经与周遭环境完全融合,
已经成为所有地方的所有人。

[摄影 / 蒂姆·寇普]

哈萨克斯坦有句俗语，大意是，如果你在这里遇到一个人，你就是他的朋友；如果遇到第二次，你们就是亲人；如果遇到三次，你就可以在他家住一辈子。我一路上至少在 90 个人的家里住过，在这里多了各种各样的亲人。

我在蒙古遇到过一个人，他卖给我一匹马，在他眼里，我就是个天真的澳大利亚年轻人，异想天开想在这儿旅行，但是什么都不懂。他陪我走了最开始的一段路，告诉我：你需要一个人陪伴你，给你指路，晚上帮你取暖，给你吓走狼，保护你的马。后来他把蒂贡送给我，蒂贡是一只狗。当时它只有 6 个月大，我没想到它能一直坚持下来，也没想到后来是蒂贡待在帐篷里，指望着我替它把狼吓走——我用牧人教我的方法，睡觉前点几个鞭炮，从帐篷里扔出去，据说这样能把狼吓走。不过蒂贡帮助我保持精神十足，如果没有它，我可能没法走完这段旅程。

行李　在荒野中，对你最重要的东西是什么？

蒂姆·寇普　那些在城市里重要的东西，护照啊，证件啊，一点价值也没有，没人会偷。马、狗、火炉，更有价值。我常常要小心半夜有人来偷我的马，后来人们建议我在马身上挂一个脖铃，这样，它们被偷走的时候我就能听到。事实上，马总是被偷的经历给我上了一课——如果有人想偷你的马，你应该把这个当作一种赞美，说明你的马有价值，值得一偷。如果你的马真的被别人偷走了，那说明他比你更在乎这匹马，他会比你照顾得更好。我很感激这种新学到的逻辑，哈萨克斯坦甚至有一种习俗，如果你的马被别人偷了，你也有权利把它偷回来。有一天，我在哈萨克斯坦很偏僻的山野里赶路，有人过来警告我说，晚上村里有人要来偷我的马。他所言不虚，晚上就是他来偷我的马。

行李　听起来真是动人呀，真正朴拙的人类！我在纪录片里看到，旅程结束时，你感到很失落，好像不知道该去向何方？

蒂姆·寇普　是的,我很高兴走完了全程,但是要跟我的马、我的狗说再见,这让我感觉很难过。我有两匹很棒的马,一匹叫奥格约,是我在哈萨克斯坦买的,它是一匹很强壮的红马,5岁了,不过也很神经质,有时候听见自己放屁都会吓得乱跑。另一匹叫塔斯克尼尔,深棕色,12岁了,它很有经验,总是管教其他的马,如果它们乱跑,它会把它们追回来。旅行结束的时候,它们都成了我的好朋友。即使在夜里,光闻味道我也能把它们分辨开来。我的马就是我的家人,离开它们真是让人很难过,好像我的生命停止了,或者生命中最好的东西被夺走了一样。每次旅行结束都会有这样的感觉,但这次最强烈。不过现在我的狗在澳大利亚,和我一起住,我们也经常一起旅行。

2.

行李　听说你后来每年都带一个学校旅行团走这条线?

蒂姆·寇普　是的,有一次在蒙古西边,我们和一队当地人一起翻越一座很高的山。我忽然感觉好像整个现代社会都消逝了,我们所在的地方,没有汽车能够抵达,只能靠骑骆驼翻山越岭。看着他们这样随意地对待这样严酷的路途——他们还带着个小婴儿放在骆驼背上——真是令我感到敬畏。比起我们,这些人给予他们的牲畜和亲人更多的信任。在我生活的社会,人们和自然太脱节了,我想看到那些澳大利亚大城市的孩子离开城市来到蒙古,骑到马背上,看他们在自然环境中变得自由。

行李　你自己有被旅途改变什么吗?

蒂姆·寇普　我曾在旅途上听到一句话:"If you want to rush in life, rush slowly." 这句话对我触动很大,我理解到我必须对旅途充满耐心,让旅途本身来决定在哪个地方花多少时间。现代社会里,我们都喜欢快节奏，比如用手机，马上就能联系上别人。但在那里，并不是你想有什么就能有什么，也不是随时都有选择的机会。在路上，不得不顺其自然。

在走成吉思汗之路时，圣诞节前一天，有匹马的脚出了问题，几乎走不了路，我必须到附近的镇子住。我投宿的一户人家里有两个标准的俄罗斯酒鬼，他们因为酗酒丢掉了货车运输执照，其中一个半夜把我弄醒，说："你哪天一定得见见我老婆，她简直是世界上最诚实的女人了。她有一天在厨房里用菜刀杀了一个人，然后自己打电话向警察局报案。"我本来只想在那儿停留一天，但停留了三个月，因为我生病了，蒂贡也被人偷了，煤气炉子坏了，一直没法出发。帮我去找蒂贡的朋友，因为外出帮我寻找，结果他留在家里的狗被人偷了。不过最后蒂贡找回来了，虽然状态不太好，需要休息一段时间……这些都是我完全没想到的变化，从这时起，我发现我必须学会接受变数，我不能随意决定我的旅途的样子。有趣的是，后来我走上一片草原，那里的路很陡峭，加上有雪，很危险，如果马在这里滑倒，将会是一场灾难，但是我们顺利通过了。我相信是一路上的旅程给了我各种考验，让我准备好走这段艰难的路。

行李　路上一直一个人，没有向导？

蒂姆·寇普　是的，我还必须自己摄像，我的摄像机有 20 秒的准备时间，我把它设置好后，得马上爬到马背上去拍照，所以我拍下了很多诸如我没爬上马背，而是跟在马后面追，或者是我一条腿跨在马上、一条腿还没跨上去的奇奇怪怪的照片。

行李　你在开始旅行时就已经想好了要拍纪录片吗？

蒂姆·寇普　是，还会写书，写书和拍纪录片都是我的梦想。我 14 岁的时候就开始想写书，16 岁的时候开始想拍电影。从圣彼得堡骑车到北京时，我的梦想就是把这一路记录下来，但我们没什么经验，虽然带了摄像机，不过那个摄像机很便宜，摄像质量不是很好。后来回澳大利亚，我找到一位制片人，我们一起把脚本剪辑成影片，结果简直出乎我意料：澳大利亚电视台竟然肯买我们的片子。这是我拍纪录片的开始。

3.

行李 聊聊你的童年吧？

蒂姆·寇普 我生活在小农场里，每年夏天会住在海边，非常"野"的那种海。我喜欢冲浪、在海边散步，附近有一个国家公园，我们会去那里徒步。家附近还有一座山，冬天山上有雪，我们可以去滑雪。在学校读书时，有个人来我们这里做讲座，他叫蒂姆·麦卡特尼-斯奈普（Tim Macartney-Snape），是澳大利亚第一个登上珠穆朗玛峰的人。我现在还和他有联系，他说过一句话："你在大山里的时候，才觉得自己真正活着。"我发现我喜欢山，但不喜欢攀登，我更喜欢旷野。对我来说，旅行的很大意义是了解人、文化和社会。

我父亲是教野外生存的教师，他对我影响很大。事实上，我在进行成吉思汗之旅的最后一个冬天，有一天我的手机上收到一条短信，是从澳大利亚发来的。我打开看，得知父亲因为车祸去世，我的整个人生都好像停止了。我留下我的马、我的狗，赶回家去。当时我的弟弟在智利，妹妹在中国，另外一个兄弟在别的什么地方，我们都赶快飞了回去，全家人都手足无措。在澳大利亚待了四五个月后，我已经想念我的马了，不管怎样，我还是回去完成了我的旅程。

行李 接下来想做什么？

蒂姆·寇普 写更多的书、开始更多的旅行，我正在计划第四次长途旅行：追寻吉卜赛人的迁徙路径，会经过巴基斯坦、阿富汗、伊朗、土耳其、东欧、西班牙……可能还会骑马，说不定还会用马车。在开始这趟旅行之前，我会做一本关于旅行的图画书，给4～6岁的孩子们看，是关于蒂贡的。我希望能够帮助那些仍然坚持以传统方式生活的人，我年轻的时候，对哈萨克斯坦、蒙古这些国家的人们是怎样生活的毫无了解，我想让人们了解这种与我们非常不同的生活方式。他们拥有的东西很少，只有他们的马能够驮动的那么多，他们随着四季变换而迁徙，更依赖身边的环境和动物。我们需要时刻提醒自己：作为人类，我们只是很大很大的地球上的很小一部分。

老独

没有同行者，没有圈子，
甚至不知道自己在"旅行"，
老独就这样在荒野晃荡多年。
用科学家的方式自制户外装备，
用三角函数理论推算方位，
用简易的指南针寻找长江源头。
以人类学家的视角观察所到之处的聚落……
早年很多珍贵照片或者找不到，
或者精度不够，
我们只在城里一家健身房里拍下这张照片。
好在对老独而言，
为了向他人证明真相的记录并不重要，
自己知道存在过就好。

[摄影 / 宋文]

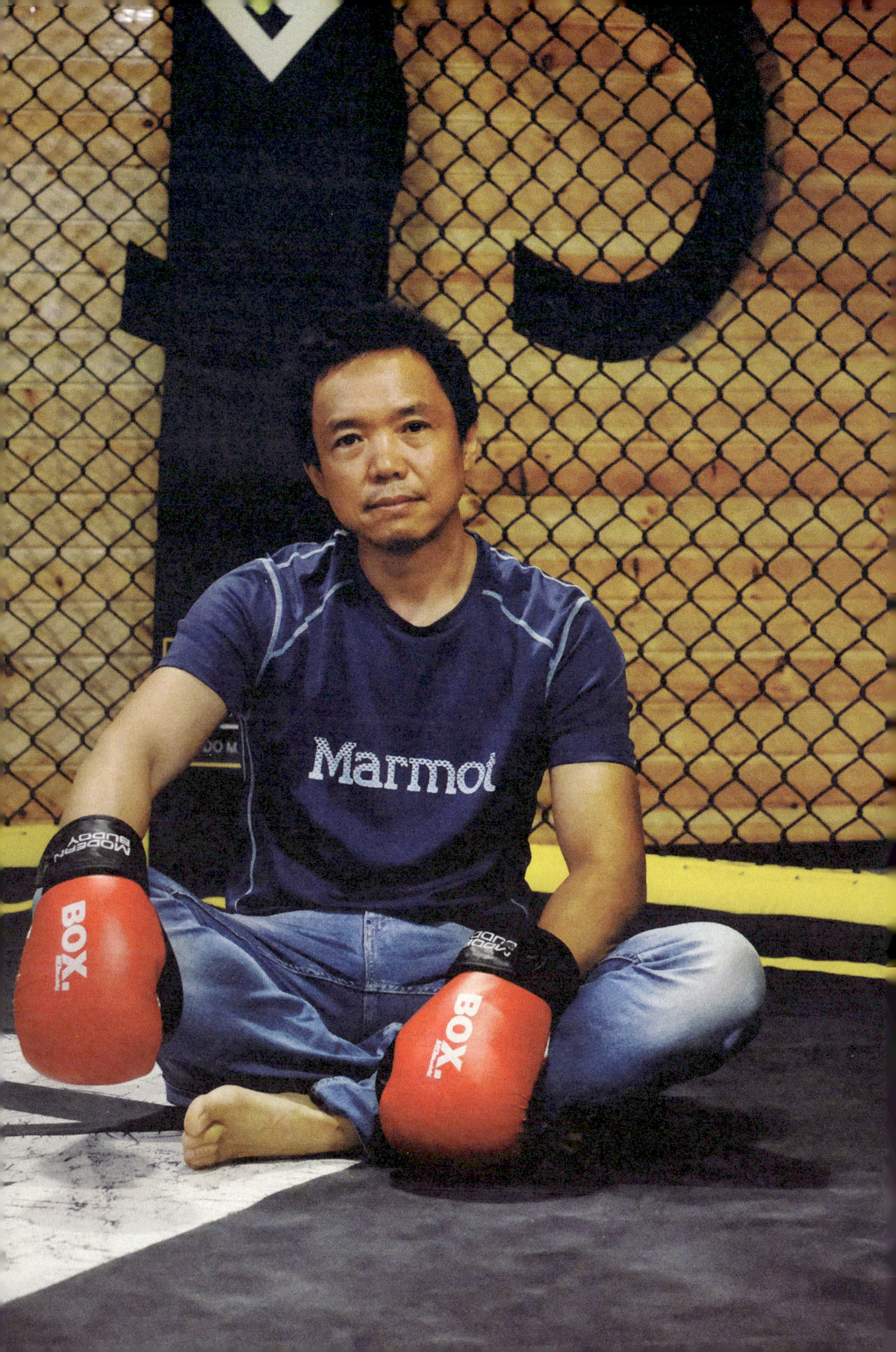
Marmot
BOX.
BOX.

老独 雅鲁藏布独行记

老独是早期户外和登山圈里隐藏的一枚大神。他的两次"成名之行",一次是夏季穿越罗布泊,一次是独自穿越雅鲁藏布大峡谷。再后来,漫游中东、南美、南亚,一直在路上。但他说自己是很多年之后才意识到那种生活叫"旅行",当时只是一种生活方式而已。

[笑飞 2015年夏天采访]

1.

行李　你的旅行生涯是从什么时候开始的?

老独　可能和很多人不一样,我是很多年之后才意识到自己那中生活叫"旅行",当时只是我的生活方式。早期的时候,我没有固定的地方,没有家,也没有固定的社会身份,就独自一个人,满世界乱走。从 1998 年大学刚毕业就出去,一直晃到 2003 年,才开始了"我在某个地方工作和生活,到另外一个地方玩"的这种旅行。

行李　为什么想要有这种生活方式?是因为什么开始的?

老独　当时很迷茫,就把自己"放逐"到野外去了。我最长的时候可能有一年多没跟任何人说过一句话,除了必要的,比如"老板,来碗面条"。刚开始纯粹是自我放逐,后来开始给自己定一些目标,比如走西域,发现后面是塔吉克。据历史记载,唐朝吐蕃叛乱那一年,高仙芝节度使用十万大兵平定叛乱,归顺者赏赐,反抗者歼灭,他们带着许多用于赏赐或搜剿的财宝来到西域,后来遇到大雪,这支部队就再没回到国内。传说财宝都留在了帕米尔高原,军队以马肉冻梯把财宝藏在了悬崖上的一个山洞里,当时就想去找找这个。许多类似的原因,替代了纯粹的走走,在行走中也有了更多的思考和学习。

行李　你是哪里人?

老独　我父母是搞野外勘测的,到 1995 年才在城市里有固定基地,便于野外工作单位的老人养老和小孩就学。之前跟着父母在野外,两三年就会换一个地方。

行李　这对你走出去有影响吗?

老独　至少在技能方面有影响,以前在父母野外勘测单位的时候,经常待在深山老林，也经常不跟父母在一起，城市的小孩是看图识字启蒙的，我们是看父母单位图书室的野外动植物图谱启蒙的。子弟学校，为了解决小孩在野外的不安全问题，差不多每两周就有一次野炊，老师带着大家在丛林里做饭，你要去捕鱼、打水、采摘，后来自己在野外捕食、生火，就觉得特别简单。

行李　童年随父母单位走过的地方多吗？

老独　当时走了很多地方，但主要还是四川、秦岭一带，做水利勘测嘛，要在有水系的地方。他们一个队大概几百人，有几个工作面，每个面几十号人，去打前站的面可能更少。打前站的时候，什么都不齐，就会先修一排房子，像军营一样，每个房间放两个小孩，留两个阿姨照顾所有小孩，每天早晨清点人数，齐了，就上学或干别的。等到前站的基地搞得可以了，小孩再过去。

行李　原来有这样的野外基因。最开始走的时候是什么心情？

老独　1999年的时候，心里很躁动，老觉得社会亏欠了我，我做得很好，为什么还会失败？还会受到伤害？往后才知道，老天都没时间搭理你，谁知道你是谁啊，是你自己想多了。但当时就老觉得哪里都不对，甚至连看景色都是凄凉的。

　　　　记得第一次从新疆到青海，经过沙漠和戈壁滩，特别荒凉，几乎看不到植物，就感觉天是灰色的，地也是灰色的，大地皲裂出一条条裂缝，大漠的风吹过沟壑的时候，发出各种声音，当时在游记里写道："就像地狱里传来的声音一样，风带着死亡的气息，在大地的伤口中呜咽。戈壁滩枯死的树枝，好像垂死的手臂伸向天空，想要抓住什么似的……"当时觉得特别伤感，但也会不停感受到一些东西。有一段，远远看见在这死亡景象的尽头，有一片火红，走过去看到一棵野生的柿子树，上面挂满了红柿子。我在那儿愣了好长时间：一片看上去已经死亡的大地，居然能蕴育出这样丰硕的果实，有火一样艳丽的生命！旅行就这样不断地给你很多感触。大概 2001 年独自走过雅鲁藏布大峡谷的时候，见了很多东西，人也就慢慢趋于平静了。

行李　怎么想到走大峡谷？
老独　2001 年 6 月份，实在无聊，想要不要找份工作，打打工。当时跟长江漂流那帮人一起聚的时候，听税晓洁聊起峡谷中好多神奇的东西。他是记者嘛，口才特别好，讲得引人入胜，我就想也去看看。他说不太可能，你一个人！因为他们是特别庞大的一支队伍，我想一个人去和一群人去也没有什么区别啊，试试看呗，就一个人进去了。

行李　有什么准备吗？
老独　税晓洁给我讲了一下里面有什么村落，大概在什么位置，他拿了一张 A4 的纸复印了一张地图，上面有他标注的村落，我看了一下，觉得没多大问题，因为村落肯定是逐水而居嘛，只要沿着水源走就没有问题。当时就抱着这样的想法去了，觉得向导也可以不要，反正江水那么大一条，就沿着江水走吧。

　　结果去了发现很困难，不过当年在野外养成的那些技能起了作用，路上要捕猎，因为不可能带 40 多天的食物进去，要判断地形，要取水，受伤了要自己处理。不过也犯了些错误，最愚蠢的是不应该从墨脱进去，应该从林芝进去。林芝在上游，墨脱在下游，从上游往下游走，至少会省点体力。

行李　整个路线是怎样的？
老独　从成都出发，到康定，然后走里塘、巴塘、芒康、竹卡、左贡、邦达、八宿、然乌，到波密，之后走 24K、嘎隆拉山口、80K、100K、108K、113K、米日、马迪、墨脱，从墨脱开始，算是开始沿雅鲁藏布江走了，后面的路线是：珠村、邦幸、西登、宗容、久当卡、加热萨、甘代、鲁果、阿斯登、绒扎瀑布、西兴拉（被阻返回）、巴玉、扎曲、玉梅、排龙（出大峡谷）。

  我在墨脱耍了好久，那个时代基本没什么游客进入墨脱，后来许多"探险家"在专辑里把墨脱写得特别特别凶险，我觉得倒没那么夸张。后来我也写了个游记，说妓女背着个包裹也可以走到这儿来，为什么我们的探险家就把这儿写得九死一生呢？

行李 一直一个人走吗？

老独 是的，直到后来在阿斯登遇到了一个猎人米西，一起走了段。猎人是村子里见识最多的，他们到处走嘛，当然也会带回很多错误的信息。他们会问到我的职业嘛，讲什么他们都听不懂，后来他们就问，你会不会开车？我说会呀，他们马上就特别崇拜我，觉得金属的东西，我竟然能开动，特别神奇。1998年长漂的那些人进去，说什么探险家、科学家、中科院，他们都不懂是干吗的，没人搭理，只有司机最受欢迎，想到哪家吃饭就到哪家吃饭。

行李 路上遇到的那些村子怎么样？

老独 村子都很小，每个村子熟悉起来还算方便，比如下午到达一个村子，语言又不通，村里孩子特别多，我就拿一根铅笔在游记本上画村子里的东西，小鸟啊，小狗啊，树啊，花啊，小孩很高兴，他们就会用门巴话告诉我这个是什么，我就用汉话告诉他们是什么……

  我是唯一的外来人，一村子人在那儿看你，一村人也不多，就几户人家，阿斯登只有三户人家。傍晚时，我就跟小孩做游戏，过一会儿家里吃饭，总不能把你赶走吧，就坐下来一起吃饭，然后就顺理成章住下来。

  还有的时候，和人家换项链和手链，我从成都荷花池买了很多玻璃制造的亮晶晶的手链，进村之前就戴几条在手上和脖子上，进去之后先不提这事儿，大家混熟成朋友了，在家里蹭饭，在火塘边喝酒。火光照映下，玻璃珠子很好看，他们就会指指点点，很好奇。过一会儿，男主人就会很不好意思地跟你讲，我爱人觉得你那个很漂亮，能不能给她看看？你就很大方，取下来，说送给你了。别人就会很感激嘛，回送礼物给你，他回送给你的大都是珊瑚、玛瑙啊，甚至熊掌。这些交换的东西到拉萨也能换很多钱，作为盘缠，后来我在拉萨养伤养了半个月，送对方一个熊掌就 OK 了。

行李　他们自己是不是常走大峡谷？

老独　他们有些地方不去，上游的人就从林芝出去，下游的人就从墨脱、波密出去，中间这一段很少人走。可能觉得没意义，彼此也有隔阂，比如加热萨过来这边有几个村，这边是珞巴族的，那边是门巴族的，他们相互都说对方是蛮荒人，是野蛮人，要下毒的，他们基本上不去对方的区。所以你走到后面，跟他们讲前面的村落，他们都不一定知道。

2.

行李　路上有什么好玩的事情？我看你在博客上写到，找住宿要小心投毒者的家庭。

老独　门巴人和珞巴人有投毒的传闻，下毒的原因是因为他们的原始宗教，认为任何东西都是神给的，不是自己挣来的。比如你比我强壮，你比我健康，你出去打猎比我打得多，或者你家的狗比我家的狗更强壮，他们把这些东西都叫作"央"，大概就是我们说的福气的意思。如果你家里人得了重病，不是病毒感染了，而是神把他关于健康的"央"拿走了。如果你有办法把别人的"央"夺走，你自己就可以好起来。

　　关于具体如何做的细节没有，因为没人会承认这事，但真有这样的情况发生时。比如村里一旦有人莫名其妙地死了，肯定会有人怀疑是谁谁下毒，被怀疑的人就会用各种论证辩白，就好像"天黑请闭眼"的游戏一样。最后如果没法下结论，就会在喇嘛的主持下，在房子前立一个木杆，用草绳绕成一个靶牌，中间嵌一个鸡蛋。喇嘛会把经过说一下，然后请神灵来裁决，被怀疑的这个人就会拿出弓箭，站在一个指定的距离，一般比较远，弯弓射箭，去射那个鸡蛋，如果一箭射破，蛋清蛋白都流出来了，喇嘛就会说，这个人是清白的，神已经证明了，请大家不要再怀疑他啦。如果运气不好，没射中，他就会被认为是投毒者而被驱逐。我曾遇到一户单独住在悬崖上的人家，就是被驱逐出来的，不再会有人和他们来往或通婚，他们就这样自生自灭了。证明了自己清白的人家会把鸡蛋壳拿来放在房檐上，如果你看到哪家门框上有个鸡蛋壳，就最好不要去了，因为虽然证明了清白，但他已经被怀疑过是投毒者。还有一些人家的旧墙体颜色偏黑色，经幡上有些奇怪的东西，比如鸟的羽毛、鲜血，这些家庭最好也别去，反正去人聚得比较多的家庭就好。

行李 路上的食物怎么解决？

老独 那会儿不像现在有野外专用食品，我进去的时候在竹卡兵站待了一天，司务长送了我两桶军用的压缩饼干，我觉得太重了，就分给当地村民一些，自己留了够吃两三天的，其余就靠每天从丛林中采摘和捕猎，峡谷很陡峭，动物无法到江面去喝水，雪山融化的水形成瀑布，在某些地方形成一些冲积潭，要去喝水的动物就会定期聚集在这，找到一个这样的地方之后，就可以把帐篷扎在离这儿200米远的地方，然后观察一下，选择一个大小合适的兽道，把树弯下来做一个踏板套，对特别小的动物，就用石头做一个压板陷阱，第二天一般都会有收获。当然还有其他许多获得食物的技巧。

行李 这也是小时候学到的技术？

老独　也不全是，有段时间我父母不是在秦岭嘛，那里面有很多猎人，我那时都读高中了，在四川资阳读书，寒暑假就要回去，回去之后就偷我爸一条烟，扛着就出门了。去村子里给打猎的猎人两包烟，就可以扛他一支枪，跟着他去打猎，他会教你很多东西，最简单就是设置抓老鼠、松鼠的陷阱，就用自然界里的东西做成。

　　在峡谷里也会向当地人学习，包括可以吃的动植物。我现在还记得峡谷里有种叫"咩"的植物，特别好，当地人会摘来给小孩当零食，树身大概三到四米高，结一种翠绿的果实，有四个瓣，就像缩小版的柿子，比豌豆大一点，甜得简直就像提纯了的糖浆。我经常会摘一大把扔到罐子里煮，以此获得必要的能量和维生素。

行李　走到最后，最大的感受是什么？

老独　人只有在极端寂寞的情况下，才会和自己的内心交流。我记得走到后期，早晨起来会想一些问题，就感觉自己在扮演两个角色，一直在跟自己对话。后来慢慢趋于平静，想清楚很多东西，包括你在峡谷里看到的、想到的，感触还是蛮深。

　　1998年的时候，中科院做过一次大峡谷的考察，当时组织了几百人进去，写了很多东西，我也看过。有些是我的朋友，比如税晓洁。像我们这样的普通人，更大的收获不是在这里发现了什么爬行动物或者植物，而是碰到的那些人，以及他们对森林、对人和自然关系的认识。人的几种基本关系：和自己的关系、和群体的关系、和自然的关系，他们都处理得很好，安宁祥和。有一次我走到一个村子里，刚好碰到小孩子满月，喇嘛给取了名字后，母亲抱着小孩，家庭成员就围着吊脚楼转圈，边转，亲友就把手上的东西扔到树林里去，有树枝、泥土、水，喇嘛在旁边一直唱，我问村长，他们唱的是什么？他说唱的是：人的骨骼来源于木头，人的肉体来源于泥土，人的血液来源于水，我们把这一切都还给至高无上的神，请你不要把这个孩子带走。

我觉得他们对生命的理解比我们更加接近生命的本源，很多年以后，我去了伊拉克，看到巴比伦古城上刻着楔形文字，每一段文字翻译过来都是像这样的诗歌，这些来自远古的关于人、生命、自然的认识，也许更贴近事实本身。

峡谷地区有树葬，用藤条编成一个球，把死去的人清洗干净，一丝不挂地蜷缩起来，手脚收拢成球状，装在筐子里，挂在他们认为最神圣的树上，一般是最巨大的一棵。有本书叫《金枝》，里面就讲各种仪式仪轨和传说之间的关系，其中提到树葬，大概的意思是他们认为树是永生的，有神灵的。在门巴人看来，那棵树祖祖辈辈都在那里，是永生的，把尸体挂在树上，也是期待一个轮回吧。我后来查了一些资料，觉得这更加像母系氏族社会的一个轮回，人是从哪里来的，又到哪里去。

类似这样的小故事还有很多，比如我跟着村子里的人到森林里去打猎，一般要好几天，甚至十天半个月，等你打到了东西，就把皮剥掉，晚上生火的时候，就把大块的肉挂在一个向阳的地方（因为峡谷里潮湿），然后又去打下一个，打到差不多的时候，就会在山顶或者朝着村子的方向，用树叶生一堆浓烟，村民看到后，会全体出动，凡是能动的人，都背着筐子来，把肉背回去，背回去后，大家给参与打猎的人的唯一特权，是分第一块肉，其他就跟大家一样，你家如果没有劳动力，一样也会分到肉，大家都有吃的。

打猎的时候，大家围捕野牛，会把它赶下悬崖摔死，然后捡肉，当时觉得很残忍。但是晚上围坐在火塘边时，身上会有很多山蚂蟥吸血，我就会揪下来扔进火塘烧死。当地人就会扑上来按住你的手：不可以，不可以。我问为什么不可以，他说你这是在杀生。我就很奇怪啊，我们这一天不都是在杀生吗？他们讲，我们捕杀野生动物不是要杀死它，而是要感谢它贡献了它的生命在我体内延续，我很尊重它，它的智慧与力量会在我的身体中一代代传承下去，那不是杀生，可是把蚂蟥揪下来杀死，是没有意义的杀戮，第二天出去就会受到神灵的惩罚，会被石头打到，或者会发生其他不好的事情……峡谷走完之后再出来，心态平静了很多。好像每个人都在给你上人生课。

3.

行李 后来又走了几年楼兰，这段时间是不是有点商业性质，算是带队了吗？

老独 不是，我其实从来没带过商业性的队。那次是这样，我去新疆流浪的时候认识了赵子允，老赵。2002年的时候，有一次我们在一起聊天，聊到余纯顺。余纯顺当年去罗布泊探险时，他当时是余纯顺的技术顾问。余纯顺当年想夏季徒步罗布泊，结果一天半时间就死在了里面。当时探险圈就说是老赵的计划有问题，把余纯顺害死在里面了。每次老赵喝完酒就对这个事情很纠结，那天我让他把当时做的计划拿来看，其实很严谨，有一年的天气资料。我看完就觉得应该是可行的，我也想去看看，我说要不我走吧。

行李 这事儿还搞得挺大，中央电视台还跟了。

老独 我回来不是啥也没干嘛，没有稳定的经济来源，以前有个朋友是杂志社的，就问我能不能把峡谷游记在上面连载，我说可以啊，一分钱没谈，就连载呗。到我要走罗布泊的时候，身上一分钱没有，就跟杂志社的朋友说，能不能给我两万块钱，我去走罗布泊。他听了我的计划，就说我们把它搞大点，我帮你忽悠，哪儿能花自己的钱啊。第二天我就发现媒体上铺天盖地说这件事，后来我就接到一个电话，说是中央电视台的，说改天到成都见见。

　　过了几天，央视的马挥带着他的几个同事就来了，简单聊聊后问我：你现在情况怎么样啊？我说好像还没凑够钱。等了一星期，还是一分钱没有，马挥说，我给你发个电子的授权函，把中央电视台每天新闻联播之前一个30秒的广告时段拿给你，你拿去把它卖了就是钱。我哥们儿穿着登山装就上街去卖：你要不要央视的广告时段？结果卖了三四天也没卖出去。马挥又给我打电话，问怎么样啊，我说没卖掉。马挥开玩笑说：我不知道你会不会是夏季徒步穿越罗布泊的第一人，但拿着央视黄金时段的广告位卖不出去的，你肯定是第一人，算了，干脆我们给你支持吧。于是就去北京见了一面，签一个协议，他们说你要怎么玩，我们绝不干涉你，我们互不干涉，你如果什么时候觉得不OK，随时可以叫停，就这样，我说行。

行李　然后呢？

老独　先进去适应装备，许多装备是我自制的，适应性训练搞个十来天，当时我还答应为军事科学院做人在沙漠中活动的体能测试，为以后沙漠中高温环境的军事行动提供一些数据。训练时，每天背着各种装备，不是很重，但是很复杂，一个腰带，上面有三到四个设备，有很多电极，还有个类似飞行员的面罩，检测你呼出的气体含量，分析身体的指标变化。我当时在游记里写：幸好当时沙漠没人，不然向人家问路，人家肯定会说：这里是地球。

　　开始真正穿越的具体时间记不得了，大概是6月4号前后，后来就完成了，一切都是按照我预先计划执行，平平淡淡的。

行李　白天休息晚上走路吗？因为夏季的罗布泊太热嘛。

老独　不，晚上还是最好的休息时间，否则你怎么恢复体能。大漠上，天亮得比较早，一大早出发可以走到上午十点十一点，这时地表温度越升越高，到了下午两点达到最高温，记得当时测量的地表最高温度是85度，空气温度最高可到60度。到下午五点多，气温又开始下降。中间的这五六个小时，人完全静止不动，把消防的铝膜铺在下面，反射掉来自地面的长波热辐射，拿一个H帐篷骨架撑起来，上面也用铝膜搭一层，反射掉来自太阳的热辐射；用能找得到的东西把自己架起来，四面都是透空的，这样，上下的热都反射掉，你承受的是空气的热。也不能穿太薄的衣服，最好的是帆布的快干衣，能保证你体表的水汽浓度，虽然难受一些，但可以减少体表水汽的丧失，这样可以最大限度地减少热辐射对你的影响，同时也保存珍贵的水和体能。

行李　定位好找吗？余纯顺当年不是因为迷路嘛。
老独　好找，很容易。

行李　是因为用 GPS 定位？不用 GPS 很难吧？
老独　对，我们测试过，因为无法通过参照物修正自己的行走线路，所以指南针导航的方法会有巨大的偏差。

　　当年兰州军区给了余纯顺三台 GPS，那个时代 GPS 还属于军事机密级，现在才逐渐被放开。他当时留下的话是：第一我不会用，第二我也用不上，我走了 8 年，能够在野外定位。但在没有参照物的情况下，指南针是无法准确导航的，这也是他迷路的主要原因。我们在测试中尝试用 GPS 辅助指南针，当时 GPS 的电池只能支持 45 分钟，我们就用指南针进行大方位定位，采取地表参照物定位的方式，等到接近时再打开 GPS，测出和我们的目标偏差多少度，然后有意识多偏差一点，这样你就知道目标在你哪一边，不会茫然地不知道在左还是在右。觉得基本到达之后，再打开一次 GPS 进行定位。这样就可以装一次电池走完全程。

　　我还用这个方法算出了长江源的源头，把大家都吓坏了，说这么原始的方法也有用！当时找了个向导，他根本没进去过，为了赚向导费嘛，不是很清楚就带我们走，把我们全都带迷路了。那次越野车开了 28 个多小时，完全没停车，到了下午，他已经彻底慌了，既找不到回去的路，也找不到目的地，我就用戴在手表上的 GPS，每几小时开一次，把数据记下来，然后用三角函数的方法计算目标点离我们的方位角和距离，最后成功到达目的地，并且安全返回。

行李　后面两年就连续在走罗布泊那块?

老独　对,后面两年我们成立了一个"丝路发现"职业探险队,我是副队长。后来探索了很多古城,2003年探秘楼兰古城遗迹、LE古城遗迹、方城遗迹、土垠遗迹;2004年穿越罗布泊营盘遗址、太阳墓地遗址、土垠遗址、楼兰遗址、米兰遗址;2005年带队穿越约古宗列无人区、黄河源头、可可西里、阿里无人区、新疆塔克拉玛干沙漠、克里雅遗址。第一次接触到西域的历史和古迹,感觉特别震撼,不再像原来读书时课本上写的那么枯燥,包括我们找到的古墓里的东西,抓的盗墓贼,搜出来的文物,感觉可以和它们散发的信息交流。

行李　哪几次对你触动比较大?

老独　其实对楼兰本身我感觉不是很强烈,米兰古城对我触动很大,还有后来被报道为"贵族墓"的那次。贵族墓最早是我在里面训练的时候发现的,后来还在里面抓住了盗墓贼呢。我们进去的时候看到一具干尸,就是木乃伊,像是很安详、很清秀的一个老人睡着了,体表的胡子、眉毛、眼睫毛完好无损。以前看木乃伊都是狰狞的、皮肤收缩的,从来没看到这么安详的。但是他被肢解了,衣服被取走了,因为衣服可以卖钱。

《汉书》里记载,西域有36个国家,现在找到的可能不到10个,很多都不知道在哪儿。从一百年前开始,包括探险家斯文·赫定、斯坦因、橘瑞超这些人,都在寻找时拿走了很多东西。西方有个专门的楼兰学,这段时间的文物炙手可热,从20世纪90年代到2000年这个时期,新疆黑市上的楼兰地毯,一巴掌大的一块卖一万元,有多少个巴掌就值多少万。后来我们在墓外发现了一堆灰烬,过去一看,烧的是彩棺,特别生气,就想一定要把这帮人抓到,后来就抓到了7个,判了5个。

4.

行李 后来怎么还往国外走了？而且选择的都是"非典型资本主义国家"。

老独 是，去了很多国家，大多都是非传统意义的旅游国家。比如去阿富汗时，当时正在战争，不可能办到旅游签证。伊拉克也是，根本去不了。想了很多办法，最后伪造了一个身份去，去了就有很多人跟着，进出还有武装护卫队、装甲车，你说恐怖分子在街上安个炸弹容易吗？肯定要炸个有价值的目标嘛，把自己伪装成那样，肯定很容易被袭击。所以第二天我就去街上找了一辆出租车，坐着它去了空中花园、巴比伦古城。除了进不了绿区和美军大使馆区，别的地区都能进，所以还玩得挺嗨的。

行李 除了阿富汗，还有哪个国家比较难进入？

老独 第一次中东战争的时候，我去了科威特，当时想从那儿进伊拉克，想了很多办法混过去，当地人说已经没有使馆签证了，必须去美军那里开个通行证。我就去递了申请，说去旅游。美军一想，里面打成那样，你去旅游？肯定不信。我们后来去贿赂货柜车司机，要他把我们藏在货柜里。开始他答应了，第二天司机说我把钱全部还给你，不干了。我们问为什么，他说你们被抓到，美军大不了把你们扣了，你们大使馆过来取人，你们就高高兴兴回家了，但是我的老婆、孩子就没人养了。一想也对，在那儿晃了好久都没进去，后来伪造了个身份才进去的。

行李 有遇到危险的时候吗？

老独 在阿富汗的时候，首都喀布尔有家唯一的五星酒店，我们就住在那里，花了两天时间就和守卫的军人混熟了，他们是政府军，又强壮又帅。后来他们去巡逻，我就在后面抓着机枪，跟着他们的皮卡车一起。他们说我们这家酒店很安全，前面有他们把守，酒店在山坡顶上，普通武器又打不到，连 RPG 火箭炮也打不到。听他们这么一说，晚上我们就真的觉得自己很安全，酒店在很高的山头上，整个喀布尔城都在下面，能听到零星的枪声。当时中东唯一能买到酒的地方，就是阿富汗，因为已经绝望了嘛。晚上我们几个开着灯，坐在阳台上喝酒，看着山下的夜景，听着偶尔的枪声觉得自己挺酷。回国后三天，在 BBC 里看到我们住的酒店在冒烟，原来是被火箭炮打中了！山下的地方到了晚上就会把靠城市那边的房间熄掉灯，避免被狙击手看到，我们真是太"二"了！

行李 你走的大都是社会动荡，民族和历史都很复杂的地方，走过有什么感受？

老独 在国外走了很多地方，见了很多不同的生活状态，战争中的，宗教里的。你会看到很多人意识和想法的冲突，但是任何人类社会，无论是宗教还是传统文化，必然要解决那三个基本关系：人为什么活着？保证个体的存在，而不是人人都去自杀，否则就没人了；其次，如何处理群体关系，难道要保持个体存在，那就该睁开眼睛把邻居干掉，抢劫他的财物，占有生存资源啊？最后，如何处理人和宇宙的关系，我如何和自然相处，以及如何面对死亡。不解决这三个问题，人类社会就不会存在；所以这也是我一直在中东这个最混乱的地区转悠的原因。

　　但人和人本身的关系并没有想象的那么糟。看了几十个国家，觉得不合理、没有希望的，就是阿富汗，另一个是蒙古。

　　2008 年，黎巴嫩维和的时候我在那里，当时首都贝鲁特打得稀里哗啦的，内部十四个政党也在掐，我们的车被军队拦下，说"对不起，前面正在打仗，请等会儿"，过一会儿打完了，说"可以了"，车开过去，看到他们正在清理战场。那时这个国家到处都是弹孔、被炸掉的楼，我整天在大街上瞎逛，有天看到一个老太太摔倒了，旁边店铺里的小伙子赶紧冲过来扶她，被他的老板喝止，说老年人摔倒后不能马上扶起来，他在店里准备了一个很大的沙发，让几个人把老人抬上去，一群路人在那儿帮忙，直到救护车来把老人接走。这种国家虽然在打仗，但人性的基础没有被灭掉，只要政局一好，马上就会恢复起来。

行李　你对美国、欧洲什么的都不太感兴趣？
老独　我对城市一直不太感冒，我本来就是脸盲加城市意识很差的人，在成都经常开车找不到家。朋友总跟我说某个餐厅、购物中心、某个建筑特别好，根本记不住。反而一些人文的东西，哪怕是在拉萨街头，蹲在马路上和一个当地人抽一下午烟，摆一下午龙门阵，这种东西，十多年过去了还历历在目。

5.

行李　你走国外这几年，同时也在登山，好像还参加了好几次山难救援？
老独　2002年第一次登四姑娘山二峰后就开始疯狂登山，登山有很多乐趣，技术性要求更高。以前一直不玩，我的网名叫"独步苍茫"嘛，穿越沙漠、穿越丛林，都是自己一个人，对自己负责就好。但在雪山冰川上的极限攀登，你必须相信你的队友。

2002年走完罗布泊就去了趟山东。山东胜利油田要搞野外勘测，我就去给他们讲野外生存课，其他的教练有教登山的，包括登山技能、登山器械、攀岩，当时几个教练住在一块儿，相互交流，那几个月跟他们学了很多，第一感觉是特别喜欢这些器材，很着迷。回来后就自己找资料看，不光要弄清楚技能，还要弄清楚为什么，为什么系一个绳结？为什么打一个点？

四姑娘山每年有很多专业的队伍去，也有代表世界冠军的那些队伍，你就可以去学习交流，大家在里面一待就是一个月，每天喝啤酒，一起玩，经常结组攀登，你慢慢就想明白他为什么要这样做，积累的东西越来越多，最后建立几个忠实的信任关系。

攀登的时候，在悬崖上一两百米高处，你要确信，一旦发生冲坠，你的队友一定能保护你。在下面保护的那个人，也要相信你在攀爬过程中设的每一个点都是安全的，如果你设置的点不安全，你冲坠的时候会把这些点都拉掉，带着他一起掉下悬崖。

关于救援，早期的时候，国内并没有专业的山难救援体系，所以山难发生后，都只有靠山友们自发自愿地去开展救援工作。比如在我所在的四川，山地资源丰富，所以来攀登的人也多，一旦出事后，家属通过他的朋友会了解到当地比较优秀的攀登者，争取提供援助。因为这个原因，我几乎参加了绝大多数的山难救援。

其中一次山难救援，一个攀登者掉下了冰川，另一个因为体能透支被困在 5300 米左右的高度，风雪中，前者把自己的羽绒服和睡袋等都留给了被困的那个人，但最后那个人还是被冻伤，造成截除多个手指的伤残。我穿着单薄内衣单人把掉下冰川的这个人提升了 150 米救回营地，为此被严重警告。因为是禁止单人救援的，作为老登山员，不应该严重违规操作，但当时想的是：如果我不去救援他们，也许会有更加严重的伤亡，而自己有能力但如果没去尝试救援，我是无法在以后的日子里安稳地睡觉的。

行李　大多数人都会冲着最重要的山峰去攀登，比如七大洲和南北极各自最高的山峰，比如全球 14 座 8000 米雪山，你有自己的喜好吗？

老独　我更喜欢尝试未登峰和新线路。我们去登的山，很多时候只有一个等高线图，需要自己设计怎么上去，往往会选择最有想象力的那条线路。2009 年 10 月份我们去登宰吾结勒，那座山是中国国家队和日本国家队一起攀登过的，走传统的山脊方式，这个山正面是大冰壁，很高，很陡，看起来像个金字塔一样，我们就想，从冰壁这面爬上去应该很酷，于是就做了个计划去攀登了。

行李　前面那样玩，主要经济来源是什么？

老独 2004年之前，生活基本没有来源，旅行中物物交换的利差、朋友的援助，有时为俱乐部带下队。记得2002年，华语电视还在播我的专辑的时候，我在成都棕北小区外的小广场睡大街，第二天看见报摊上有报道我的报纸，就拿去给小餐厅老板看：头版照片是我，能不能赊碗面条……就这样生活着，后来就一直得到步步高集团的资助。

现在则是在朋友的公司任职，做一些与文旅地产相关的工作，如前面所说，登山和野外的这些旅行都是我的生活，这是不会改变的。

寒山

用脚走路，用手绘画，这是苗人寒山体会大地的方式。
走路的时候，以最直接、便宜的方式，
在城里走，在田间走，在水泥路上走，
在泥泞的土路上走，没有目的，也不为风景，只是走路而已。
绘画的时候，以最空灵、轻盈的方式，记录路上所见。
人生就是体验不同境遇，至于得到什么，留下什么，
都不是他追求的。

[摄影 / 宋文]

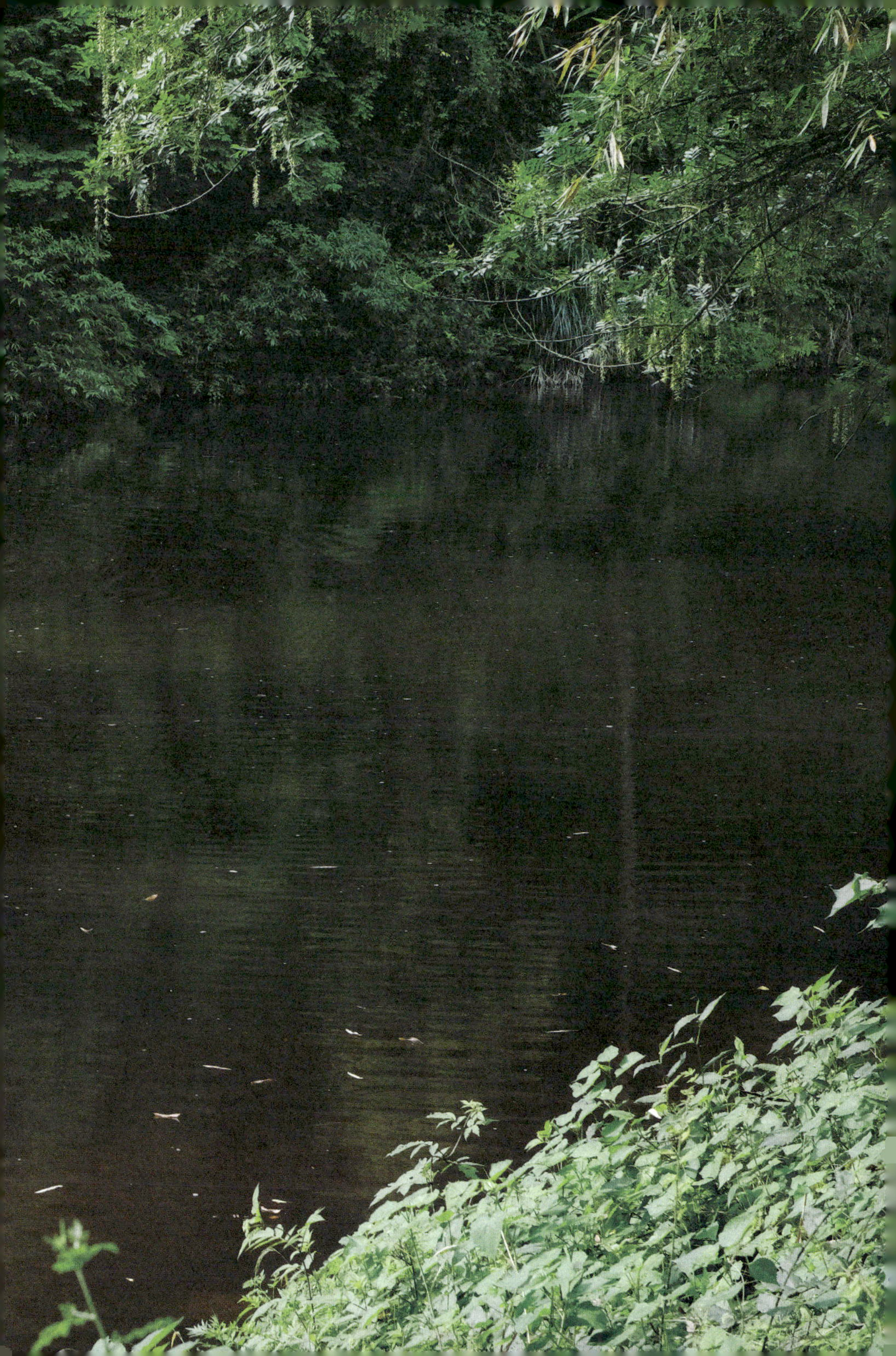

寒山 沿路行走，直到自己变成道路

  第一次见寒山，在成都安仁古镇的染坊里，他低头在靛蓝染色的棉布上用蜡一笔一笔画远山，也是这一次，他给我看了他的画和旅行的照片。第二次在凡朴农场，他一边做农场的活计一边学习做陶，人黑了很多，仿佛吸收了太阳的热气和泥土的粗糙。

  使我惊讶的是，这样一个消瘦、清淡的画家，却是一个徒步狂人，不管在城里还是山上，他永远走路。德国著名导演沃纳·赫尔佐格也曾疯狂地徒步，"如果你住在英格兰，女朋友住在意大利西西里，如果你想要娶她，就应该一路走到西西里去求婚"。但寒山的徒步大多没有目的，也没有目的地，只是单纯地喜欢走路。走上道路以后，如果饿了，就在路边摘点仙人掌吃，或者在工地上吃工人不要的剩饭。如果困了，就在别人屋檐下蹲一晚上，或者在山中古寺随便躺一晚。

  世界之大，它的深度和强度，只有那些用脚走路的人才能体会得到。

[笑飞　2015年夏天采访]

1.

行李　你把自己的行走分为三个阶段，第一个阶段是1999年到2004年，主要是在成都周边的龙门山脉与邛崃山脉一带？

寒山　对，1999年刚好进大学，突然到了城市。本来小时候都是在大山里、农村里生活，非常自然，到了大学，觉得挺无聊的。我的大学在四川音乐学院成都美院，在郊区的牧马山，旁边就是纯粹的农村、小镇，就开始一个人在附近瞎走，纯粹没有任何目的地走。

行李　现在牧马山一带全是别墅，当时是什么样？

寒山　没有别墅，没有房子，什么都没有，就是川西坝子上典型的林盘水乡。你知道林盘水乡吗？是成都周边典型的景观，听说古蜀时期就形成了，后来在金沙遗址和三星堆遗址中都有发现。每个林盘一小撮，每一小撮内，内部是川西民居组成的院落，一户，两户，或者几户，外围是植物，以慈竹为主，还有银杏、槐树、香樟、麻柳、桉树、泡桐陪衬，从远处看去，有时可以看到院墙、厢房，有时可以看到瓦片，林盘外，是河流和耕地。那时整个川西平原上，一个林盘接着一个林盘。

　　那时从学校走出去，二十分钟就能走到农村里和附近的小山坡上。慢慢就开始越走越远，走上六七个小时，就可以走到邛崃、新津、崇州这些周边去。

行李　不搭车？

寒山　不搭车，搭车就是为了去买东西，平时就是纯粹的走路。有一次听说邛崃有一种"奶汤面"，不知道是什么面，觉得应该很好吃，是不是牛奶做的呢？就想去看看。我就带了十块钱，一个矿泉水瓶子（为了路上接水喝），买了几个干饼子，就一直走，走了整整一天，一直走到凌晨。

行李　当天住宿怎么解决?

寒山　我出门就跟老百姓出门一样,不需要找旅店。原来也没想过要走那么久,或者要怎么住,就随遇而安嘛。当时半夜走到了城里,下着雨,那么冷,去睡街头又担心被当作流浪汉驱赶,因为没有带身份证,就朝周边的农村继续走,于是又朝前走了一个农村,在一户人家的屋檐下蹲了一个晚上,当时是没有钱住旅馆的。

　　这条路就是老的318国道,从双流到邛崃或者崇州,过了两年,我又走了一遍同样的路,两边非常美,也一直在变化,房屋在变化,树林植物在变化,人心也在变化。其实一开始走路时都没关注这些,就是因为无聊,锻炼身体都说不上。第二次走,我就会观察,看到有些建筑开始损坏,因为读了一些儒家的书和人物传记,有些英雄主义情结,还是想改变一些东西,一路上就会去观察沿途人民的收成和生活状况,还有退伍军人的工作安排……

行李　就像一个采访者?

寒山　对,其实也是顺道,更好玩的还是路上遇到的那些吃的喝的。我特别喜欢找一个小镇,吃比较有特色的东西,而且一定要便宜的。我可以花一天时间把每个小巷子、每家人的院子都走一遍,你一定要走进去,很有意思。

行李　在村子里怎么跟村民搭讪?

寒山　肯定不会一来就问各种问题,你既然要去接近他们,就先观察嘛,坐在田边不动,当地人会先问你从哪儿来的,你就可以问他们一些农作物叫什么,收成怎么样,人家就会给你讲。我也会告诉别人,我是画画的,到这儿来采风。出门时我一般会带一个小的速写本、一支钢笔,在田间地头画一些小速写,别人也会围观,觉得画得很好,你就撕下来送给他,他就说到我们家里来吃饭吧,就这样去吃饭了。

行李　担不担心找不到地方住？

寒山　有时候快黄昏时就会有点着急，因为没有地方住还是很惨。但在四川有个好处，怎么都能找到人家，看哪里亮灯就往哪里去，好好跟人家说，你是走路的、画画的、采风的，觉得你家这里风景很好，他就会问你吃饭没有，你说没有吃，那一起吃一点。虽然都很简陋，但你也会觉得很感动。偶尔我自己也会带吃的，走不动了就找个破庙躺一晚上，晚上看着庙里的雕塑。在这个过程中也会发现很多好玩的东西，川内人文氛围很重，摩崖石刻都隐没在山间。

　　大学四年，我走到过洪雅、乐山、达州、巴中、泸州，还有成都周边的大邑、青城山、西岭雪山……全都是这样的走法，走周边小镇，偶尔走远一点，去龙门山、九峰山，就是带一个睡袋、背包、简单的油纸口袋，那时基本不搭帐篷，就直接在露天里睡。

行李　在山里怎么找路？

寒山　路上都有标识牌，网上也会有一些攻略，但是到了实地，莽莽一片山，攻略也没什么用，就会找到当地村民问，那个很烂的破房子在哪里？他们会用他们的语言给你形容，就这样摸索着上到山顶，一路上都是那些野草啊，野菜啊，破庙啊，这些东西很吸引我，很荒。那时候看什么都很新奇，虽然家乡的大山也挺大的，但是和这边不一样，想看看世界。不过开始行走以来，我几乎没进过任何景区，除非朋友非叫着去玩，买门票的地方不是我想去的。

行李　是不是小时候就很能走路？上学也要走很久？

寒山　我的童年是在贵州的苗寨里度过的，在毕节的乌蒙山区。我外公是猎人，常跟他进山去打一些小鸟、狍子，天天在山里跑。还和小朋友钻洞，我们那儿喀斯特地形特别多，喀斯特地区多洞，所群山绵延不绝，一人独行江上，乘着一叶轻舟。
这是寒山绘画里常见的场景，
有时面对雪山，有时独坐月下。
听完他的故事再来看绘画，
我以为这不是写意，
就是他自己行路时的真实写照。

[绘画 / 寒山]

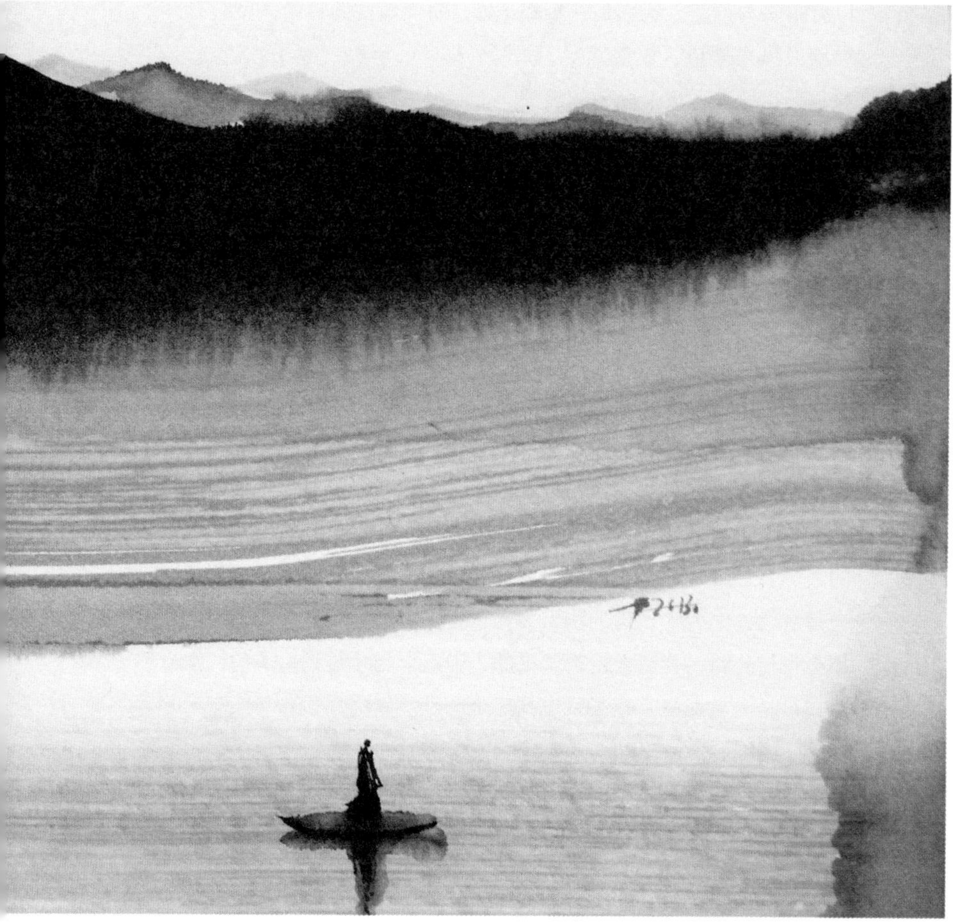

以有很多洞可钻。我家是一个寨子嘛，每当黄昏的时候，就会有彝族人出来摆摊，放些武器、茶叶、烟叶、麻糖、罐子、饭盒，这也是我后来喜欢上民艺的源头。

后来又跟父亲去了云南，大理、版纳、怒江州到处都走遍了，最后回到了四川江油，父亲在那里工作，他在石油队打井，周边也全是山，我在那里读完初中、高中，每天都要翻过两座山才能到学校。

行李　真是很能走，所以你觉得出门就是该走路？

寒山　对，就是这样。我离开大学时，最开始在城里工作，公司叫我出去办事，只要时间足够，我都是走路去，经常没事就从火车北站走到火车南站。对我来说，行走是最快乐的事，走到哪儿都很开心。不是因为那儿风景好，也不是因为目的地有个名胜或者很牛的人等着，就是觉得路上平淡无奇的风景也是最好的状态。很多人都会说，你为什么走公路，为什么走国道？其实就是我们周围那些乡村公路，我每天走都不厌的，走路本身才是我追求的。没有钱只是一个理由，有了钱，我还是会走。

2.

行李　大学毕业后，进入一个新的阶段，那之后是怎么走的？

寒山　2006年就开始往藏区走了，大部分是用工作的间歇走，我干过很多工作，如果我去一个地方要花很多时间，就先把工作辞了，回来再找一个。

行李　怎么想到往藏区走的？

寒山　很巧的一个机缘，当时一个住在阿坝州的兄弟到成都来送东西，遇到了我，就认识了。他邀请我去玩，他家就在汶川县阿尔沟，从成都坐车过去,一过都江堰,一下子就感觉不一样了。

行李　过了都江堰,就从华西雨屏带到了干旱河谷带了。

寒山　对,过了汶川县城的映秀镇,再往西走就是四姑娘山、巴郎山,往北走还是邛崃山系。他是羌族,还是部落头人,他家叫阿尔沟、羌人谷,里面有很多古老的寨子。当天正好他带驴友进山,我就跟他一起进去,一直爬到有个叫"龙池"的海子,走了七个多小时,还背着很重的包,我觉得有点累,但是可以接受。他就说,你要不要过来帮我带下队?我就开始用周末帮他带队,周五晚上坐车过去,周六一早起来,坐上拖拉机到开始徒步的地方,就这样带了一两年,一到周末就进山,走了几十遍,重复走,每次扎营都是大家聊天、喝酒、烧篝火,我觉得不快乐,我还是喜欢一个人走。

行李　不过也因此开始进入藏区了。

寒山　对,在那些地方看到的世界,和之前完全不一样,蓝天白云,森林丰茂,人很少,也简单,大自然的东西越来越多。这是一个开始,从此就不停地走藏区,没事就翻地图,哪里有海拔高的山就往哪里走。阿坝、甘孜、汶川、小金、金川、茂县、黑水、松潘、壤塘、若尔盖、红原、康定、九龙、白玉、德格、雅江、乡城、丹巴、色达、道孚、炉霍……四川各地都去了,只有石渠还没有去过,这个地方还有原始部落,我很向往,就是太远了。再后来,我还去了西藏、青海、新疆。

行李　去这些地方干吗呢?

寒山　比如小金县,出名的是四姑娘山,我就在四姑娘山周边找一些野的地方玩,或者看哪儿有雪山就往哪儿走,雪山就是我的一个指向,我爬山,但不登顶。那个时候我就认为,雪山宜远观不宜近看,走近了就是一堆白色。我最喜欢的是到海拔4000多米的垭口,看一堆荒芜的石头,感觉很远古。

行李　你当时走在路上的装备是什么样的?我看你的照片完全不像驴友。

寒山　是,不像。我常常戴个绿军帽,背个包,穿双解放鞋、牛仔裤、棉麻服装,脏兮兮的,穿了很久就脏了嘛,看起来像山民。因为要露营,也去买了个单层帐篷,10度的睡袋,但是晚上我经历过零下30度的时候。每次还会带书。

行李　会去了解当地的历史地理资料,看以前旅行家的书吗?

寒山　我知道约瑟夫·洛克,知道戴维,我很崇拜博物学家、动植物学家、探险家,当时没有想去走他们的路,我知道他们走过哪些地方,就要去发现新的路。我非常喜欢他们的游记,现在身边都还有好几本,像约瑟夫·洛克的《中国西南古纳西王国》,我喜欢他们描写高原的那种语言风格。我也会写日记,或者画一幅画表达当时的状态,不过日记都丢了。

行李　有个在新疆戈壁滩去世的探险家,彭加木,对你有影响吗?

寒山　彭加木是科考,最牛的应该是余纯顺,我看了他很多故事,他是中国第一个"驴友",那是壮举啊,没法比。其实人是有心理指向的,你要成为什么样的人,一定有人引导着你冥冥中走向这个世界,而我最大的指向,应该是玄奘大师。我看重的并不是他的佛法,而是他的旅行。他的取经之路,一万多公里,那时不知道比现在难多少倍。走不动的时候,就会想到他,他西行求法,有信仰的东西在头上悬着,激励你。

行李　徐霞客呢?

寒山　徐霞客不行,他文笔很好,但更像一个玩的人,玄奘大师更多是为了求法。古代几大旅行家,鉴真和尚是瞎子,看不到风景,他只是去弘法,而玄奘是先去求法,再弘法,这才是伟大的行者。

还有一位法显和尚,他比玄奘更早到达印度,而且他是60岁以后才走路去的,这个很吓人啊,60岁以后,从长安走到印度。

这些法师都是在冥冥中对我有影响,我比较崇拜唐代那些禅师,每一个都是行脚僧,他们是知行合一的:你知道了,还得走出去验证它。

3.

行李 在路上时,一天一般都是什么样的?

寒山 早上七点钟起床,起来后如果包里有干粮,就先吃一点。会烧一壶热水,如果有茶,就很奢侈了,一般都是白水。喝了水就开始走,走到中午。如果发现有人家,尽量去人家家里吃饭,吃热的。如果没有,就吃一点干粮,吃完马上走。还是需要赶路,不赶路,就担心晚上找不到地方休息,人还是求舒服的。如果是扎营就不着急,慢慢走,走到哪儿算哪儿。但是会有一个预期,比如看到远远有一个山,就想走到那儿去扎营。

行李 带指南针吗?

寒山 不带,因为不会去穿越那种要走十几天的森林,几天可以走完的森林,怎么都出得来。只要你站在一个高度,就能看到远方,就会看到路。

行李 晚上怎么度过?

寒山 到了傍晚,其实是很具体的事,如果有人家,就和主人寒暄,尽量住下,基本上都会让你住。偶尔有不让住的,那就说,我在你家院子里搭帐篷行不行?一般都可以。这是走国道。

如果走山里,基本是遇不到什么人家的,就扎帐篷,烧一堆火,等着星星出来。一夜很长嘛,不可能七八点就睡了,也不可能看书，因为没电，只有数星星，想想事情。这样的场景，如果在电影里，会给你放点音乐渲染氛围，但那是导演加的，现实里没有音乐，就听风声，每天都这样过。

　　有时候进山待七八天，也非常孤独，会想一下家人，过一会儿又忘掉了，再过一会儿就进入什么都不想的状态，慢慢就睡着了。晚上有时候会醒，因为非常冷，有时到处都是雪。帐篷外面甚至会有野猪，它会吃你不注意扔在外面的香蕉皮。这是在森林里，如果在草原上，你还会担心狼。

行李　遇到过吗？

寒山　遇到过，没有直接面对面那么近，但也就是几米。野猪遇到过很近的，野猪体力挺大的，但是最最危险的是野牦牛，它力气最大，可以把一辆吉普车给撞翻。我遇到过两次野牦牛，有一次差点遇到危险，我就从悬崖上跳下去了。

行李　当时是什么情况？

寒山　野牦牛和家养的牦牛看起来很不一样，长得更壮实，看起来更野性，更有攻击性，只要看到一点点红色就会攻击。那次我翻山走到一个坝子，看到一群野牦牛，来不及避开，它们就直逼过来了，后来我想，应该是因为我包上挂了一个红五星。我旁边是悬崖，但悬崖下几米处有一个台子，我就从悬崖一口气跳到台子上，抓住树干。野牦牛很聪明，它知道你在下面，就一直在那儿巡视。我最后贴着悬崖壁，沿着悬崖边上的小路翻到山的另一面才离开了。

行李　还遇到过什么？

寒山　别的小动物就很多了，旱獭啊，小鹿啊，尤其是翻过垭口，又进入森林，遇到湖水的时候，湖边就会有很多小动物在喝水，这种感觉很像动画片。在贡嘎山区的时候，我看到过三百多只藏马鸡在一块儿，很近，发现我走过去后，它们就不停地起飞，一群一群飞走，像电影一样，每只藏马鸡都胖胖的。

行李　好像宫崎骏的动画片啊！

寒山　就是宫崎骏动画片的感觉。有一次我在森林的湖边遇到一种动物，当时森林里起了雾，雾慢慢散去，就看到它在湖边若隐若现，长得跟山羊一样，白色的毛，胡子很长，在那儿安静地喝水，就是《幽灵公主》的感觉，其实它应该是羚牛的一种。

行李　一个人走真的不一样，两个人走，就容易把注意力转到两个人的交流上。

寒山　对，你会观察他，而且老是觉得有依靠，或者老是想找他说话，就不像一个人的状态，可以很安静地观察世界。

行李　讲讲途中特别震撼的时刻或者景色吧？

寒山　第一次看到贡嘎雪山的时候，看到之前，我在不停地上坡，穿过黑压压的森林、荆棘，整整三小时，一个人，背着重装。想看贡嘎雪山，但它一直在云里不出来。突然走到一个转口，从树林里一出来，一抬头，云开雾散，贡嘎的一个角峰露了出来，当时是黄昏，角峰镀了一点金色，那几乎是看贡嘎雪山最近的位置。从那个时候起我就觉得，看任何山体，全部都看到的时候是最不好看的，太近也不好看，有点距离、有点云雾才好。后来凡是走在雪山里，我都会关注云雾中的山，看它怎样慢慢地从云雾里现出来。这对我绘画的创作也有影响，我的画里都有云雾，而且山是一座一座重叠着的。

行李　还有呢？

寒山　还有就是人，在路上除了景色，遇到的人很重要，藏区人的淳朴劲儿，我体验得比较深。还是贡嘎，我每年都会去很多次贡嘎雪山。2006 年第一次去时，从康定坐拖拉机往新都桥方向走，来接我们的扎西大哥半路载了一个小孩,叫嘎玛罗珠,他坐在那儿跟扎西聊天。后来我们到了他家里,他就每天跟着我玩,经常说,那边有个雪山、有个海子,我带你去看吧?后来我就走了,给他留了我的电话,他每隔两三个月就给我打个电话。他是孤儿,家里没有电话,可能就是去借一点钱,跑到乡上去打公用电话。就这样,给我打了一年多电话。后来他去挖虫草挣了钱,就买了个手机,唯一的目的就是给我打电话,每次都只问几句话:你在哪儿?你什么时候来玩……我跟他家关系很好,每年都去看他,每次去都给他拿几百块钱。后来有一次我又过去,我也没多少钱,就把身上别人送给我的一件很好的美军飞行员的夹克脱给他,就像自己的亲弟弟一样。后来他还来成都看过我,走的时候拿了一卷卫生纸包的东西出来,说这是给你挖的虫草,拿着泡酒。

行李 这样的情谊多吗?

寒山 在这些地方,其实每一家、每一户都是这样的。有一次在乡城,我给他们画了画,他们会常常问:什么时候再来呀?有一次我接到一条短信,说:"叔叔,我们最近捡到一个水壶,可能是你丢的,这个东西对你来说很珍贵吧,我们把它放好了。"我看了很感动,其实就是个普通登山水壶,没什么稀奇的,可能也不是我的,就是因为我留了电话,又和他们家关系比较好,所以联系我。他们一家人都不会写字,是等他们家侄女放假回家后,让她发的短信。这些真情所在,你在城市里可能很难看到。

4.

行李 聊聊你第三个阶段的行走吧,你在云南看到一本画册,很受震撼,然后策划了一条更漫长、更艰险的路线?

寒山 那次是有一个机缘,之前并没有想过要走滇藏线,只是心里一直在想，这一生要走一条长长的路。2011 年到了大理，在一家旅馆的书架上看到一本画册，吴家林的《边地行走》，里面是他 20 世纪 70 年代拍云南边地的故事。那个时代的民族好原始，但他拍的又不是民族，他拍的是生活，是人性，有点像台湾的阮义忠，拍人与土地的关系。

  这些地方，小时候爸爸可能都带我走过，红河州、丽江、高黎贡山，简直就像一个神话世界。看了吴家林先生拍的照片，就感觉再大的山，也是人在那里，征服也好，融入也好，都是人和自然的状态。我觉得最有意思的就是边地的人，每个省边界的地方，我想去看看那里的人是怎么生活的。正好辞了职，有些时间，就准备好好走一走，决定从云南的大理走到梅里雪山，再穿越到丙中洛，经过丙察察线进入西藏，最后走到拉萨去。

行李　怎么策划路线？

寒山　我不太看攻略，但我要看纪录片、电影、这个地方的民族志。如果这些都没有看，我就直接看地图，看到这个名字很吸引我或者这个海拔很吸引我，有时是一个地方周边的等高线和湖泊很吸引我，就带着地图去了，沿途问老百姓，或者去车站看，车站都会有线路。

行李　走了多久？

寒山　70 天，我还走了怒江州，为了去看丙中洛。田壮壮有部纪录片《德拉姆》，就是拍这里。丙中洛有句话，叫作"人神共居"，那边有几百座天主教堂，当地有傈僳族人、怒族人、独龙族人。走在当地的时候，你脑海里马上会想起田壮壮的电影里，云慢慢散去，小镇慢慢露出来，邮差摇着铃铛，去每家每户送信的情景。我就这样背着包走进这个边陲小镇，当地的怒族青年拿着啤酒在那儿打台球，泛绿的那种老桌子。还有一个邮局，时不时有马帮牵着马叮叮当当从街上穿过。那里有一家国际青旅，我是两个月来，这里的第一个客人，老板人很好，带我上山采蘑菇，看基督教堂，给我讲他的故事。他是汉族人，妻子是藏族人，当时不过十几岁。他之前也是走过了很多地方的旅行者，最后走到这里，就把这个小旅社经营成一家青年旅舍。

行李　路上遇到的人多吗?

寒山　不多，有很多人想徒步，不过徒步一段就坐车走了。有时我还是希望遇到一两个人，聊聊天。但骑自行车的人不会跟你聊天，一般"刷"的一下走了，最多挥挥手。开车的人更不行，有时问他们要点水喝都不会理，他们也拼着命赶路。

　　有人跟我说前面有一个台湾人，也是徒步的，结果怎么走都没有遇到，我还挺想遇到他的，那时候好想遇到一个人啊。后来我遇到一个小伙子，叫亚洲，他和哥哥一起骑车。我当时走到香格里拉尼西乡，那天走了一天，下大雨，全身灌满了水，硬是走到太阳出来，把全身衣服走着晒干。走到晚上八点，到镇上只找到一家住宿的地方，老板说满了。又到旁边去问，也没有，我就回去蹲在原来那面前休息，跟老板说：大哥，我想烤下鞋。然后又问：大哥，是真没有房间了吗？他也很实在，说还有，不过是三张床。我说那我就全部租下来得了。

　　我住下没多久，又来了几个人，就是亚洲他们，就跟他们分摊了住宿，然后一起找了家白族馆子吃饭，他们听说我是走路的，都特别有兴趣。他可能想了一晚上，第二天早晨说："大哥，我想跟你走两天。"他就推着自行车跟我走了一天，那天我们走惨了，走了70公里，因为要一直走到奔子栏，老是遇不到可以休息的地方，路上也没有东西吃，就摘一点仙人掌吃，最后走到晚上十一点。

行李　那得走夜路呀。

寒山　其实走夜路很美，我曾经画过我走夜路时看到的漫天繁星。走夜路最容易产生幻想，觉得自己好像身处某个电影或者小说里的场景，尤其是走在河谷里，两边有两座山夹着，你会觉得像在一个巨大的倒立杯里，里面盛满了星星。

行李　最后怎么样？

寒山　终于走到奔子栏，就住下了。当天住下我就问他，你要不要再跟我走一天？其实还很舍不得他。他跟我讲了很多想法，后来还是骑车走了。回来之后我们在 QQ 上聊，他说从来没有这样走过，之前只是在家里偶尔骑骑车，为了来这儿，还特意拉练过。那次跟哥哥骑到拉萨后，哥哥就回去了，他自己往那曲草原骑，骑着骑着，有一天，他把自行车扔了，徒步走到藏北草原那些人的家里去和他们待了几天。

行李　好像走在路上，每个人都会发生很多变化。

寒山　在藏区，有一次走到一个工地，我很饿了，干粮也吃完了。看到工地里有几个人在打牌，地上有吃剩的饭，像喂猫的，在角落放着。我就问大哥，那个是不是你们不吃的？他们说你要吃可以拿去。我把所有的饭都吃完了，简直是美味佳肴。吃完后，看到里面有个小孩，挺可怜的，鞋子全烂了。正好我包里还有双鞋，是我走的时候，一个大哥送我的很好的徒步鞋，就把鞋送给他穿了。

　　这样的事情很多，手上有点东西就送点。买的零食也会散给遇到的孩子们，我也吃别人的东西。在路上，都是"物物交换"，每天遇到的人都不同，每天都是陌生的，但基本上都没有遇到坏人，最多是人家不理你。

行李　还吃过什么？

寒山　路上会捡东西吃，也会摘野果子。有一天遇到一个骑自行车的人，他背着一口高压锅出行，我说你随便在店里吃个面也好。他说：“吃面不是也要花几块钱吗？我才没有那么多钱呢。我背一袋米，背一口锅，走到哪儿都行。"就是特别"穷游"的那种，又不太会跟人打交道，走到哪里就硬闯。我说高压锅也太重了，你拿个土锅也行啊。他说高压锅快，吃完就走了。

所以在路上，每个人的状态都是不同的，我比较随遇而安，有次看到一家人门口有仙人掌，看旁边没有人，就跑去剪上几块仙人掌，把刺拔掉，把皮剥掉，把肉一刀刀剔下来吃了。也会去摘人家的苹果，做点不太好的事情。有时候实在没有吃东西的地方，也会自己煮点面，包里都有老干妈和挂面，但更多的还是吃当地人的东西，也能因此更多体验跟人的关系。之前那么多年行走，从成都周边，到藏区，不管走到多么凶险的地方，都是纯粹的大自然，但所有行走，最后还是要回归人世间的烟火，就是人文地理。其实就是《一代宗师》里那三个阶段：见自己、见天地、见众生。如果不走出去，就无法认识自己，走出去见了天地，就是为了忘掉自己，但最后还得回到人世间。

5.

行李　除了这些，你还喜欢去武当、峨眉、青城山这一类佛道场所。
寒山　对，后期主要是寻找中国传统的隐士文化。去武当山，也是想去找那里的隐士。

行李　找到了吗？
寒山　如果说修行的人就是隐士，那么他们就是。但在我心里，只有看不到的人才叫隐士，但凡你遇到了，都不叫隐士。

我很喜欢寻访古迹，不是那种立了碑的古迹，而是隐没在山间的古迹。有段时间我驻山，去了成都大邑的雾中山。很多人知道这座山，但没有往深山行走。雾中山在古代被称为大光明山，因为云雾弥漫，又被称作雾中山，山上有弥勒的道场。此山曾有108座寺庙，其中一座，是中国佛教第二座寺院，第一座寺庙是河南的白马寺，第二座就是雾中山的开化寺。

里面还有一座接王寺，主体建筑应该是清朝的，后来应该也修过，但在山里，已经养出古味来了。里面有三位师傅，最年长的一位生于宣统年间，另外两个师傅也都是有故事的人。其中一位师傅说"山中有隐士"，这个山也被称为"小终南"。原来以为只有终南山有隐士，后来认识了武当山的朋友，知道武当山也有，再后来才知道，其实很多山的后山都有。

在山里就住了几个月，那时候突然觉得所有的大山大水，都回归到眼前的青山云雾，就理解了为什么古人觉得天地都在自己的书卷里。

行李　山里每天的生活怎样？

寒山　早晨起来添油灯，要给佛上香，然后扫院子，扫完院子就开始抄《金刚经》练字，因为人需要一些仪式感让自己进入状态，而且我也很喜欢这本经书，觉得写得很美。做完这些，每天就出去玩，采点野花，摘点野果子、折耳根，挖点笋子，不停地往山里走，也会遇到很多采药人，他们也会告诉我哪里有蘑菇。里面还有一片南宋的野茶园，没人去采摘。那时常看到一些穿灰色衣服的僧人从山路上走出来，另外一些僧人跟他们打招呼，感觉就像"松下问童子，言师采药去"。

我当时戴斗笠，穿草鞋，批一身麻衣，挂着一根竹杖，背着行囊，经常会遇到一两个云游来的僧人问我："师傅你从哪里来的，即将去哪里？"他们都认为我是在山上修行的道士。

行李　仿佛回到了古代，而且难以想象，就离成都这么近。

寒山　再往深处走，有个很棒的地方，銮华顶。我平时跑上去，也就一小时。去銮华顶的路全是石阶，很老很老的石阶，布满了青苔，王维诗里写的那种感觉。走着走着，就看见红枫叶落在青苔上，也落在很老的木栈道上，本地人搭的，一层一层堆叠起来，就像日本寺庙那样。走到顶，有一株很老的松树，松树后面有块石头，就像《红楼梦》开场的感觉。那里有个棚子，住了一个老人，很久没下山了。其实是一个古庙，坍塌了，他又修了一些，种了一小块地，每天就在那里守着，你说他是修行也好，生活也好，都好。

这些山一座一座绵延过去，后面就是西岭雪山。

行李　感觉真是很好啊。

寒山　还有个地方也很好，叫明月寺。从接王寺、开化寺一直往上走就可以到。一进到半山腰，突然有一棵古松，古松上面全是青苔。旁边有口水潭，叫明月池。明月寺也是以前坍塌后重新建的，但建得很有禅意。寺里有砍好的木柴，一捆一捆放在那里，还有柴灶、蔬菜。如果你需要，可以自己去采菜回来做饭，走的时候，把东西洗干净，留给下一个人用就是。

我去的时候，天气非常好，有一束光落在一块青苔上，有一位僧人在那里非常安静地打坐。过一会儿他醒过来，我问他：师傅从哪里来？他说从五台山过来，觉得这里做道场非常好。他知道我没有吃饭，就用山里的野木耳、自己种的番茄、野蕨菜，做了一锅素面，我们两个把它分吃了，席间讲了一些唐宋高僧的往事。

6.

行李　后来怎么到了安仁古镇？而且开始染布了。我第一次见你，就是在安仁古镇的染坊。

寒山　很偶然，三年前，我因为朋友的介绍来安仁做画展。当时我的房子很小，又居无定所，所以画的都是很小的画。展览后，大家很喜欢，古镇的负责人就邀请我来这里住下，我选了一间以前刘文彩管家住的老院子住了下来，一住就是三年。

行李　这个古镇几乎就是刘氏家族的，历史特别，也很安静。我看过报道，古镇上有27个公馆。这期间你的生活是怎样的？

寒山　生活相对稳定规律，和在路上时相反。每天早上起来打扫院子，上午写写书法、抄经、画画，中午午休，下午读点书，傍晚时去周边田野转转，晚饭后听点音乐，有时也看书画画。每天很早休息，很早起床。如果想进山了，古镇出去一个多小时就能走到雪山里，但基本上没有太多长途行走，多用于创作。

行李　怎么开始做起染坊来了？后来怎么又不做了？

寒山　也是很偶然，来古镇后，一个朋友想做染布，于是带她去黔东南学习，后来就一起做了。我不是那种有大目标的人，很无为，只想简单过日子，加上古镇越来越热闹，正好一位朋友在距离这里一小时车程的崇州经营一家有机农场，就是凡朴农场，我就去了那里。

行李　我也去过，那里很像台湾的永续农业，很棒。

寒山　对，野花丛生，返璞归真，过自然永续的生活。我在那里也做农活，与此有关的手艺、美学，都做，但我是半农半陶，另一半时间做陶艺。

　　　我喜欢器物和民艺，也想以手艺的方式完成我的作品。陶艺是因为我喜欢和土壤有关的东西，它们是最拙的。现在我的陶坊里用的原料全来自农场里的自然资源，做的东西也都是一些生活器皿，茶具、餐具、花器之类。

行李　又染布又做陶，你做的事还真不少。

在安仁古镇、凡朴农场、明月村都短暂居停过后,
寒山现在和妻子转至(成都)浦江霖雨山谷生活,
一边绘画,一边染布,闲时走访四周。
这里是乡野,却很有文气,山中常见古寺、壁画和石刻。
地形也丰富多变,田野、河谷、山麓,
依次展开,疏密得当,
真桃花源也!
[摄影/宋文]

寒山　陶艺也只是某个阶段的事，绘画和行走才是我生命里最本质的，一个靠手，一个靠脚，这是我体会大地的方式。只要脚还能走，我就会一直走下去。只要手还拿得起笔，就会一直画下去，直到生命结束。现在旅行少了，人生就是走走停停，该止则止，该动则动。人生就是体验不同境遇，至于得到什么，留下什么，都不是我追求的。

行李　但愿一切顺利。最后一个问题：为什么取名寒山？和那位寒山禅师有关吗？

寒山　我喜欢这两个字，我师傅也喜欢，觉得适合我。我常年行走在高山地带，我的绘画里也是荒寒、寂寥的，和我气质相符。当然也和唐代那位寒山禅师有关，他的生活方式也是汲风饮露，融在大自然里。他在美国的知名度很高，其实那部著名的电影《冷山》，原名应该叫"寒山"，就是作者向寒山的致敬，如果你去看《寒山诗钞》，也能体会这种气质。

乔阳

因为喜欢横断山脉,
从城里跑到白马雪山和梅里雪山之间的
飞来寺和雾浓顶生活了十多年,
其间结婚、生子,
并开始探索绿绒蒿及其他高山植物。
两年前搬迁至大理定居,
将家选在面朝苍山、背对洱海的田野上,
开门见山,出门见海。

[摄影 / 宋文]

乔阳 白马雪山与绿绒蒿之恋

　　在中学地理课上听到"横断山脉"一词时，乔阳就心生向往。大学毕业后，做过审计、会计师，都不如人意。30 岁之前辞去工作，翻山越岭来到横断山脉深处：白马雪山和梅里雪山之间，在那里开酒吧、客栈，同时研究、拍摄高山植物，在此途中，邂逅了一百多年前在这一带研究绿绒蒿的英国生物学家金敦·沃德，她的内心从此发生逆转。

　　我们 2014 年去探访她时，她已经从最初的飞来寺退回到雾浓顶，前者是看梅里雪山的著名观景台，以游人为主，后者是一个典型、完整、目前还算遗世独立的藏族村落，距离白马雪山更近，或者说，就属于白马雪山。

　　那次她和我们展示了在白马雪山拍到的百余种高山植物，其中最大的明星，当然是绿绒蒿。在那之前，我不知道一种植物，一座山，可以像蝴蝶效应一样，彻底改变一个人的命运。

〔黄菊　2015 年夏天采访〕

1.

行李　你是哪年到的云南？

乔阳　2002年吧，之前都是旅行，2002年到现在算是定居，16年了。

行李　一开始在飞来寺？

乔阳　是的，当时飞来寺还很偏僻，除了一两家藏族人的房子，没有其他外来人开的客栈、酒店，比较遗世独立。

行李　那时很多人去德钦，都是把梅里雪山作为目的地，飞来寺也因为是观看梅里比较好的平台才成名，白马雪山只是前往梅里雪山途中的一个点，早期很少有人把它作为目的地，你们怎么现在直接退回来了？

乔阳　我一开始也是不太了解白马雪山，甚至连梅里雪山都不知道，最初是到了中甸（现在的云南香格里拉），看到整个横断山区，我一直对横断山区向往，就继续往西走，在这过程中发现了梅里雪山，那时觉得整个澜沧江河谷很有意思。最初几年我们没有目的性，拿着地图看，有时觉得名字好听就直接去了。

行李　为什么向往横断山区？

乔阳　从小喜欢地理，中国整个西部在地理书上提得非常多，所以高中一毕业就往西部跑，那时还没有"背包旅行"的概念，最开始去了西北的青海、新疆，然后就到了西南的云南。刚到云南时，主要是在峡谷、雪山中流连得比较多，所以最先关注的是梅里雪山和澜沧江。后来迪庆州提出"三江并流"的概念（2003年被列入世界遗产名录），才发现白马雪山这些地方。

行李　你"发现"白马雪山，是自己慢慢进入的，还是受了什么外来影响？

乔阳　我在游荡的过程中看到了一本书，《神秘的滇藏河流》（*Mystery*

Rivers of Tibet，1923 年初版），是英国生物学家金敦·沃德（Frank Kingdon Ward）写的。他书中所描写的，不管是自然地理的部分，还是植物学的部分，都非常迷人。这本书是他 1913 年到了以白马雪山为中心的整个横断山区后，对地理和植物的考察笔记。我完全被迷倒了，反反复复看了十多遍，以至于有一些段落都能背下来，自然就很想去看看书中描写的地方，就这样进入了白马雪山。

行李　金敦·沃德前后也有其他外国探险家和植物学家在这一带走，都留下了精彩的著作，他的书有什么特别处？

乔阳　这个人非常有爱，他会用很美的语言来描述植物，有一次他提到一种叫"朝天岩须"的花，他这样写道："乳白色的花冠从细长的长柄上羞涩地往下看。"而"拟耧斗菜"，他说她"淡紫色的花朵发着微光……"我就一直很想看这些花如何羞涩，如何发出淡紫色的微光。

　　在飞来寺待了八九年后，2011 年，我把这本书认真梳理了一遍，做了一个 Excel 表格，把他提到的花和地点都一一列进去。我会仔细看他描述的地理环境，因为那时我对当地已经很熟悉，去过很多牧场和峡谷。特别好的是，外国人在做这些记录的时候没有太多文学性的语言，他会特别客观，所以一看他描述的环境就能大致推测出他去了哪里。那段时间我们就拿着这本书和整理的资料，开始在整个白马雪山游荡，资料不足的时候，就找一些图谱以及白马雪山自然保护区的专业资料对比着看，看看这些地方一百年来的生境变化，甚至也会牵扯到人文的变化，都很有意思。

行李　听起来好激动。

乔阳　是的，金敦·沃德除了这本书，还有一本《高山上的绿绒蒿》(Land of the Blue Poppy，1913 年初版)。绿绒蒿是一种非常珍稀的植物品种，金墩·沃德有一段笔记，记述 1913 年 8 月在阿墩子（现在的德钦县城）以东的山脊上，他称为"锯齿状的山脊"，刚好就是我们当时客栈所在，以及我们平日经常去的这一带，在一处湖边看到了绿绒蒿，他非常详细地描述了湖周围的地理地貌。

  2013年，我们也在8月份来到他看到的湖边，和他书中描写的完全一致，而且我们也在湖边找到了绿绒蒿，所以当时的感觉就是，噢……真的有一种内心忽然崩塌的感觉，好像被什么巨大的东西击中。一百年之后，在同一个地方，我们也看到了绿绒蒿，也许我们看到的就是同一个种属，甚至是同一株绿绒蒿。

2.

行李 你之前对植物的兴趣就这么大么？

乔阳 那之前完全不懂，从来没有接触过，不知道这是一种怎样的缘分，只是觉得这本书有意思，才开始学习和了解。

行李 横断山区这方面的书挺多的，单单这本书结成了你和白马雪山的缘分，是文字写得好？

乔阳 这本书里有些东西打动了我，它不是很多国内植物学著作里那种专业的、冷冰冰的语言，就像我刚才提到的，他很有爱，当他找到绿绒蒿时，他会先很有爱的写到绿绒蒿的美："一株标本有0.5米高，上面冠以29朵花和14个正在成熟的夹膜，下面有5朵花蕾——共48朵花。这种植物似乎整个夏季都在一枝接一枝默默无闻地将花朵打开——由于茎空根浅，它就像一株被扔在水里的日本空茎花。"然后会哀叹生命的不容易，虽然它长出的种子很多，"但是由于在种子成熟之前，夹膜就遭到一种小蛆的攻击而被残酷地毁坏了，所以能发芽的很少。那些幸存的种子直到11月或12月才抖落在坚硬、冰冷的岩石间。岩石像一块块墓碑立在那儿，目击了种子历经各方杀戮后，发芽的有多少？春天再次到来之前，腐烂的有多少？有多少长成幼苗后，仅仅成为某些在漫长的冬眠之后再度复苏的动物的食品？哎呀，深藏在雪封的大石间不受风寒侵袭的裂缝里，躲过所有这些危险之后幸存下来，到第二年夏天开花的，真是少之又少啊！"

行李　从此你就开始关注整个白马雪山的植物了吗？

乔阳　是，我因为这本书而关注到整个高山植物的生存环境，每一株在高山草甸或者流石滩上生长的植物都很低矮，可能整个植株只有10～20厘米，最多30厘米，但他们的根系会扎到30～50厘米深的地方，因为只有这样深深地扎下去，才能找到湿润的土壤。有时我会躺在流石滩上，感觉到背部冰凉冰凉的寒气，而与此同时，面上的阳光非常温暖，那时会想到高山植物生命的不容易，她们的生机、活力，以及与环境的不停对抗。

行李　这些在林线之上、雪线以下的流石滩地带，看上去就是一堆乱石海，大风凛冽，却有植物顽强地生长了下来，而且往往开出最娇艳的花，几乎形成了一条景观带，有植物学家称这一带为"空中花园"。

乔阳　是的，在流石滩上，100米之外的地方什么都看不到，只是一片石海，根本想不到在这里还有美丽的花，不仅仅是绿绒蒿，还有岩白菜、棘豆、贝母、雪莲，都非常美丽。

　　后来我会经常带着这本书上山，每次看到和书里一样的植物，就好像和这个一百年前的人在对话，有一种谈恋爱的感觉，好像在约会，约会在某个5000米的山脊上、4000米的森林里。有时也会带朋友上去，我会拿出书来读给他们听，指给他们看。我们也好，一百年前的金敦·沃德也好，都被这片土地深深地迷住了。只是这本书还没有中译本，我们自己花了一些时间翻译，也得到朋友的帮忙，想把它全部译出来，现在初稿已经出来了，但后面的校译还需要一两年。

乔阳沿着金敦·沃德在白马雪山的路线,
重访他当年见识的绿绒蒿,
它们大多长在荒芜冰凉的石海里,
却开出最娇艳的花。
她偶然发现的变异种白色长叶绿绒蒿,
据说只在早期的佛书中有过记载,
之后植物学家在藏东南见过一次,
这是在滇西北第一次发现。

[摄影 / 乔阳]

羊羊六个月大时跟随妈妈从厦门来到白马雪山,
没有高原反应,没有生活习惯上的不适应,
在当地的青稞面和糌粑里,
在白马雪山高海拔的营地里,
在滇藏线来来回回的旅途上,
他早早地学会了如何分辨梅里雪山、白马雪山、哈巴雪山和玉龙雪山,
如何分辨风吹过大果红杉和吹过青稞地的声音。
这颗大果红杉,
就是乔阳理想的归处。

[摄影/乔阳]

3.

行李　你一般怎么进入白马雪山？因为214国道横穿白马雪山，过去我一直对白马雪山没有一个整体概念，不知道你们走到深处去怎么走。

乔阳　214国道确实横穿了白马雪山，在整个三江并流地区，最东侧的山脉是云岭，白马雪山就在云岭的中间部分，214国道经过的这段，接近白马雪山的主峰，也是国家级自然保护区的核心地点，森林最为完整。如果再往北，那里的森林植被要差一些，主要是高山草甸和流石滩植被。

行李　白马雪山是南北向，东坡和西坡差别大吧？

乔阳　非常大，我很喜欢这种奇妙的感觉，就比如从东边的中甸过来，经过奔子栏那一带时，简直就是穷山恶水，非常荒凉、干燥，那是干热河谷的典型地貌，可是当你翻过垭口，抵达西坡，一下子就看到很多森林和草甸。

行李　干热河谷其实也很漂亮。

乔阳　是的，受西南季风影响，整个横断山区的风都是从孟加拉湾往北、往东来的，三江并流地区的山都是南北向，所以风都是从西往东走、从南往北走。我们在中学地理课本上学过一个很好的气候概念：焚风效应，通过焚风效应的叠加，每一条江的谷底都会形成一段干热河谷，那里不会有太高的植被和树木，这主要是东坡。每到西坡，就会降下比较多的雨，再到下一个东坡的干热河谷……如此反复，很神奇。

行李　我第一次进入横断山脉，也是走214国道，感觉太奇妙了，有一种巨大的穿越感，山脚到山顶不同天，山的东坡和西坡也是两重天。

乔阳　可能你在白马雪山的垭口还能看到雪花，感受到风，同样是这阵风，当它一翻过垭口，进入东坡，你就会看到非常荒凉干燥的地貌，你会忍不住想，为什么在江边的地方，反而会一点雨都没有？这都是它独特的地理地貌决定的……我可能讲得不对，但正是这部分最让我着迷。最开始来到这里时，以前地理书上学习到的知识，忽然就这样直观地展现在面前，哎呀，真是！

行李　有种——验证的感觉吧？对于生活在中原地区的人来说，这些知识和现实生活的关联性太弱。

乔阳　对，以前看地质地貌的书时，会提到很多年代，比如 4 亿年、200 万年，什么板块挤压、青藏高原隆起……那时感觉这些时间概念是一个过去时，很遥远，而且对人类来说，这种尺度太宏大，宏大到让你觉得它仅仅是一个表达过去时的数字而已。可是当你真的从这片山水走过来，你就能感受到大地的力量，所有的地理概念、时间概念，都不是过去时，而是随时在发生的。

行李　而且我们眼前所见到的一切，都是这种宏大尺度在今天的延续。

乔阳　当我们正在旅行的这个时刻，所有的地质力量都还在继续运动着，你能感觉到迷人的大地的力量——它们很年轻，很有活力，甚至是在很莽撞、很粗鲁、很有破坏性地、不计后果地发生着力量，最终表达在地表上的语言，就是高黎贡山的火山喷发，遍布整个三江并流地区的地热，这些温泉每时每刻都在展现大地的力量。山地在抬升，河流在下切，这种来自地底的力量、流水的力量、地表重力的力量，都在以"现在进行时"的方式呈现在每个途经这里的人的面前，不管你是当地人还是旅行者。

行李　这一带就是立体的地理书。

乔阳　不仅仅是立体的地理书，它还具有一流的美学价值。如果可能的话，用延时摄影，或者站在一个非常高的时空概念去看它的力量，你会看到它每时每刻的变化。所有的地质演化都记录在这里，而且非常完整地呈现出来，因为这一带并没有受到太多现代文明的侵袭。有时候我会很神经的，每当有一阵风来，我都会想，哇，这是来自多么遥远的南方的孟加拉湾的风，不管干热的还是冰凉的，都要多么不容易地越过层层屏障才能到达这里，所以不管怎样你都会很感动。

行李　每一场风都经过了长途旅行。

乔阳　对大部分游客而言，仅仅是去看梅里雪山，甚至仅仅是去看梅里的日出，我觉得非常可惜。这个地区是非常丰富的自然地理单元，你如果愿意，尤其是你还带着孩子，沿路就可以一边学习，一边感受着风景，同时还感动着，这样的旅程比较幸福。

行李　你是第一次经过这一带时就生出了这么多情绪来的吗？

乔阳　差不多是，但其实我第一次去德钦时，因为白马雪山下雪封山，没能翻过去，那次让我激动的是，当我从奔子栏往上走到书松时，看到一片非常明显的蛇绿岩，我当时内心怦怦跳：我以前在书里看到的东西，怎么可能就出现在我眼前？因为蛇绿岩代表着这里曾经是海洋，后来才知道，整个金沙江地区都是蛇绿岩分布带，但当时看到那么一小点，对我来说也很激动。

4.

行李　看到你拍摄的白马雪山的植物，几乎像图谱一样齐全、专业。

乔阳　我自己拍花的过程其实闹了很多笑话，最开始因为没有专业知识，往往拍得很美，后来知道，应该连同生境一起拍，而不是像花卉摄影一样，忽视周边的植物关系，也忽视掉植物的叶、根，只注意到那朵花。

行李 有生境才能明白,那朵花为何如此美,美在哪里。

乔阳 是的,我最开始会很急于把花标上名字,还很得意地把海拔位置标上去,后来学习更多后,就知道以前看到的可能不对。有一次我带北京的两个朋友去看桃儿七,书上描述的是:这是国家三级濒危保护植物,生活在林下比较潮湿的地方。

我们那次在白马雪山西北侧一个山谷里,刚好在一棵很小的树下发现,结果边说边走,到达第二个山谷的时候,我完全惊呆了,那里有上千株桃儿七正在开放着!当时觉得好尴尬,因为之前刚刚描述过她是濒危的、林下的,这里却这么繁华,而且整个山谷的生境和书中描述的不一样。后来多次进入这个山谷去看,才知道原来这里多雾多雨,比较潮湿,虽然没有在林下,但可能是植物的天敌在这里比较少,所以繁衍出了很大一片。

行李 你对高山花卉这么痴迷,只是因为金敦·沃德带来的影响么?

乔阳 怎么讲呢,除了生命力,我觉得这些花有一种在沉默中爆发的力量,这一点很吸引我。有些花会给我带来思考,比如绿绒蒿,种子非常多,其实过度繁殖是大部分高山植物的特性,因为它们的自然损耗非常大——来自冰雪、昆虫、动物的损耗,金敦·沃德曾经在一株花上数出了八百多个种子,非常难以想象。植物不断适应自然,自然不断影响植物,植物再不断打破……这种为了生存而起的变化,和我们的人生何其相像,我很喜欢植物这种很沉默的生机和力量。

我有两年很痴狂,在酒店里根本待不住,每当5~9月期间的雨季到来,每隔十来天就要上山去看一下,我要去看什么花开了、谢了,因为就只有这么短的花期,错过就错过了。那一两年我经常一个人在4500~5000米的地方游荡,一出去就是七八个小时,其实挺危险,白马雪山对我很眷顾,曾经在这个地区的植物学家都没发生过什么事,所以我也不曾感觉到危险,而且当你在同样的地点看到同样的植物,会觉得和一百年前的人就像情人一样。

行李　金敦·沃德在书里曾设想过，多年以后是否有人会沿着他的路线，找到他的营地，"我并没有什么特别的野心非要到达这些原始的山峰不可。然而，当我在日落时的粉红色霞光中凝视着它们，当闪电起伏着划过天空，伸入山谷，落到地平线以下的行星大放光芒，我有时就想，这些山峰的未来征服者是否会想起我，沿着我的路线，找到我的营地。在灿烂的星空下，坐在帐篷外边，我注视着升起于白马山上的月亮从高空中将黄白的光线洒落在下面扭曲的冰川上……"

乔阳　是呀是呀，可能是因为爱着同样的东西，而这种爱的对象，通过自然的方式一直延续下来，让你觉得和那个时空的人有某种特别的沟通，这种沟通，比恋爱更加迷人。

5.

行李　白马雪山的森林也是非常美，高山花卉还需进入腹地，爬到4500米以上才能看到，但是这里的森林，哪怕只是坐在车上经过，窗外所见，已经十分动人。

乔阳　从中甸坐车往德钦走的时候，都会经过白马雪山和它的垭口，这一带森林是核心区最漂亮的一段。我第一次经过白马雪山的时候拍了很多照片，刚好是秋天，照片都很美，森林的颜色很丰富。开始看植物学的书之后，我会想：为什么它会这么美？是因为白马雪山垂直植物带的完整，如果你观察，会注意到白马雪山的林线是有上下两道的，一道是森林和高山草甸、流石滩之间的界线，一道是和下面干热河谷之间的界线。我最喜欢的照片，是在雪山的背景下呈现出墨绿色的森林，同时夹杂着金色的树冠。

行李　这种颜色搭配是怎么出现的？

乔阳　后来才明白，原来这里的森林是冷杉和大果红杉的混交林，冷杉的树高通常只有20～30米，是常绿乔木；而大果红杉是落叶乔木，树高 30～40 米，所以每到秋天，森林里最高的一层就是大果红杉的金色树冠，下面夹杂着冷杉的墨绿色。当我了解到是因为这样才很美的时候，心里非常开心。

行李　听说山上有一棵树是你死后想埋葬的地方？

乔阳　是呀，就是一颗巨大的大果红杉，它长在雪线下面。大红果杉的适应性非常强，长在冷杉和云杉林被火烧之后的次生林里，大面积分布在 3000～4200 米之间的海拔，但个别单株会长得更高，我喜欢的这棵在 4500 米处，胸径有一米多，整个树冠在地上的投影面积巨大无比，死后要是能埋在这样一棵树下，还在雪山冰川里，多好。

行李　现在白马雪山主要都是什么人去？

乔阳　自然保护区主要是科考的人进去，里边有一些基础的设施可以利用。如果去到国家自然保护区的核心区，那里有两个按照科考基地的标准建的营地，第一个营地有两层楼的木房子提供住宿，不一定有电，水可能是水管引下来的自来水，也可能需要自己去打水；第二个营地在靠近主峰的一处高山草甸上，有两个木房子，一个是卫生间，一个是住所，比第一个营地大，里面有火炉、睡袋。那里已经接近雪线，海拔在 4500 米左右，还有冷杉和单株的大果红杉，就是我说死后希望埋葬在那儿的那株，此外就是高山草甸和流石滩，背后就是雪山。

行李　那就是你在白马雪山上最青睐的地方了吧？

乔阳　是的，我每次去都会住两天，喝点茶或者咖啡，就那么待着，听一下风的声音。这也是一个很奇怪的习惯，我每到一个地方都喜欢听一下风的声音。在我们客栈所在的雾浓顶村，风吹过青稞和风吹过小麦的声音是不一样的，风声尖利的程度，会随着它们成熟和包浆程度的不同而发生变化。在森林里，风吹过针叶林，吹过阔叶林,以及只是在流石滩上行进的时候,声音也完全不一样,特别是针叶林,尤其是秋天落叶前,那种干燥的、摩擦的声音,真是很好听,画面也非常美。在雪山的背景下,风吹过来,穿过大红果杉,所有叶子都变成金黄色甚至褐黄色,金色的松针漫天飞舞,没办法用语言描述,必须在那里静静地听,心醉神迷!所以我才会经常开玩笑说,要死在那个地方。

行李　因为这次来见你,我才开始了解白马雪山,之前都把它错过了。
乔阳　我也一直在想,为什么我会隔段时间就要去山上走一趟?为什么会这么痴迷?除了这里的自然地理价值、美学价值、丰富的植物外,还因为我会感觉到另外一些东西,以前看过一首诗:"开落在幽谷的花最香,无人记忆的朝露最有光,没有照过影子的小溪最清亮。"我第一次进入白马雪山时,脑子里就呈现出这样的句子,可能因为这里呈现的是非常初始的状态,哪怕现在,白马雪山能提供的也仅仅是科考所需的简单设备,你所接触到的都是最原始、最自然、最真实的风景。

行李　你的孩子羊羊也常和你一起上山?
乔阳　是的,他十个月大的时候跟我去4500米的地方扎营,就是在那株大果红杉林下,而且就是风把松针吹得漫天飞舞的季节,他当时还不会说话,只会叫"妈妈"。他一看到这个场景,就大声尖叫:妈妈、妈妈,也是一脸心醉神迷,眼睛里闪着惊喜的光芒。我当时非常感动,感觉那不是妈妈和孩子之间的交流,而是两个人之间的交流,说得夸张一点,是两个灵魂之间的交流,因为我们对同样的美有同样的感受,同样地触及了心灵。

行李　听起来,秋天是你最喜欢的季节吧,一天里,最喜欢山上哪个时辰?
乔阳　大部分的人都喜欢早上,因为可以看到梅里雪山的日出,但我觉得,这个地区最美的时候是在深夜。深夜坐在山巅,那种感觉不是文人描述的"独坐无人知，孤月照寒泉"，而是因为，那时月色下的雪山、星辰，连同整个天地都是静默的，可能雪山的最后一滴水也冻住了，偶尔会听见岩石崩裂的声音，如果靠近冰川，还能听到冰柱发出很大的轰鸣声，那时大地非常安静，地上和地下的力量也平衡了，这种微妙的平衡，确实不是人类所理解的美……有点太玄乎了吧？但彼时彼刻，就是在人类出现以前、在一切情绪都还没有升起之前的感觉。

行李 金敦·沃德也有一段和你一样的描述，"在灿烂的星空下，坐在帐篷外边，我注视着升起于白马山上的月亮从高空中将黄白的光线洒落在下面扭曲的冰川上……"

乔阳 是呀是呀，如果下次有机会，你应该和我去到白马雪山最高的营地住一下，我非常喜欢在深夜里就这样坐着，什么都不做，就那么坐着而已。说实话，我是超级不想带人去，这么多年来，我就没有正儿八经带人去过。有一些快乐不足为外人道，我非常喜欢那样的朋友，可能我们是在不同时间里去，但拍出来的照片是一样的，同样的角度、同样的光线，在同样的地方感受到同样的美，那种惺惺相惜的感觉！如果带了不合适的人去，我可能会觉得，老天，我为什么会带这个人来……

行李 可能金敦·沃德都没想过，会在一百年之后有你这样一个追随者。过了一百多年，你就没发现在他书里发现记载错误的内容吗？

乔阳 基本上没有。有一次，他说在阿墩子附近的山上看到了很多杓兰，我不相信，因为我在附近山上走过很多次，很熟悉了，可是没有看到过。有一天心血来潮，说去找找看，结果就在我们客栈后面的树林里找到了紫点杓兰。中甸的纳帕海有一个高山植物园，那是杓兰的根据地。德钦这边，我们酒店的后山就有好几个不同品种，每年6月初开花，所以下次你来的时候……怎么办，你们可能需要一整年都待在这里，不然你告诉我喜欢哪一科、哪一种，这样我才好告诉你什么时间来，跟我去什么样的地点。

行李 多么幸福，在客栈边上就能看到这些珍稀植物。上回在你们阳台外就看到了青冈林。

乔阳 对呀，我们住处的阳台外就有一片青冈林，是壳斗科的乔木，《冰河时代》里那个弃婴不是老爱玩橡树的种子吗？那就是壳斗科的，很古老，这片青冈林代表了这个区域留下来的古老生物种类。阳台上这棵从地板上蹿上来，很好地生长着，每到成熟季节，不管白天黑夜，都能听到果子很清脆的"哒哒哒"掉在地板上的声音，这种感觉很奇妙，感觉和某个时代有很重要的牵连。

行李 白马雪山真是古老物种的保存中心呀。

乔阳 白马雪山的植物被称为"北温带植物体系的摇篮"，可能因为它是南北向的，在地质演化的过程中，有些温带的植物沿着山脊往南走，有些热带的植物沿着河谷往北上。这些植物在迁徙的过程中不断分化、繁衍、组合、混交，因此形成一个庞大而丰富的基因库。

　　最难得的是，要看这些植物很容易，即便你是自驾游，只要把线路拉长一点，多踩几次刹车，从奔子栏方向上来，每当看到一处没有花卉的地方，只要往山上走200米必有发现。

行李 可是知识储备和感受力都没到位的时候，会对这些视而不见。

乔阳 知识储备可以从零开始，像我这种不入流的观测方式，仅仅只是从一本自然文学的书开始，现在虽然也没有学出个样子来，但在这个过程中得到了很多新的知识，从这些知识中丰富了自己的感受能力，也得到了非常多的快乐，并不是非要抱着什么目的，要像一个植物学家那样娓娓道来各种植物的特性、分类，甚至不是非得要找准某种植物——当然这是一种很大的快乐，只要一开始去看，去了解，从什么时候开始，从什么角度开始，都没有关系。

6.

行李　你们在这样的环境里,对羊羊来说太好了。

乔阳　小朋友对自然的感受能力很强,可能还没有受到其他东西的影响,他的基因记忆里都是一些古老的东西。不仅是羊羊,其他小朋友也都很喜欢,朋友们的小孩子来了以后,都喜欢在森林里散步,身体适应力也很强,都会微笑,不知道这种快乐从哪里来。

行李　他是什么时候去雾浓顶的?

乔阳　我整个孕期都在雾浓顶,后来回城里生产,到他六个多月大时就带着一起回来了。小孩子非常适应,他很快和我们在周边旅行,到白马雪山看花,最高到了 5000 米,一直都表现得非常正常和自然。

行李　小时候他在雾浓顶吃什么?

乔阳　食物很简单,奶粉还是会吃,辅食方面,就是本村的面粉,偶尔有比较细的荞麦粉,稍微大一点会放一丁点的酥油在里边。很逗的是,我们村的孩子都照着电视广告上的奶粉吃,我们就按照村里老人教的东西吃。

行李　六个月才刚刚可以坐起来,还不会爬呢。

乔阳　大部分时间我用婴儿车推着他在各个工作岗位上转,参与到我们的工作中来,有时实在太忙了,也不太管他,就把他放在院子里,让他晒晒太阳,看看小猫小狗。会爬的时候就让他在院子里爬,和小猫小狗一样,就当个小动物一样养着。

　　记忆当中,他哭闹不多,可能因为我们那边蛮好玩的,我尝试着躺着或者坐着,从他那个低矮的视角里看世界,感觉有很多好玩的东西:风吹过来,树叶吹得哗啦啦响;阳光从树的缝隙里洒下来；猫和狗玩的东西……我们有空的时候也会带他去散步，经过白塔，看到很多人转经，有人煨桑烧香，都是活生生的生活场景。地里有人工作，种庄稼，有牛犁地，上山下山的牛来来往往，身上的铃铛当当当响，在他看来，这些都是很有趣的世界。

行李　每天都会带他到树林里走走？

乔阳　基本上都会，他没有玩具，没有童话书，我们每天睡觉前瞎编故事讲给他听，这个故事的主人公是一只住在森林里的小熊，小熊每天做的事就是在森林里游荡，看各种动植物，遇到各种天气，在森林里快乐地成长。羊羊现在的愿望应该就是和这只小熊一样，走出森林，走到更远的远山或者更远的海洋里去。

行李　他听这些故事时，会提什么问题吗？

乔阳　他问题不多，但会有一些简单的描述，都和森林有关。比如我提到小熊在森林里走，他会补充说：树叶咔嚓咔嚓地响。我说小熊夜里睡觉，他会补充说：有月亮、星星。他也是最近才问我，小熊什么时候能走出去？小熊想出去吗？很逗，他会问我这些。

行李　他现在已经对白马雪山很熟了吧？

乔阳　我们在白马雪山的范围内活动非常多，每年都去。最开始小的时候用婴儿背架背着他上山，很好用，从去年开始他自己走，最长的一次，有三天徒步时间，每天走四五个小时，长的时候走七八个小时，比较危险的是从4200米下到3000米，是一段很长很陡的林间徒步，基本上没什么路，他全程自己走下来。其实我们并没有特别鼓励他一定要这么做，已经做好心理准备和物质准备背他，但出乎意料地，他非常开心地一路走下来了。我们有时会选择好走一点的地方，但他很喜欢林间穿梭。这可能得益于他天生生长的环境，生活中比较多地接触到自然的生命力，他才两岁多，自己可以跟着小狗到后面山上去玩上半小时。

77

行李　他已经认识很多植物了吗?

乔阳　不会,他认识一些蓼科的花,因为从客栈到我们住的地方都是,绿绒蒿也知道,但是真的到野外去辨认,也很困难。他倒是知道很多座雪山的名字,也能一眼认出来,从德钦到大理,一路上能看到梅里雪山、白马雪山、哈巴雪山、玉龙雪山,他都知道。我们其实并没有刻意教他什么知识,只是恰好我们生活中很重要的内容就是这些事情,他只是跟随我们而已。或者你也可以理解为,我们不想放弃自己的生活,孩子只能跟着我们过这样的生活。

行李　羊羊带给你最大的变化是什么?

乔阳　我开始检视自己,每次看到他有问题的时候,都尽量地不去指责他,而是问一问:我最近状态是不是不好?我在什么情况下做出什么举措,他会有什么感应?更多地是在看我自己。

　　另外,我会更重视整个家庭的环境,以前只有我和他爸爸,我们很轻松,有很多时间去发展我们自己的爱好,可以很长一段时间各做各的,没有交集,但现在比较重视家庭环境的建设和更新,只有整个环境正常了,他才能健康生长。你会想象一棵植物,如果人工饲养它,哪怕追很多肥料,也绝对长不出一棵大树。幼小的植物根系不发达,不可能给它太多东西,维持轻松自然的成长环境最好,知识不用给太多。

　　家庭必须有生命力和流动性,父母和世界的连接点、联通的方式,一定会对孩子有非常深切的影响。所以我会对一些很熟的朋友讲,父母要对自己有期待、有要求,你好了,就会带动家庭,带动孩子。

　　我之前对这个世界没有太多关心,觉得自己是一个边缘人物,在一个很奇怪的角落里生活着,这个时代的列车轰隆隆开过去的时候,根本影响不到我,连风都不会带动我,但过去两年里,反而会回到社会性的关系中来。

　　之前觉得世界与我关系不大,因为我没有后面的念想,有了孩子后，除了希望家庭有活力，有生态之外，我也希望在家庭之外，社会的生态系统也能够更好一些，因为我们的孩子需要到一个更大的社会生态系统里生活，所以希望社会有一个良性的循环，就像白马雪山的森林一样，各种植物都能在里边生活，不是简单分成有用的、没用的，每种植物都对涵养土地做了应有的贡献，共生共荣。

每个人都希望像一棵树一样，长得很好，很成才，但实际上每个孩子的天分不一样，他会受到很多局限性，可能不会成为特别有用的、特别符合社会价值判断的人，只是一株小花小草，我希望以后的社会生态能够允许这样比较弱小的生命很自然、很平安地存活，并且让他有适当的发展空间。所以没有当妈的时候，特别想做自己，当了妈，就特别想做一个好人。

奚志农

相机可以成为"武器"吗?
必要的时候,可以的。
奚志农用影像的力量,
使滇金丝猴、藏羚羊、野牦牛队
的故事为大众所熟知。
他的衣服、帽子、相机套,
他善于在山坡上快速上下的腿脚,
他能长时间守着镜头
等待最佳时刻的性格……
他身上的一切,
都像为自然量身定制,
真正的自然之子。

[摄影 / 杨昶]

奚志农　云上的家庭

　　约奚志农时，他刚结束在北京班夫电影节上的新纪录片公开试映，第二天早晨四点起床赶飞机回大理，下了飞机立即准备上苍山的行李，他告诉我："等晚上八九点，没有光了再打给我吧。"这是一个摄影师对时间的划分："有光的"和"没光的"。采访便在没有光的晚上开始，连续两个晚上。他在"还是冬天"的苍山顶，我在暑热的成都。

[笑飞　2015年夏天采访]

1.

行李　今年班夫电影节你又带了个片子去，是什么内容？

奚志农　这是我们"野性中国"团队历时三年拍摄完成的又一部滇金丝猴纪录片，4月份在纽约和华盛顿做了三场放映，4月29号PBS（美国公共电视台）首播。

行李　片子名字叫什么？

奚志农　中文版的片名现在还没正式确定，大概就叫《云上的家庭》，PBS起了一个奇怪的名字，我不喜欢，叫《香格里拉的神秘猴子》。这个纪录片我们要做中文版的，还不知道什么时候能做出来。

行李　你最早怎么进入野生动物拍摄领域的？

奚志农　我的野外生涯是从1983年开始的。那时候我连照相机都没摸过，只是跟着我的老师出去参加科教片《鸟儿的乐园》的拍摄，是摄影助理的助理。我们第一站就来到离我家乡不远的地方洱源。洱源在《徐霞客游记》里都有提过，说这个地方有座山叫鸟吊山。每年秋天的时候，当地人要举着火把，鸟就向着火把飞过来了。我们到洱源，其实不是为了拍候鸟迁徙，因为没有《迁徙的鸟》那样的水平和能力，只是为了抓到很多鸟，天亮之后再用绳子拴着它的腿去拍。我对这样的做法很不可理解，就跟摄影师说"旁边有鸟飞过啊，镜头赶紧转过去啊"。人家肯定不会转镜头的，拴树上的多好拍啊。但对我这个喜欢鸟的年轻人来说是不可接受的。当电影拍摄结束时，我暗暗下了个决心，一定要学会摄影，拍自由飞翔的鸟。

行李　年轻的时候就特别喜欢鸟？

奚志农　不是年轻的时候，是童年。大概四五岁的时候，我养过一只麻雀。不是在笼子里养，是在我的肩头、头顶和手心上养。我吹口哨，它能从屋顶飞到我的肩上、我的头上。我还养过一只鸭子，把一个毛茸茸的鸭子养成了一只很漂亮的公绿头鸭。就因为童年的成长环境，我天然地认为世界就应该是这样的，天应该是蓝的，水应该是清的。

行李　你的老家是巍山，小时候生活环境是什么样的？

奚志农　巍山在大理州下关市南边50公里，南诏的发祥地。我妈妈教书的学校围墙外面就是农田，农田过去就是山了。所以夜幕降临的时候，偶尔能听到狼的嚎叫。那个地方是一个古代的书院，有很巍峨的大殿，也有非常高大的桉树，所以猫头鹰每天晚上在高大的树上叫。我在巍山的街上有一次还看到猎人打了一头豹子，扛着从街上过去。我要上小学的时候，妈妈工作调动到昆明，不得不离开我那么热爱的土地。我记得当时抱着一根柱子，不想走，最后是被大人把手给掰开，拖走的。

行李　去了昆明，生活的环境就变了。

奚志农　虽然那个时候的昆明不知道比现在自然、可爱多少倍，但对于我来说已经很恐怖了，可以看到很多的汽车，虽然和现在相比根本不算多。所以从那个时候开始，我就对城市有种恐惧和不接受。到我上四年级的时候，舅舅从下放的地方回到昆明，去了云南省干部疗养院，在安宁温泉，他们宿舍区围墙外面就是森林，从我舅舅回到温泉后，我差不多每个假期都是在他们家，无论寒假暑假。

行李　然后就扎到森林里去了？

奚志农　对啊。那时候还要烧柴嘛，我舅舅带着我去砍柴，他喜欢玩弹弓，也给我做了一个小的弹弓，跟他一起去打鸟。我试图做鸟的标本，到省图书馆去找鸟类标本制作的书，但能找到的书很有限，我记得有一本是20世纪五六十年代出版的《中国经济动物志·鸟类分册》，因为当时把所有野生动物都当作资源。

行李　当时常见的有些什么鸟？

奚志农　他们院子里经常有黄臀鹎，有一次有只大杜鹃飞到我舅舅家院子里的树上，结果我竟然给人家打了一弹弓，可能力气不够大，没有给它造成致命的伤害，飞走了。

行李　有什么特别印象深刻的动物吗？

奚志农　有两次。一次是白天在林子里面看到至少五六只猫头鹰，还有一次看到两条非常大的蛇在打架，吓了一大跳。

行李　当时的山还比较野，现在成都附近的山想看个松鼠都不容易了。

奚志农　对，我上初一的时候，我们的农基老师——那时不叫自然课，也不叫生物课，叫农业基础知识课，简称农基课——还带我们去昆明附近的山里采药，但是现在别说小学生，大学生都没有这样的机会了。

2.

行李　从喜欢鸟，转到拍金丝猴，有什么样的心路历程吗？

奚志农　很自然。通过1983年拍电影的刺激，我开始尝试着拍鸟。随着拍摄的深入，发现仅仅关注鸟是不够的。

行李　第一次看到滇金丝猴是什么情景？

奚志农　我们的营地就选在金丝猴经常出没的地方，但是毕竟它的活动范围太大，超过100平方公里，而且都在海拔4000米以上的地方。那是1993年9月，我和同伴离开营地找猴子已经一个多星期了，我们把猴子可能在的地方都找了一遍，还是没有，最新的猴粪也是 3 天以前的，只好沮丧地返回营地。当大伙筋疲力尽地来到接近大本营一处沟底的时候，只听到同伴大叫一声："猴粪！"啊，竟然是新鲜的猴粪！我们兄弟几个不知道哪儿来的一股力量，爬那个坡大概只用了平时一半的时间，几乎是跑上去的，沟底大概是 3900 米，冲到 4300 米的山脊线。

行李　上去就看到啦？

奚志农　在林子里穿行的时候就听到了猴子的声音，但是舍不得有一秒钟的停留和迟疑。因为你在林子里看到猴子也不行，得找一个制高点拍摄。冲到山脊线之后，我就找了一块突出的岩石，脱下外衣把我的摄像机搁在那个石头上，开机，把镜头推到最长，当焦点好了之后便按下摄制开关，直到这时我才舍得用我的眼睛好好看看金丝猴。

行李　穿过林子的时候，猴子应该也会感觉到你们来了，有反应吗？

奚志农　距离远，距离远。猴子基本没有反应。

行李　听上去真好呀。来聊聊滇金丝猴所在的白马雪山吧，在那里待了那么长时间，你对这座山肯定也特别熟了。

奚志农　1992 年的 11 月份开始拍摄时，已经是深秋了，白马雪山山脊线一带的大果红杉（也叫落叶松），已经是非常非常金黄了，而且这个时候已经下雪了，气温很低。早晨起来，在金色的落叶松上都能看到水汽凝结所形成的树挂。

　　　　白马雪山落叶松比例非常大，特别是主峰的整个沟谷。如果秋天沿着 214 国道去德钦，过白马雪山垭口，就能看到雪峰下的一片金黄。我自己经历的更多是春天，1993 年 5 月份我们重新回到 4300 米的营地，冰雪还没有融化，杜鹃花就已经开放，杜鹃花的花瓣掉在雪地上。雪化了之后，草甸的颜色也在变。很快就从鹅黄变成嫩绿，然后变成油绿或者墨绿，而更多的杜鹃花从低海拔到高海拔依次开放，这就是白马雪山的春天。

行李　想着就很美。

奚志农　整个 5、6、7、8 月份，不同种类的高山植物竞相怒放，不同颜色的绿绒蒿在高山流石滩盛开。还有种类繁多的报春、虎耳草、鸢尾、耧斗菜、柳兰、毛茛，等等。当时有人问，你三个月在野外，怎么消磨时光呢？忙都忙不过来，怎么还要消磨呢。

行李　大自然每刻都是不同的。

奚志农　早晨天不亮起来，扛着摄像机到一个选好的点，等着这一天的日出和云海，看能不能有很好的结合，结合得不好，都舍不得开机，因为没有那么多磁带。我拍了三年，只用了不到 30 盘磁带，一盘磁带就 30 分钟，胶卷少得可怜，三个月一趟，我只有六七个过期反转片。

行李　胶卷少，用得珍惜。你在山上每天都怎么个忙法？

奚志农　每天天还不黑就可以睡觉，天还不亮就可以起来，多幸福啊。除了拍摄变化的天气和季节，还有同伴们的工作啊，或者就去看看能不能拍到大噪鹛或者绿背山雀，等等。对了，第一年去的时候，离我们营地不是特别远的地方有个牛棚，那天接近牛棚的时候惊跑一群血雉。原来牛棚的牧人 10 月份才走，可能吃的东西比较多，这里就成了血雉的觅食场。直觉告诉我，这会是一个绝好的拍摄地点，于是当天晚上我就搬到牛棚去住，希望第二天天亮时血雉在我牛棚前出现，没想到的是，第二天天亮，不但血雉出现了，竟然还有白马鸡。

行李　多近？

奚志农　10 米左右吧，我拿的是一个矮三脚架，大概只有几十厘米高，那个牛棚的墙高 1.5～1.6 米的样子，摄像机在脚架上没办法拍，白马鸡出现后，我只好把摄像机扛上肩。当时非常非常激动，虽然1983年第一次野外工作在中甸看到过一群白马鸡，但当时那群白马鸡飞快地就离开了，完全看不仔细，而且距离很远。这次我是第一次如此真切地看到白马鸡，我拍了一个镜头说，不能再拍了，镜头完全是晃的，因为激动得完全不能自已。赶紧拍几张照片，我当时是借老柯的相机，第一代的自动聚焦相机，结果他那个胶卷已经只剩最后几张吧，咔咔咔拍了之后，胶卷就自动倒片了。倒片的声音在旷野里就像火车驶过一样，我赶紧蹲下来捂着相机，想让它的声音小一点，免得惊扰了白马鸡。其实倒片的过程没那么长，但我当时就觉得好像经过了好长时间。等片倒完了，我换上胶卷，探出头来看，什么都没有了。

行李　埋伏了三天，后两天呢？

奚志农　最精彩的是第三天，因为吸收了之前的教训，天还没亮就把门打开了，并且把话筒直接搁到了牛棚的外面。太阳升起的时候，白马鸡如约出现了，首先是咕噜、咕噜的声音传过来，然后一只、两只、三只……直到第十二只进入我的取景器，而且话筒正好朝着它叫的方向，声音之真切，直到今天都还能记得。

行李　要找猴子的时候呢？

奚志农　找猴子时，要翻越一个个垭口，一路也得注意猴子留下的采食痕迹，还有猴粪，大家在林子里穿行的情况，我还要拍摄。我和几个兄弟要背着我们所有的东西，帐篷、睡袋、相机、三脚架，还得带上米，带上一口锅，还得背一个空的壶，如果预计到达的宿营地没有水，还要先在路上去打好一桶水背着过去。可能一两个礼拜都是这样，每天大家都得自己背所有东西不断地寻找。

行李　请向导了吗？

奚志农　我的同伴就是向导，去那里三年了，保护区有两个兄弟，还有一个协作队员。有时候找到营地的时候天都快黑了，得赶紧生火。可能一个人生火，两个人搭帐篷，一个人去找柴，我就是在那个时候就认识了北面牌（The North Face）帐篷，是美国研究生老柯带来的，有时候帐篷要挤四个人进去，一般把饭做出来的时候天早黑了，那时候又没头灯，是用传统的一号电池的虎头牌手电。

行李　在山里，有时候会不会觉得害怕？

奚志农　好像倒还真没有，找猴子的时候，我们在宿营地，半夜醒来的时候，还能听见狼的嚎叫，而且离我的帐篷也不是特别远。早晨起来，在帐篷附近看到狼的粪便，觉得这很正常啊，这个林子至少是个健康的森林啊，还有肉食动物存在。有一次我们在找猴子的时候，中间过一条溪，石头上就有狼刚走过的爪印，水迹还很新，就在我们之前几分钟。还有一次，我在营地听到狼的嚎叫，我想看看能不能找到，就把观察猴子那个 15～45 倍的单筒望远镜搬出来了，朝着对面高山裸岩的地方搜寻，竟然真让我找到了。有一只狼在仰天长啸，但是距离太远了，没有办法拍。后面真正有机会拍狼，是在可可西里和阿尔金山了。

行李　现在你在白马雪山工作 20 多年了，经常去当年那个营地吗？

奚志农　特别遗憾啊，这么多年了我都没有再回到营地去，真是有点说不过去啊。

3.

行李　讲讲你纪录片里那个美丽的村庄吧。

奚志农　这个村子叫"那仁村"。不知道你看过我的一张照片没有，阳光从云缝洒下来，把这个美丽的坝子打亮，这个照片上过美国《国家地理》出的一本书，书名就叫《地球上最后的净土》，封面就是这张照片。这个村子不是当年我们拍猴子的必经之路，所以在拍摄的三年里，我都没有机会到这个村子，但是会经过这个村子的牧场。我第一次到村子是1998年，和保护区的护林员鲁茸成了很好的朋友，后来有了手机，他还时常和我通电话，他女儿前年12月结婚，我从南极赶过来参加婚礼，成了最远的客人。我认识这个孩子的时候，她大概8岁。

行李　多少人的村子？

奚志农　43户人家，过的是半农半牧的生活。平时搬牧场、挖虫草的时候都可能见到这些猴子。祖祖辈辈猴子和它们都在一个区域，也算是见怪不怪了。

行李　跟这个村子感情很深吧？

奚志农　我1998年来了之后，1999年、2000年、2001年、2002年，一直在拍摄这个村子，我们当年那群猴子也经常到他们村子附近。我好像成了全村的一分子，村里一些重大的事情也要征求我的意见，我给孩子们讲过课，也争取过小的项目，让村民上山去清过钢丝套。然后也在拍鲁茸他们家嘛，拍他的女儿茨里拉姆，拍他的妈妈，拍他们家的劳作，在牧场、在种青稞，拍他的邻居盖房子。中途断了一下，后面2006年路通了，2007年春节，我带着女儿回到村子。我们一行人在村头得到了全村的盛装迎接，那一趟我还带着即拍即打的打印机，给四十几户人家拍了全家福，同时给全村人在村头拍了全村福。所以这部新纪录片的中文版可能会扩充，也许会是上下两集。《云上的家庭》是一语双关，既是猴子的家庭，也是人类的家庭，鲁茸的家庭在这里有一种历史感。

行李　孩子长大，结婚，很有历史感……你的另外一个重要"战场"是可可西里，你是1997年去的？

奚志农　之所以有可可西里的行程，是因为绿色江河创始人杨欣跟我讲，

在横断山脉的莽莽大山里,
镶嵌着很多这样的山间坝子,尺度刚刚好,
人和人的关系,人和自然的关系,也刚刚好。
它们是桃花源,地球上最后的净土。

[摄影 / 吴志衣]

奚志农自 1992 年起就关注白马雪山的滇金丝猴群,
至今二十多年。
因为他,
白马雪山栖居的那片原始森林才保住了。
[摄影 / 奚志农]

可可西里藏羚羊被猎杀的故事、
野牦牛队保护藏羚羊的故事，
都因为奚志农的影像才广为人知，
他在那里也收获了多张同样广为人知的照片。
[摄影 / 奚志农]

他要跟野牦牛队去巡山，问我能不能去，我说，哇，太棒了。但我那个时候工作所在的"东方之子"是人物节目，不是新闻节目，《东方时空》另外一个新闻节目叫作"时空报道"，我就去找他们的制片人，说有这样一个事儿，我们平时都是从国际新闻看非洲反偷猎队伍怎样去抓偷猎分子的，在中国，我们也有反偷猎队伍，但是从来不被外界所知，也不被媒体报道，他们要去巡山，我就跟他们讲，能不能"时空报道"做个节目，去我们组借我，说要去那么艰苦的地方，需要野外摄影师。去借我，我就跟我们组的负责人说，野牦牛队的队长、杨欣，都是特别值得拍的人物，顺便拍个"东方之子"。用了这样的技巧，才得以成行。对于去这样的地方抓盗猎分子，"时空报道"还很紧张，还借了水均益他们在伊拉克用的防弹背心，但我没带。

行李　没开车吧，怎么去的？

奚志农　公共交通，我和"时空报道"的一个记者一起，青海林业厅把我们送到格尔木，从格尔木见到野牦牛队后一起进去的。在我去格尔木之前，他们才刚刚抓了一伙儿盗猎分子，缴获了400多张皮子，还有公羊的头骨，我们过去后，扎书记就带我们去看了，还有缴获的北京吉普。

行李　进去巡山，具体是怎么样一个情况？

奚志农　当时杨欣的索南达杰保护站刚刚建好，我就提议先在索南达杰保护站休息一晚上，适应一下。第二天天亮的时候，"时空报道"的记者觉得身体有问题，我说没关系，我一个人去吧。所以整个巡山的过程中，我要充当摄影师和出镜记者。那时候巡山设备和装备都非常有限，我记得有一辆卡车，扎书记一辆丰田，杨欣从青海环保局请他们派了一辆丰田，还有野牦牛队一辆老的北京吉普，总共四辆车。每天晚上扎营，野牦牛队的兄弟要扎一个大帐篷，让杨欣和我两个住，还有部分队员也住在这里面。但是还有不少队员直接睡在零下三十多度的露天里，早晨起来还要用喷灯烤汽车的油底壳。我们那一路，车还掉到冰河里，还要挖车。

行李　后面呢？

奚志农　那一趟我们从楚马河出发，过了很多湖，卓乃湖、西金乌兰湖、可可西里湖，后来到了索书记牺牲的地方太阳湖，后来还到了新疆境内的鲸鱼湖，鲸鱼湖全长差不多50公里，我们就在鲸鱼湖的冰面驰骋了50公里。我们也到了他们一个月前抓偷猎分子的地方，一片狼藉，抓到偷猎者后，他们把偷猎分子的车开回来了，把偷猎的藏羚羊的皮子运回来了，但偷猎者丢弃的油桶、帐篷都还在那儿，扎书记就下令都烧了，我在火光面前还客串了一次出镜记者。整个行程，在我们那么大幅度的、跨区域的巡山过程中，值得欣慰的是没有偷猎分子出现。所以至少在这段时间，藏羚羊是安全的。但是藏羚羊都极度怕人，每当我们进入一个新的区域，看到天际线的那一头都是滚滚的烟尘，藏羚羊在跑。

行李　给我们描述下可可西里吧。

奚志农　因为是冬天，所有的水面都结冰了，无论是小河、大河，还是湖，除了含盐量最高的西金乌兰湖以外，所有的水面都是冰冻的。所以如果没有野牦牛队对那个地方地形那么熟悉的兄弟在前面带路，那真的不知道怎么走。到处是车辙，淘金者的、偷猎分子的。还看到很多偷猎分子留下的痕迹，铁皮的汽油桶，甚至还有坏了的车陷到冰河里面，车顶还露在外面。之前听说可可西里无人区什么的，那次进去感觉是触目惊心的，淘金者淘过的河滩是已经完全不成样子了，还有偷猎分子留下的那么多东西。

行李　看到的野生动物多吗？

奚志农　多，我更感兴趣的肯定是里面的野生动物，藏羚羊、野驴，我们还看到300多头大群的野牦牛。当时那群野牦牛是公牛围成一个圈，把母牛和小牛围在当中，做出防御的架势。距离比较远，大概 200 多米。还有个印象特别深刻的是，我们在过一个冰河的时候，我发现藏羚羊的毛和胃，准确地说是它胃里的内容物，这说明有一头藏羚羊被狼给干掉了。因为正常情况下，狼不可能抓到藏羚羊，因为藏羚羊跑得实在太快了，所以狼只有在冬季时把藏羚羊往冰面上赶，当藏羚羊摔倒后才可能被狼抓住。

行李　有近距离的吗？

奚志农　都很远，因为那时是藏羚羊的交配季节，所以它的全部精力都在追逐母羊或是赶走其他竞争对手，相对来讲，比平时警觉性降低，顾不上那么多了，我拍了这样一个镜头：远处是雪山，还有点云在缭绕，一队藏羚羊开始出现，先是母羊，一只、两只，从我的画面中从右向左走过，走进画面，再走出画面，最后是一只公羊。另外还有一次，那时我坐在扎书记的车上，我现在稍微有点模糊，大概是 1998 年元旦中午，或者 1997 年 12 月 31 号中午，我们去（或者出）布喀达坂峰的路上，突然一头野驴出现，和我们的车并驾齐驱，跟了我们一段，我用一个广角抓拍到了这个画面，因为气温太低造成相机测光系统不准，曝光过了两级半到三级，幸亏是负片，要是反转片，这张照片就没了，这就是我著名的那张四蹄腾空的野驴，远处是一排雪山，雪山的顶上还有被吹起来的雪雾。

行李　《云上的家庭》什么时候出中文版？

奚志农　希望秋天时能做好。

行李　是拍的一个家庭？

奚志农　是一个家庭，因为现在可以做到个体识别了。班夫中国的创始人蒂娜（Tina）讲，片子看完后，感觉完全不是在看猴子，而是跟我们人类一样的。灵长类动物，在滇金丝猴家庭里可以找到我们对应的影子,其实跟我们是一样的。我记得很多年前,昆明动物所的赵老师给我们讲峨眉山的猴子的时候,说有特别卑劣的猴子,也有特别高尚的猴子。当然我们观察的时间还不够长,但我相信在滇金丝猴的社群是一样的。

行李　这个家庭成员有哪些?

奚志农　滇金丝猴是一夫多妻的家庭结构,我们选的这个家庭也一样。我们找到了当年的那群猴子,也观察到了当年的状况,当年那个种群有的缺胳膊,有的少腿。这就说明,20年过去了,这个区域依然还有钢丝套,钢丝套对它们有非常大的危胁,因为它们经常下地。前年我拍当年那群时,就看到至少两只母猴的手断掉了,非常糟糕,因为被钢丝套勒住之后,它就拼命挣脱,最后就挣脱得断掉手了,骨头没有皮肉的地方就会坏死,最后从关节的地方脱落。这一群里也有一个大公猴,也没有手,基本上都是同样的原因。

行李　金丝猴的寿命有多少年?20年后看到的,还有可能是当年看到的吗?

奚志农　我觉得可能都没有了,都是它们的后代了。

行李　种群变大了吗?

奚志农　变大了,我没有看全,只有一次在过流石滩时看过,照鲁茸的说法,大概有300～400只。

行李　这就是近三年跟猴子很近距离的接触?

奚志农　对,现在对它们同样有一种担心。20年过去了,当年我见过的猴子都不见了,但还是牵挂。

张瑜

大多花儿并非为人而开放，
大多动物并非为人而存在，
还也有一些人也并不为了人而存在。
科学绘画师张瑜面对人时，
常常寡言、拘谨，
面对颜值高的刺猬、螳螂、绿头鸭时，
面对流石滩、水池边饱满的生境时，
才会倾其所有的情感和才华。

[照片提供 / 张瑜]

张瑜　我爱刺猬、绿头鸭,还在床上养了 40 只螳螂

小时候因为养过两只鸭子而走上了科学男青年之路,成为业内顶尖的科学绘画师。但和他同事三年,无数次擦肩而过,从未说过话,因为没有机会:他从不抬头,眼睛只看前方,快步疾走。平日沉默不语,像有社交障碍,但是这一次,他聊的话题让我 28 次停下来捧腹大笑。

[程婉　2015 年春天采访]

1.

行李　你是从什么时候开始对科学绘画感兴趣的？

张瑜　我从小学就开始学画画，爱画动植物、自然景物。最早学的其实是国画，抽象夸张写意的东西画得多一点，但那时候就有个问题，老师都说我画东西画得太像了。其实就是准，准和像是一个东西。我特别喜欢刘继卣的画，就是中国很有名的连环画大师，画《大闹天宫》的那位，他画的动物画也非常有名。我喜欢他的造型，准而不僵。不仅是用笔用墨，而是能把动物深层次的东西体现出来。比如他画的松鼠，寥寥几笔，就可以把松鼠捧着东西吃的可爱神态表现得淋漓尽致。比如同样是猴子，他画的猕猴和金丝猴完全是两个风格。猕猴看起来比较凶，金丝猴就比较可爱一些，尤其是川金丝猴，蓝色的脸和金色皮毛有强烈对比；再一个是杏核眼，猕猴就会很凶，眉骨比较突出，整个脸部压低。他画得特别到位，虽然笔墨比较夸张，但灵魂的东西特别能打动人。

行李　画得准属于天赋吗？

张瑜　应该有部分天生成分。我看东西就是比其他人要准一些。比如家里装修，两条线是不是平行，窗户安得正不正，很容易就可以看出来。我从小观察东西就比较细，同一群鸭子走过去，我能立刻看出其中哪只鸭子的脚有问题。这个是视觉敏感度的问题，更大的原因是兴趣，只要是我喜欢的东西，比如小时候看一只鸭子，下午如果没课，我能盯着看一下午，即便它睡觉我也能一直盯着看。

行李　我看你在微博里一直在观察刺猬。

张瑜　我观察最多的是鸭子类的，昆虫里就是螳螂。兽类里观察松鼠比较多，再有就是刺猬。

每张照片都来自张瑜长时间的
跟踪和学习，
除了传递美，
他还希望传递它们的习性。
旁观者从中看到的，
还有张瑜对它们浓浓的爱意。

[摄影 / 张瑜]

行李　面对一只刺猬，你一般是如何观察的？

张瑜　我观察刺猬是因为我想拍专题，想做一个关于城市动物故事系列的丛书，刺猬是我从小比较喜欢的物种。然后就开始找，一开始很难找，只能打听。其实我知道北京很多小区有，但真正想开始深入拍摄，还是有一点儿摸不到头脑。

行李　不会先看看书研究一下刺猬的习性吗？

张瑜　看。但我一般对一个东西没有充分了解的时候，看书也不是全信书，始终对书抱有一定怀疑，这个不是贬义，因为我总觉得不同的人对同一个东西会有不同的认知，不同的作者写出来的都不一样。之前我们看到的很多东西来自民间的搜集信息，或者只是经过有限的观察写出来的，所以跟实际情况很不一样，或者有一些出入。

行李　你真不像是应试教育出来的人。

张瑜　小时候数学老师讲一种做题方法，我有时候得再试另一条路。画画也是，老师说应该先铺什么色，再铺什么色，我就总想再尝试其他的方法。就是比较拧。

行李　那你到底是怎么观察刺猬的？

张瑜　有一天我早起拍鸟，天有雾。刺猬是夜行性的，夜行性动物有这个特点，不是特别严格地只在黑夜里活动，白天偶尔也出来，特别是有雾的天里，可能照度低，错觉要天黑了，包括猫头鹰也是这样。然后我忽然看见一只刺猬，碰巧这只长得比较好看，黑豆眼，身体比较白，眼睛很黑很圆，特别好玩。

行李　刺猬界也讲究颜值啊！

张瑜　是啊。观察动物多了以后，就会发现每种动物的可爱度不一样。人的视觉认知肯定有主观性，但是也有通性。我就是在找他们的规律。我认为规律就是广义的"科学"。规律是可以重复的，我不排斥这个东西。我拍一个东西，首先得让它打动我。比如我观察松鼠，我也会琢磨为什么有的松鼠好看，到底哪儿好看。可能是额头的弧度、眼睛的位置、有没有眼圈、下巴的角度、身体的肥胖度、活动的节奏，等等，都有关系。

行李　所以遇见好看的才有拍的动力。

张瑜　嗯，碰巧这只刺猬特别好看，而且是拍到了正面。照片拿回来后，很多人都说哎呀这么好看，更加强了我拍的欲望。

行李　这次是碰巧遇见的还是蹲点等来的？

张瑜　这次是蹲点等鸟，结果碰巧遇到个刺猬，通常我拍摄都是点线结合。点就是在一个地方蹲守，线就是缓慢地跟着。拍刺猬的话，夏天一般隔天一次，一次就跟踪三四个小时。但跟踪刺猬比较麻烦的是，因为是黑天，只能用手电筒。我用手电照着，刺猬有时候走着走着就突然停在那儿了。这个时候我以为它还在走，其实我已经跑过去了。民间有时候说刺猬是仙嘛，跟着跟着就没了，我想会不会跟这个也有关系。有时候它就是不想走了，就歇了。夏天很热时，有的刺猬就是四肢摊开，趴那儿小睡。

行李　真是有趣的动物。

张瑜　是！观察多了我还发现了一些好玩的事儿。因为刺猬吃蚯蚓、蜗牛一类的东西，尤其是小刺猬，我就会想象那画面，因为鸟逮蛇的时候，蛇会一下子缠到鸟的身上；我就想会不会刺猬吃蚯蚓也是这样，蚯蚓会一下子缠到刺猬的嘴上。但其实想遇到这个场面很难很难，因为蚯蚓夜里出来，而且蚯蚓遇到声音很快就回洞。

　　有一天，我发现在一个干净的松树坑里有一条大蚯蚓，坑里也没有杂乱的阔叶。碰巧我跟踪的一只小刺猬也"看见"它了。刺猬其实视力不好，主要是靠嗅觉的，我一看，哎呦，千载难逢的机会！我就盯着这个小刺猬朝那条蚯蚓走过去，还没咬到，刚碰到一点，蚯蚓立刻扭动起来，小刺猬吓得撒腿就跑了。这个场面太逗了！

还有一次，我看到刺猬在吃东西，是个还没羽化的知了，就是俗话说的知了猴。开始我以为我拍到了特别珍贵的画面，觉得刺猬怎么这么厉害，能赶在知了上树前逮住它。后来那年夏天跟踪后才知道，其实刺猬夏天会吃大量的知了。知了6月份钻出地面以后，就会被蚂蚁盯住。蚂蚁虽然不能咬死知了，但会让知了行动迟缓，我看见过二十几只蚂蚁就能把一只知了咬得难受得啪嗒一下掉到树下，这也增加了被刺猬捕食的概率。

2.

行李　你的科学绘画生涯是怎么开始的？

张瑜　那得回到大学的时候。上大学时我学的是生物，看的专业书也多了，就发现个问题，教材里配的图太差，包括我们生物系自己的教材。画得准不准另说，表现手法就有问题。比如生物学常用的打点的图，他们用的线条都是均等的，但我喜欢用有变化的线，可能跟我学过国画有关，我那时候就觉得可以把国画的一些技法借鉴给教材里的绘图用。

后来到图书馆，看到很多国外书籍，一下子大开眼界。人家做的东西看起来不俗不闹，表现得很明朗，不用多余的线条。一张手术的图，镊子怎么扒开皮、夹住，怎么划口，一层层表现得特别清楚。画这种画一个得有功底，再一个也是他们的科学绘画历史比较悠久，有一定的模式和套路。总之那时候就觉得国内的课本做得太差。

正巧大四的时候，一个遗传学老师要出一本实验手册，找我画图。我觉得这个机会挺好。虽然只是画了一个显微镜、一个培养皿、一只果蝇。但因为那个老师本身就比较怪，跟别人不太合群,而且做的东西总想跟别人不一样。所以他自己编纂实验手册,还自己排版。他会特别嘱咐我要怎么画。我一下子觉得,以后干这个也不错。对科学绘画有兴趣大概就是从这个时候开始的。

行李 现在照片很普及了,但科学绘画还是很有必要的。为什么国内和国外会差很远?

张瑜 其实欧美的出版物,图的质量下降得也很厉害,包括 BBC 的 *Wildlife* 杂志,那里面的插图从 2013 年以来,差了很多。如果没有其他捷径可走,这种东西就面临被淘汰的危机。科学画虽然很重要,但一直在被淘汰的边缘。而且现在手绘的工具越来越多了,尤其是电脑绘画技术发达了以后。其实这两者想要做好,都很费工夫。做得差的,很多都是用数绘板,也没经过考证,就是简单描摹一下原来的图片,有的甚至都变形。没有考证,不知道来龙去脉。就像"咕咚来了"那个故事,一个消息传来传去就变样了。图也是同样的,一个图如果不明白里面的东西,翻绘几次就完全变样了。

行李 所以还是坚持一定要看实物。

张瑜 在可能的情况下我觉得还是要看实物,甚至有一些,我们都要亲自动手解剖一下。实在弄不了的,比如要画个老虎解剖图,那也实在没办法。

行李 通常做科学绘画的对象是怎么挑选的?

张瑜 除了喜欢,就是可执行度,这很重要。我很想画大型猛禽,但做不了,因为很难看到实物。

行李 不可以去动物园看吗?

张瑜 实在看不到就只能去动物园了。但动物园和野外的差异很大。野生状态下的天鹅,羽毛的光泽度、顺滑程度、毛色、精气神和运动能力与动物园里的完全不一样。即便动物园丰容做得好一些，场地大一些，饲养科学一些，一旦见过野生的，那感觉还是很不一样。而且在野外，天鹅想要起飞，扑出去，跑个三四十米，一边助跑一边扇翅膀，在天上边飞边叫。再比如一队天鹅在天上飞，远景是高山，这是动物园里完全模拟不了的。

行李　看电视呢？

张瑜　行是行，真是差得很远。这有点像看音乐会，听光碟当然好，但现场感受是无法替代的。动物在自然环境里的运动带来的视觉冲击力与在动物园里的状态完全不同。现在很多人专门去印度开着吉普车去看野生老虎，就是这个意思。

行李　选好要画的对象以后，要怎么开始绘画？

张瑜　科学绘画其实要的是一个规则。如果没有档期限制，处于理想状态的话，比如画一个鸟的翅膀或画鱼鳍。自然状态的翅膀合上以后，羽毛不是完全顺的，间距也不等，不完全有规律，我如果自己画就会画成这样，看上去很自然。但科学画就要求共性，理想状态下是一根压一根，间距也是按照固定的规律变化。真正的情形与科学画表现的会差很多，科学画是完全理想的，就要一个最标准的，要一个规律。

行李　所以如果要找这种规律，前提是要看大量的鸟。

张瑜　对。包括看大量的资料和之前的积累，可能有些看不见实物，也可以用相似的种来推衍。比如做一个绿翅鸭，拿不到实物、标本怎么办？可以根据照片资料、野外观察的印象、动物志的描述，以及我熟悉的绿头鸭的体羽分布，根据共性推导出绿翅鸭的规律。

行李　所以在画之前需要对对象非常熟悉，熟到甚至眼前没有东西也可以画。

张瑜　是的，动物都有规律，亲缘关系越近，相似度就越高。不光是外貌，身体结构也是一样。比如鸟羽的分区，如果亲缘关系近的话，这些分区间关系的相似度都会高，所以都可以套用。做科学画，肯定会有见不到的东西，或者标本数很少的东西，怎么办？只能用有限的资源，用相似的东西往里推。最好对有些类型特别熟，做这工作就会得心应手一些。

行李　国内外有你特别喜欢的科学画作者吗？

张瑜　《欧洲鸟类图鉴》很好，是很早以前出的，里面的图非常规矩。所谓规矩，就是鸟的共性抓得好，归纳得好。科学画就是一种归纳。有一个瑞典的画家，太厉害了，可以现场写生，随便鸟怎么乱动，鸟的特征都能抓得很好。因为这个人对解剖、对类群分类太熟了。说白了，科学画作者熟到一定程度，就是自己造鸟。他可以先找到相似的，先画共性，再画现场的个性。还有一本北美的鸟类图鉴，那个作者的手法很粗放。他对鸟的身体结构、对不同种类的特征归纳得太好了。粗放，是说大的特征要出来，但用笔可以很粗放，看着很爽。我评判科学画的标准是对东西再现得准不准，归纳得好不好。归纳好的就是好的科学画。其实这也是科学插图和艺术画的区别。

3.

行李　你现在比较喜欢鸟类？

张瑜　雁鸭类是我最喜欢的。

行李　为什么喜欢鸭子？

张瑜　也不知道为什么。可能跟我小时候养鸭子有关系吧。鸭子是扁嘴，一般我们看到的鸟都是尖嘴，小时候我怕尖嘴的。另外鸭子的脚带蹼，好玩，但鸡爪子看着怪害怕的。再一个鸭子会游泳，扔水里没事儿。我就特别喜欢游泳，小时候在水里带着鸭子一起玩，可舒服了。鸭子小的时候是早成鸟，毛茸茸的；好多晚成鸟小时候是裸体的，就很吓人，所以从小视觉上有个印痕。别的鸟我也喜欢，而且越长大喜欢的鸟越多，因为理解和原来不一样。尤其是学生态以后，对这些东西有个整体的认知。但精力实在有限，我不得不偏一下，我要能活一万岁，估计各种都能涉猎一下。

行李　画一只鸭子要多长时间？

张瑜　看表现目的。要现场写生，如果粗糙一点，五分钟就够了，或者更短。如果要表现一个完整的繁殖羽，即便是最熟悉的种类，也挺费事的。如果是图鉴的标准，而且还想画得丝毫毕现，一周也不够。关键还是看需求。

行李　你画过最费劲的画是什么？

张瑜　一些大型生态系统的图，在一个生境里有很多物种。而且这不是一个人能干的，得有学植物的配合，昆虫我也不太熟，低等无脊椎的我也不太熟，但生态系统是一个整体，要表现的这个信息量太大了。其实真正画科学画的时候，累的是脑子，手工成分倒是次要，主要是脑力，真是怕画错。时间有限，经常会画错，比如哪个物种的亚种安错了。

行李　所以科学绘画的作者更多地是在观察与思考，不是简单的画得好不好看的问题。

张瑜　是这样，不同类型的科学画都有自己的一套标准。比如图鉴，现在图鉴书越来越多，很多人都觉着里面的图看着很漂亮。大众觉得图鉴好看，有很大成分是因为原来没见过。见多了以后，就会发现很多东西都不行。所以每个人在自己不熟悉的领域都很容易被忽悠。在自己熟悉的领域，则越来越挑剔。

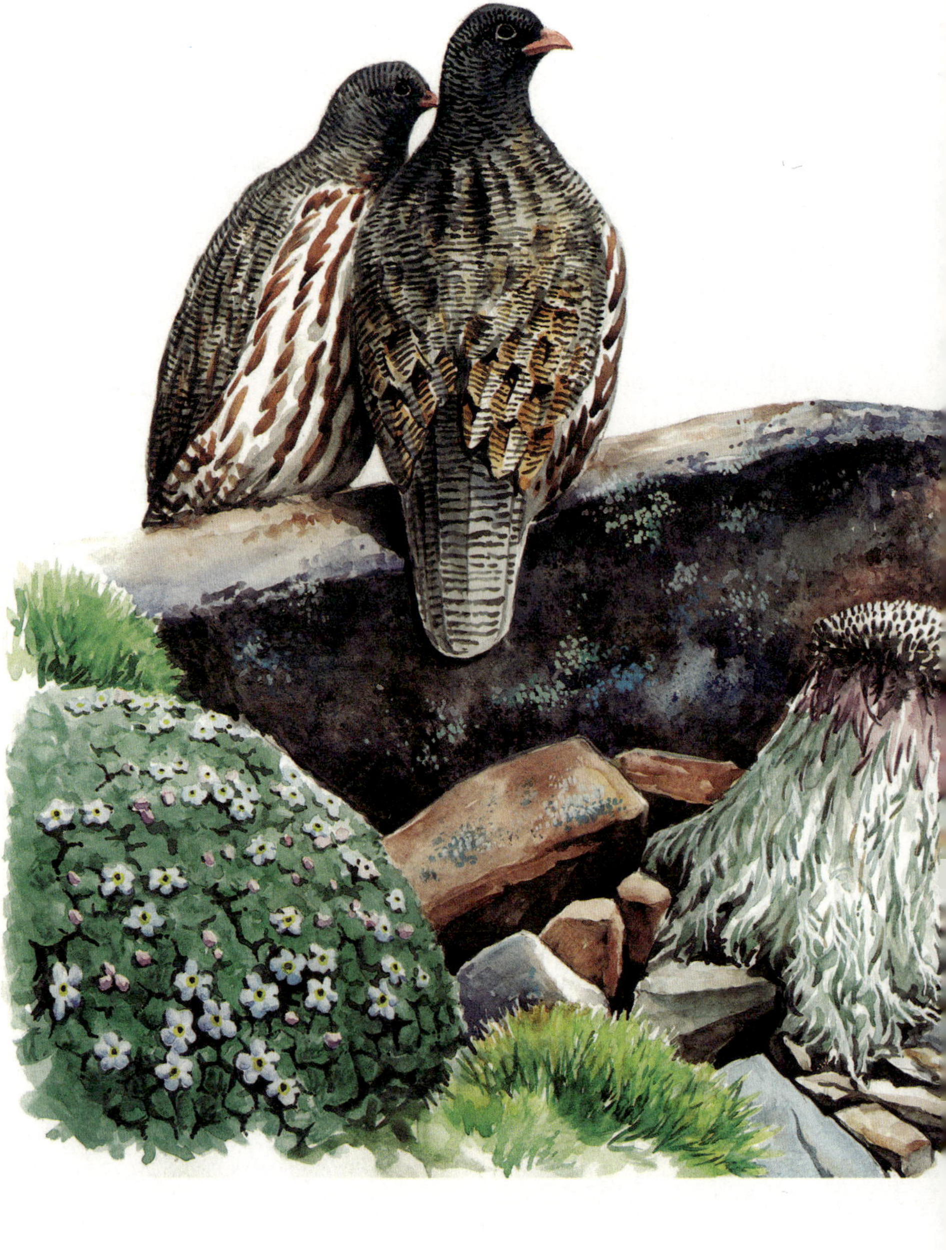

这样一张表达高山流石滩地带生境的科学绘图，
需要费时很久才能完成，
但它准确、生动地传递了这一区域的境况，
而且是全景式的视角，而且是影像无法取代的。

[绘图/张瑜]

4.

行李　你平常一有空就在野外观察?

张瑜　业余比较理想的就是出去玩,要么拍照,要么画画,要么观察。上学的时候还喜欢偶尔玩个电子游戏什么的,但即便那时候喜欢,比同龄人还是少很多。现在让我玩一小时游戏我也不想玩了。因为现在兴趣越来越窄,其他的就忽略了。

行李　平常如果去观察,会有一个计划吗?

张瑜　理想肯定是这样,比如原来看刺猬就是两天去看一次。但因为生活里各种突发情况就没法坚持。比如小孩儿病了,之前没小孩,我自己病了,都能坚持;但现在很多不可控因素,没办法,也可能是我对自己要求太高了。我喜欢全天候追踪,我更希望全年追踪,但很难完成,不现实,有时候不得不向现实生活妥协,要不然给自己找别扭。

行李　平常会观察小孩吗?

张瑜　会。虽然我觉得养小孩儿很累,而且也曾经不想要小孩儿。但我很喜欢小孩儿,可能有一个原因是觉得小孩有点像小动物。原来亲戚家的小孩,我就特别爱逗他们,比如拍拍他左肩膀然后躲到他右边,看他有什么反应。

行李　那也会画小孩吗?

张瑜　也画,但画得少,总觉得画不好心里别扭。而且对小孩没有那么强烈的表现欲,还是更喜欢画动物。

行李　如果要是你不从事这个行业,会有特别想做的吗?

张瑜　我想干的事很多。比如之前做标本,我的空间想象力和动手能力天生比一般人好一些。大学时做标本是我们的必修课，我做的第一个就比别人练习十几个后做得还好。但后来标本带来好多问题，各种人都找我来做。不做吧，得罪人；做了，对不起自己的良心。

行李　为什么？

张瑜　因为很多人打鸟，让我做，我干脆就不干了，省去那些麻烦。另外一方面，很大一个问题是，我总觉得标本的后续保存是个大问题。其实可能也是太看重了，所以这个工作每一个环节有一点小瑕疵，我就忍受不了。

行李　现在标本市场很乱？

张瑜　现在我不知道，但之前真的很乱。私营很多，盗猎太严重。标本这块，做违心的事能赚大钱，但我不行，哪怕有一点违心，我也受不了。不做亏心事儿，不怕鬼叫门嘛。我这人胆小，所以尽量坦荡一点。

行李　所以觉得现在的生活已经很幸福了。

张瑜　现在不幸福的就是，我想集中出去待几个月却无法实现。比如在林子里，住家周边就有很多动物，我能天天看，我喜欢那种生活，但是不太现实。之前研究生期间，我在海南的山里住了半年多。那是个保护站，只有几个护林员和养路的，平常上班，周末就回家。那地方方圆20多公里都是森林，我在那里的工作就是抓一种小型鸡，给它套上发射器，然后追踪，调查它的生境，那时候感觉像进了天堂似的。虽然每天自己砍柴做饭，烧水洗澡，好多人觉得孤独，但我觉得真幸福。那时候我的床上养了40多只螳螂，用空油瓶子养着，一罐子一罐子的。白天遥测鸟，晚上做晚饭、写日记，有时候灯也不太稳定，灯一亮就有好多虫子飞进来，我就逮虫子喂螳螂，天天观察螳螂。我对螳螂非常痴迷，中学刚开始养螳螂的时候，能看一上午。

行李 很多人看过那个动画片，都对螳螂有阴影，觉得螳螂很不人道。
张瑜 其实那个不算常规行为。真实的螳螂不只是雌吃雄，雄也吃雌，雄也吃雄，雌也吃雌。说白了就是能降服的都吃。

行李 为什么会喜欢螳螂啊？
张瑜 螳螂漂亮啊，威猛啊。你不觉得它美吗？螳螂的姿态，三角脑袋，修长的翅膀，再一个是行为好玩，一般来讲只要是猎食性动物，行为就会复杂一点。捕食行为本身就很吸引人，让人看了很兴奋，为什么很多人喜欢看猛兽猛禽，就是这个道理。

行李 猛兽猛禽还能理解，螳螂也不属于这些啊！
张瑜 螳螂是猛虫啊。有时候狮子逮到野牛，你觉得场面刺激好看，但你要看螳螂捕蝉，那个过程要激烈得多，能感到它的威猛和力量，特别是韧性。尤其在现场看，一些公蝉被逮到以后拼命挣扎，叫得撕心裂肺的；猎物眼看就要挣脱了，螳螂就会强行按住它，自己身体被带得来回晃动。你就会感觉，哎呀，生活真不易！

行李 真有趣。
张瑜 是的。其实很多捕食性动物和猎物相比，力量不占绝对优势，但武器占有很大优势，这是一个自然分工。螳螂也一样，它在力量上不占绝对优势，但是它在武器上占优势。一个是它能卡住猎物，另一个就是可以用牙直接咬。

行李 现在还经常看螳螂吗？
张瑜 有时间也会，到夏天也会去山上拍，再去找找那个感觉。之前弄过很多，而且养过很多，但后来由于时间原因，没那么多精力了。我有严重的洁癖，比如养螳螂，我不喜欢在小容器里养，喜欢用大容器甚至散养。因为用小容器养，螳螂的眼睛有时候会磨损，会有一个黑点，哎呀，我就别扭。倒不是视觉上别扭，我就觉得我怎么养不好。所以我现在很少养东西，一养不好，就难受。

行李　还挺像处女座的。
张瑜　是是，我还真是处女座，有精神洁癖。反正干什么都希望干好一点。

5.

行李　所以现在最希望有个机会回大森林里住一段？
张瑜　最好的就是我也不用挣钱，有足够花的钱，还能在各地住，能拍各地的东西，四处观察，但这是不可能的事儿啊。现在就还可以吧，一开始我觉得北京动物少，但回想一下，北京也有有利的地方。我在北京拍了三种松鼠，其他地方很难有这样的环境。不过我觉得可能在别的地方也好见到，只是因为没住过那里。北京冬天还有好多鸭子，这的确是北京的优势，虽然是很普通的绿头鸭。我就喜欢绿头鸭，虽然俗，但绿头鸭的体态非常完美。

行李　鸳鸯不是更好看？
张瑜　鸳鸯我也喜欢，北京鸳鸯真多，市区公园里一到冬天，有时候能聚集一大群野生鸳鸯，太美了！其他地方哪能找这么好的环境！

行李　会不会其他地方也有？
张瑜　鸳鸯真难了。人和动物的关系能这么近还是很难的，因为动物怕人。说白了，我觉得北京对动物的容忍度还是很高的。另外北京刺猬也好多，虽然数量也逐渐减少，但要观察还是挺方便的。

行李　感觉你喜欢的都是很普通的的物种。

张瑜　我这人要求低。比如说看鸟，别人看鸟都是要看够多少种，我对这个没要求，比如想看到什么珍稀种。你让我看一辈子绿头鸭，我也不腻。

　　　虽然我不看种，但其实看过的鸟种估计也近800种了。我最喜欢看的是这些，比如鸭子睡着觉，我就看它身上羽毛的纹理，太迷人了！或者它游到我身边，我看它嘴上那种角质结构，虽然是角质，但不像鸡嘴看起来那么硬，而是像胶皮的感觉，看着好玩。我原来养鸭子的时候就喜欢没事弄它的嘴。它的脚更好玩了，橘红色的，和它身体的颜色搭配起来，真是完美。当然这完全是个人的喜好。

行李　那绿头鸭和天鹅比呢，还是绿头鸭更好看？

张瑜　天鹅太大了，而且天鹅的变化少，再一个是它飞起来太慢了，要助跑很长一段时间。绿头鸭是直接从水里起来，看着更利索。我真感觉绿头鸭是很完美的俗鸟，天鹅就是在野外看得爽，拉近距离以后就不是很爽，太大了。而一些小型鸭子，比如绿翅鸭，我也觉着它体形没有绿头鸭那么完美。野生绿头鸭就是前面圆，后面慢慢变尖，野鸭子屁股很瘦，不像家鸭那么肥，很完美的流线型；而且绿翅鸭的脚多少有点偏灰色，视觉上的亲和度就不如绿头鸭橙黄色的脚。

行李　绿头鸭代表你心中鸭子的完美形象。

张瑜　我喜欢的要么是最俗的，要么是最艳的。艳的就是鸳鸯，俗的就是绿头鸭，这是鸭类。鸡类里面我最喜欢的是绿孔雀，再就是大俗的环颈雉，就是我们常说的野鸡。我感觉野鸡是一种完美的鸡，虽然锦鸡颜色很特别，但总觉得它哪儿不是很顺眼。

行李　灰喜鹊呢？北京城里属它们最常见了。

张瑜　关注得少。如果看得多可能也会喜欢，但从主观上讲，我还是更喜欢游禽。之前说过，它们是早成鸟，而灰喜鹊是晚成鸟。另外灰喜鹊的体态我就不喜欢。我为什么喜欢鸭子，因为它们是流线型，飘在水里就像一叶小舟。如果飞的话，我就喜欢猛禽了。所以我喜欢的，都是大俗大雅。

行李　看出来了，真是奇特的审美取向啊。

张瑜　可能是吧。小时候也养过蛐蛐，平时都是俯看蛐蛐的背面，结果有一次用罩子捕捉蛐蛐，被扣住后它跳到罩网的侧面，我一看那肚子像死尸一样惨白，当时就吓坏了，留下了深深的阴影，到现在看到蛐蛐儿还是很怕。

李国平

年逾六十，李国平还在海拔 4500 米的高山海子游自由泳。
他年轻时做过排球、体操和国际象棋教练；
精通电子，从精微机械到汽车，全能修理；
热爱歌剧，练习书法……
这样一个兴趣爱好广泛的人，
在年近半百时，才涉猎摄影，并锁定极高山地带，
成为国内第一个独自拍完全球 14 座 8000 米雪山的摄影师。

[摄影／郑超]

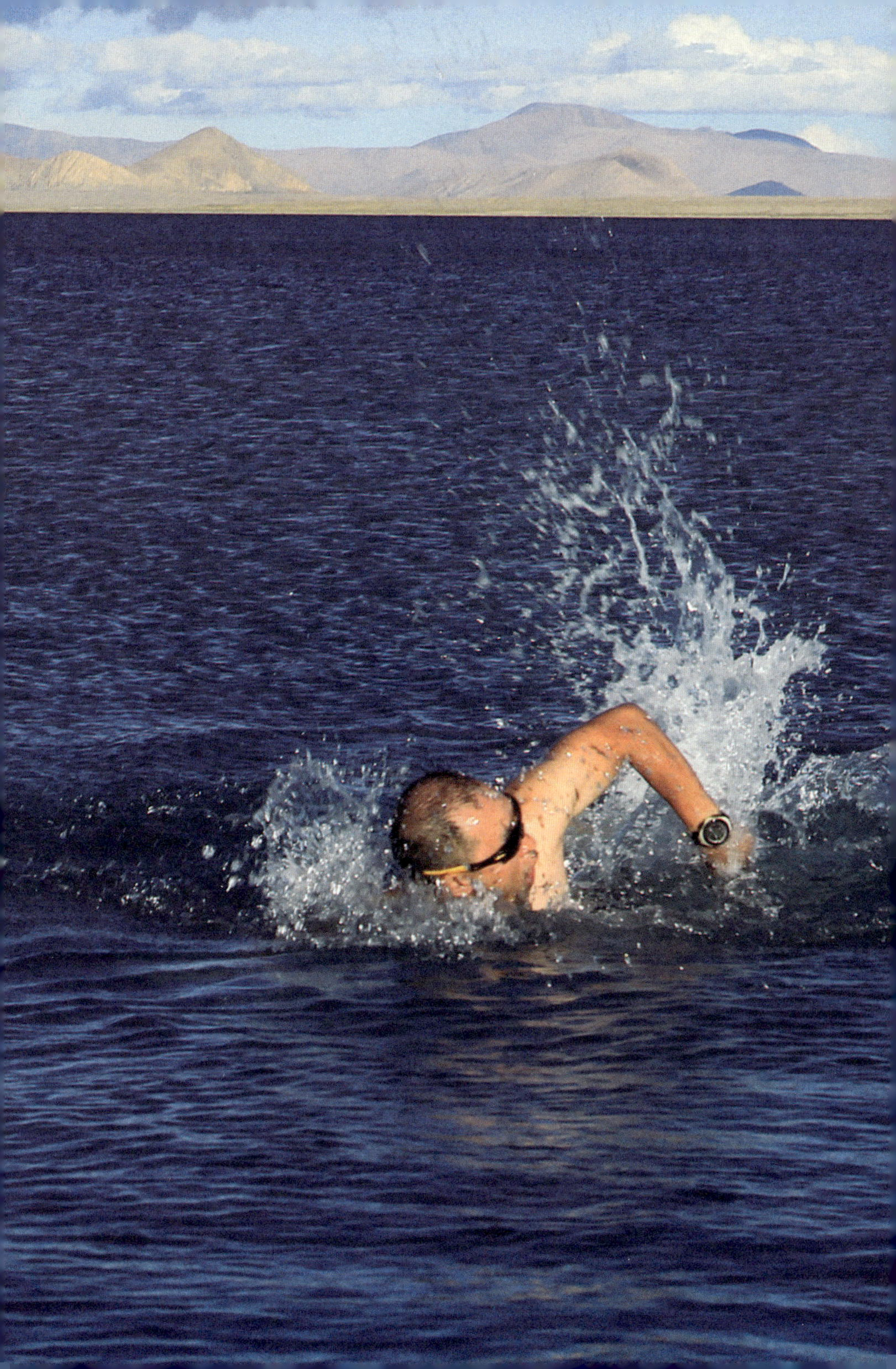

李国平 看山只看极高山

极高山，是指海拔5000米以上的山。拍摄极高山，除了需要上乘的摄影功夫，还需极好的体能。体校出身的李国平，因为一次偶然的机会，在年近半百时才第一次拿起相机，因为超凡的体能，而走上极高山摄影之路，并成为全国第一个独自拍摄完全球14座8000米雪山的摄影师。他在终年积雪、生命痕迹极为稀有的冰天雪地里，找到了独属于他的天地。

1.

  《中国国家地理》杂志社第一次做"西藏专辑"是 2005 年，需要一个后勤保障的人，作为户外界对西藏比较了解的人，很自然就找到了我。

  执行总编单之蔷老师、现在的图片总监王彤、现在多媒体公司的副总杨浪涛、著名摄影家张超音、还有中国科学院地理所的两名专家、中国科学院旱地寒地分院的专家沈永平、四川猎豹俱乐部老总胡宗平，我们一块儿从成都出发，走川藏线，到波密然乌湖就开始第一个冰川的考察：来古冰川。2003 年杂志社做"大香格里拉"专辑的时候到过来古冰川，当时说这里是帕隆藏布江的源头，所以这次我们就把来古冰川作为帕隆藏布江源头来考察。

  当时科学院的郑本兴和潘玉生教授留在然乌湖，我和其他几个老师一块去了来古冰川。当时路还没有完全通，个别地方需要我们走路，设备找马驮进去，沿途就住在老百姓家里。第二天，杨浪涛和单之蔷老师去冰川，在 20 公里外；摄影师张超音去两个湖中间的一个冰碛垄；我在村子里陪王彤做人文采访。

  其间，我拿着一个 600 万像素的尼康相机，看到村子边有一座更高的山，在那里能看到更高更远的地方，我就一个人爬上去，从 3900 米爬到 5100 米，垂直上升近 1200 米，上去之后能看见下面所有的村庄、冰川、湖泊；但是天气不好，我拍了几张不是很满意的照片就下来等各路人马回来。

  可是大家一直没回来，傍晚日落之前，云全部散开了，雪山也出来了，非常漂亮，胡宗平对我说，不再上去拍拍？王彤说，还爬得上去？我说再爬一次。王彤说：这头牦牛！

  我就想再上山去拍几张漂亮的照片，就又一次爬到山顶。那时夕阳刚把雪山染红，真漂亮。但是王彤在山下不断按汽车喇叭，向我招手，很着急，我以为各路人马已经回来了，就冲了下

因为各种误打误撞的原因,
李国平和波密冰川结下了很深的因缘。
他走遍波密所有冰川,
也走通了很多之前没有路的冰川,
甚至发现了一条新的冰川,
现在这条冰川以他的名字命名。

[地图提供 / 李国平]

来。下山来才知道，说是主编单老师在离村子 10 公里的冰川上走不动，回不来了，可是天马上就要黑了，他一没有电筒，二没有食物，怎么办？张超音说：老李，你是不是再跑一趟？王彤有点担心：你跑了两次垂直 1200 米的高度，还能去接吗？我看他们两个已经非常累了，平时也没有爬过这样的山，没办法，只有咬着牙，带上吃的、穿的、手电筒，和一个向导出发了，王彤感叹说：真是头野牦牛！

途中要过两个冰河，水非常凉，过第一个冰河的时候，我还把鞋脱下来，但是太耽误时间，第二个冰河就直接穿着鞋趟过去了。一过了冰河就开始爬山，准备横切到冰川上接单老师，这时候我走不动了，毕竟爬了两趟山，但是没办法，还得往前走，就一边走路一边唱歌，让单老师知道我去接他。走了大概两小时，感觉有人在叫我，单老师看见我们了！他已经走到冰川边缘，天已经黑了，我把食物和衣服给他，他吃了东西就有了精神，又有电筒看得见路，走得比我还快。那天白天我爬山爬得非常疲劳，身体已经透支了，没办法，就叫营地的胡宗平从对讲机里放点音乐过来，放的就是《回家》，在那种音乐的激励下，单老师跑得影儿都没有了，我在后面慢慢走。

回到来古村，我把白天上山拍的照片给他们看。张超音手里的相机是林哈夫的 617 宽幅，我只有一个破数码相机，但是因为我能爬，我拍到的高度、角度、光线都比他们好，就是相机像素太低，没法用。单老师很惊叹，感动地说，你在这么高的海拔上，一个人一天爬两次山，还要到 10 公里以外去接人，体力真是好。"你不拍照片真是可惜了，你要多拍别人去不了的地方，大家都能去的地方，你凑那个热闹有点浪费。"张超音是著名的高山摄影师，他也鼓励我。

就这样，我开始了拍摄。单老师经常给我一些帮助，5000 米以上的极高山题材就叫我去拍。但我的设备不太好，喀喇昆仑和喜马拉雅这两座山脉特别有气势，高山大川能够切割出6000多米的深谷，这种立体感，如果片子拍小了，根本无法表达它的气势。我就开始拍接片，但我只有一个28-300的镜头，就用这支头拍接片。那时候根本没有谁拍接片，但我也想要跟他们一样拍大的宽幅片子，就用这种方法去拍大场景。

但是相机也得想办法解决。偶然一次机会，我一个在深圳的朋友到青海去，他是做相机的，我给他做了一个月后勤，他给我钱，我说不要钱，你能给我相机吗？他说我那儿有次品，漏光的暗盒，漏光就是废品了，你要不要？我就拿了一个回来，用电工胶布给它一缠，把漏光的地方堵上，再在论坛上邮购一个便宜的斯莱德二手镜头，只有光圈快门，相机上也没有刻度，就在毛玻璃上调物距，调清楚之后拿皮尺去量，5米、10米、20米，这样在相机上画刻度。

就是这样一个相机，陪了我很多年，拍了很多照片。我去长江源考察，去考察南水北调，都用这个相机。612胶片后背是在论坛上花了200块钱买的便宜货，有些时候露光，我就用橡皮筋把它绑在相机上，就这样拍片子。每次拍片子的时候调焦时间很长，别人拍完片子了，我还没有弄好相机，后来大家也烦我，我也觉得耽误大家时间，从此以后就自己一个人去拍片，成了一个孤行者。

2.

后来我一个人去了很多地方，比如波密的很多冰川。

卡钦冰川是中国第一长的海洋性冰川，但是在科学、地理、旅游、地质、军事层面，一张照片都没有。科学院派出科学队考察时，也有好几次到了那个村口，但还没有看到冰川前的终碛垄就回来了。这个冰川在科学上非常有意义，冰川融水最后注入西藏波密易贡藏布乡的易贡湖里,波密县委县政府多年的愿望就是想把这个冰川的资料拍回来,他们知道我之后就邀请我去拍,我就带着几个民工进去了。

徒步一天,要过河到一个营地,那些河都很危险,河水冰冷刺骨,要趟过去。第二天,我们到达冰川的终碛垄下,卡钦冰川的融水从冰川的冰舌前端出来,但是要拍到冰川的资料,还得爬上终碛垄,那个终碛垄大概有四五百米高,全是乱石滩和悬崖。我们原计划是带点干粮,拍了片子就回来,结果上去之后就开始下雨,根本没有拍到片子,如果当天下来第二天再爬上去,一是危险,二是我认为没有体力了,所以我想当天不下去,就在冰川上过一夜。当时我穿的是短裤短袖,还有一件雨衣。干粮中午就吃完了,只剩下4个李子和1/3瓶二锅头,小瓶的,拿来洗手用的,就剩下这两样东西,夜里想吃李子时还没找到。

他们怕我出问题交不了差,让我下去。我说除非把我抬下去!可是怎么可能呢,一个人下去都随时有可能掉在冰河里,何况抬我!我让其余的人下去,留下我一人扛一夜。

那一宿,我就穿着短裤,就着一件塑料雨衣,在冰川上熬过来了,冷了就在那里跑跳。当时是在冰川下半部分,附着岩石那部分叫黑冰川,有很多大的石头缝,我就钻到石头缝里。结果冰川上的岩石是松的,风从下面吹上来,非常寒冷,到了晚上两三点钟,特别难熬,山下的人就拿着对讲机每隔一小时叫我一次,怕我睡过去。到四五点钟的时候,他们不断地叫我给他们唱歌,类似什么《多情的土地》,凡是我会的歌都给他们唱一遍,我说我都要冻死了还给你们唱歌……就这样熬到天亮,他们就换了一批人带着吃的上来送给我。吃点东西,暖了身子后,我又背着相机一直走到冰川里去了。

进去5公里多,里面的冰河、冰蘑菇、冰桥,全都拍回来了,县委县政府也很高兴,等于我把中国第一长的海洋性冰川在地理上的空白填补上了。

波密这些冰川,米堆冰川比朗秋冰川小,朗秋冰川比则普冰川小,则普冰川又比卡钦冰川小,一个比一个大。

则普冰川是中国第三长的海洋性冰川,之前也没资料,需要有人去填补空白。我 2002 年 6 月进去过一次,那次下着雨,到了冰湖,过了黑冰川 5 公里后,从一个冰川岩石上摔了下来,把后背的肋骨摔断了两根,但是照片还没拍到,就又爬到左侧一个冰碛湖,在那上面等了三天,下了三天雨,没办法,疼得实在受不了,只好爬回来。

回到则普村,天气不好,就回成都养了一个月。8 月,波密旅游局局长拉巴说,天气好转了,能不能进来?要不然就要等明年了。我就又咬牙冲了进去。这次才把整个则普冰川的原始资料全部拍了回来,非常壮观,则普村也非常漂亮。

这次到则普冰川前,我先去了来古冰川,想从来古村穿到察隅县的阿扎村。在科学上,有一个阿扎冰川,就在察隅的阿扎村,它非常重要,全世界的山岳性冰川里,阿扎冰川海拔只有 2000 多米,是海拔最低的冰川之一,它的冰川末端伸到森林里,而且面向印度洋。1971 年中国地理普查时,中科院的考察队李炳元等到达则普村,在末端冰碛湖附近远远地看到阿扎冰川,传说阿扎冰川旁边还有一个 2000 米垂直高度的悬崖,除此之外什么资料都没有。

如果走正规渠道到阿扎冰川,要从然乌湖走察隅公路到察隅县,大概 400 多公里。再从察隅县到下察隅乡,80 公里,下察隅乡就是和印度交界的地带。再到上察隅乡,40 公里。从上察隅到阿扎村又是 80 公里。这样转下来,要多走 500 公里才能到阿扎村。如果直接穿越三个冰川,翻越两座雪山,就可以下到阿扎冰川,徒步距离不到 80 公里,我决定从这条路过去。

6 月份去的时候,途中有一个美西冰川,穿这个冰川时雪齐腰深,实在穿不过去,就倒回来了。8 月份来的时候,我又带着两个民工去穿这个冰川。

以前所有资料都认为然乌湖的来古冰川是帕隆藏布江的源头，而我沿着来古村再往东走，走了近30公里，发现美西冰川有巨大的水量，一直流到来古村，这才是帕隆藏布江真正的源头，所以我把帕隆藏布江源头的数据给改变了。

　　在阿扎冰川和美西冰川之间，还有一个冰川，没有名字。我从这个冰川翻上去之后，还要爬悬崖，有一段，上面一个民工，下面一个民工，上面的民工忽然掉了下来，已经往我这边坠，我没办法，就左手抓住悬崖，右手一把把他抱住放到我腿上，但是我另外一个相机挂在他脖子上，一下子飞到山崖下去了，是一台D3X和24-70的镜头，刚刚出来，是我从别人那里借的，五六万块钱，就这样栽到了悬崖下的河里。那个民工当时很沮丧地跟我说，李老师对不起，相机给你搞下去了。听他这一说，我当时眼泪就出来了。我说没关系，相机下去了我可以买，但是你下去了，我赔不起，只有跟你一块下去。

　　爬上山之后，翻过去，远远地看见阿扎冰川和阿扎村，但是还要走两天才能够到达。晚上在下山路上不知摔了多少跤才到了有森林的地方，我累得透支了，来不及搭帐篷，就在雨中倒地而睡了。天亮后，衣服、设备都湿透了。原始森林的下山路同样异常难行，当我走到冰川上的时候，坐在那儿，眼泪哗啦哗啦不停地流，终于快到了。

　　下山的时候看到非常珍贵的一棵树，树上长满了灵芝，一个灵芝有脸盆那么大，一棵树上大概有上百株灵芝，周围全是原始森林，筋疲力尽没法采摘。但我没看到传说中那个2000米高的垂直悬崖壁，我拍回来的资料是一个V型谷。

　　第三天到阿扎村时，联防人员来找我，问我从哪里来，我说从来古翻过来的，他说不可能，从来没有人从那儿下来过。当时林芝地区有一个驻村干部，我把《中国国家地理》的介绍信给他看了，他觉得太神奇了，两座雪山、三个冰川，你是怎么穿过来的？听我讲完，很佩服我，安排我去书记家住。从那里到书记家有4公里，骑摩托车要我100块钱。书记不在，但是他们家里有人，不放心，必须核实清楚我是什么地方的人，就打电话到各处去问，问清楚后才让我住下来。

第二天早上弄了一辆摩托车，把我送到上察隅有公路的地方去，总共80公里。前一天送我来的那辆摩托车说送我去，但是要800元，我说太贵了吧，平时也就两三百。途中摩托车坏了三次，把我"转卖"了三次，中途找到一个拖拉机把我送到上察隅。沿途看到巡逻的边防军，因为右边就是麦克马洪线，军队问我是不是从印度那边过来的？我说不是，看了我的介绍信，边防军说你真不简单，这么大年龄，如果需要帮助，你就到我们前面的军营去。

就这样，我搭上拖拉机到了上察隅，到了我就主动"投案自首"找书记和乡长，把介绍信给他们看，问能不能找个车帮我送一下。他说不行，按正规渠道，你应该从另外一边进来。你违反规矩，要查你祖宗八代，我们让你好吃、好住，但是要查清楚。然后他们打电话去问单老师，单老师说是的。又打电话到县上去问，那边说对，就是我们请来的。后来乡长说你们派个车把他接回去吧。就这样，我把阿扎冰川的空白资料填补了。

大家现在如果从川藏线经过，过波密的时候，会看到很多牌子，说这是朗秋冰川、达巴冰川，这是某某冰川，都是我第一个进入拍下来的。2012年拍了朗秋冰川后，在上海刘海粟美术馆做影展，波密县委县政府还不知道我把那几个冰川给他们拍了。

2005年做冰川考察的时候去了三个冰川，一个来古冰川，一个米堆冰川，还有一个珠峰脚下的绒布冰川，这些冰川后来都在《中国国家地理》的"选美中国"专辑里成为最美的冰川和雪山。

在珠峰绒布冰川，单老师又走不回来了。那次我们要从珠峰大本营往东绒布冰川走，走到一个冰桥，大概海拔5400米，然后折向中绒布冰川。到了中绒布，单老师他们下到冰川里，我的脚踝扭伤了，就在侧碛垄上等他。一等不上来，二等不上来，没办法，我就下到冰川里去找他。一下去，里边的冰塔林都有二三十米高，像方天画戟一样指向蓝天，密密麻麻，就像西安秦始皇兵马俑一样列在你跟前，整整 26 公里长！怎么可能找得到单老师他们？我拍了几张照片就赶紧上来了。

下冰川之前，单老师把干粮和外套都留在侧碛垄上，电筒也没带，我看到东西在这，就呼叫大本营，远处的乌云压过来了，冰雪马上要来，我的脚又伤了，怎么办？杨浪涛从对讲机里叫我先返回，另外派民工来救，我写张纸条放在那，把对讲机拿走了。

单老师他们回来时要爬一个大坡，他就想从东绒布冰川下来的冰河上直接趟过去，那意味着在海拔 5600 米的地方要少走 4～6 小时，但下午是冰川融水最大的时候，找了十几个滩口都过不去，最后绝望了，只有原路返回，那将是痛不欲生的事。

我已经走过了东绒布的折返点，看到一个红点在对岸，正是单老师。他那时已经绝望了，他说死在那儿都比继续走路好，本来已经不想走了，突然看见我在对岸，才感觉到有力气、有信心。我知道他已经走不动了，又背上吃的倒回去找他。上坡的时候，一步都走不动，但我还是走上去了，走到折返点的时候遇上他们，给单老师拿了吃的和穿的，他就有了精神，下坡了我又追不上他了。

所以那次我成了一个救援队队长，从此以后我就开始拍 8000 米级雪山，单老师说你把这个主题拍完的话，可能会创造一个奇迹，因为专业摄影师里还没有一个把 14 座 8000 米雪山拍完的。拍了将近 10 年，终于拍完了。

3.

世界第三高峰干城章嘉在尼泊尔和锡金交界处，离西藏的边境还有 20 多公里，西藏的岗巴县有一个山梁能够看到，但那个山梁去不了，我就跑到另一个山梁上去拍。在山上待了两天回不来，车坏了，就从山上走了6个小时到有信号的地方，给日喀则地委打电话，地委让我给岗巴县赵小红县长打电话，赵县长派了两辆车来接我，我在公路等救援车，车队师傅问我的车在什么地方，我说在那个山上。他问我怎么开上去的，我说我自己一个人找路爬上去的，但是现在车坏在上面，打不着火，我那个是柴油车。后来他们两辆车跟着我上去，两个车轮流给我的车又是烤又是充电，才把车拉了下来，车队队长说那个地方再也不能去了。

第二年我又去了，因为想到边境上去。我去给边防连送了三本画册，他们很高兴，说这比给他们送吃的穿的都好，因为战士在边境上的精神生活很枯燥。边防连长说，你要到哪里我都带你去。我就往地图上一指，说到这儿！是前一次在远处拍到的山梁。他说李老师，那个地方不能去，那是印度人占着的。我说早知道就不告诉你们，我一个人偷偷就去了。他说，不行，外交无小事，你去了，我们这些边防巡逻的人就惨了。后来我想，不就是一张照片嘛，不拍也罢了。就这样，中国这一方，我在唯一能拍的角度上把干城章嘉拍了。

但我还是不甘心，就到尼泊尔去。尼泊尔探险协会的会长派一个堂弟跟我一块儿去。按正常进度，欧洲人需要22～24天，我来回12天。他们都说不可能，我就给他们看照片，一看才知道是真的，觉得这个人太神奇了。他说，你们中国人来这儿的都是大爷，又想拍好片子又不想走很多路，结果来了你这个老头，特别能走。他那个堂弟说平时带其他欧洲人，都是他一个人走到上面等一两个小时，身体都等凉了他们才慢慢上来，结果这次变成我在上面等他等凉了他才来。其实我是要赶时间，拍完干城章嘉，我还想去拍马卡鲁。

在干城章嘉脚下，我碰到我们国家最牛的民间登山家张梁，大家聊起来，他说我比他辛苦，因为我要从低海拔上上下下爬到大本营，还要考察沿途的地质地貌和人文资料，我爬的高度和走的距离比他们远,"我们坐飞机到大本营,在那儿适应性训练,遇到好的窗口登上顶,然后回来,从大本营又飞回去。"我对张梁说,你比我危险,因为海拔高,危险系数大。登山和摄影是完全不同的行当,一个的目的是山顶,"山高人为峰",是英雄情怀,而摄影要的是数据和过程,光影和艺术效果,属于史诗情怀。

拍马卡鲁的时候,发生了一件事。我从珠峰东坡过去,在一个大塌方的地方碰见一个榆林人,40岁,是一家饭店的老板。他有一个特点,上了4500米就高反严重,走两步就歇几分钟,其他人都走完了,就剩他一个人在后面。我看见他时,就把他的包拿来背上,他空手走,还是走两步就歇一下,我就陪着他。

后来我给他唱了一首歌叫:You Raise Me Up(《你鼓舞我》),这首歌里有三句歌词我非常喜欢:你激励着我站在群山之巅,你激励着我徜徉在大洋之间,你激励着我超越我自己。我把这首歌唱给他听,也给他讲了歌词,讲完之后我就转身往前走,我想他肯定还在后面慢慢跟上来。结果走了几米转过去一看,他就站在我跟前,泪流满面地跟着我。我说你怎么回事?他说,李老师,我是一个退伍军人,做饭店赚了钱,想做一件好事,在榆林地区请所有环卫工人每天早上到我的餐馆里来免费吃早餐,所有亲人都反对,成天跟我闹,闹得不开心就跑到山里来,但是听你唱了这首歌,我想通了,人这一辈子就要干自己想干的事。后来他就这样跟着我一直走走走,所以人的精神力量在大自然中是无穷的。

后来尼泊尔的9座8000米雪山我都走到跟前去了,鞋走坏了,回来的时候,尼泊尔探险协会说:"你把我们9座雪山都走完了,鞋子我们得留下。"那双鞋被他们收藏了。

2011年我去巴基斯坦境内南迦·帕尔巴特西侧的登山营地,那里的人非常祥和,从东侧开始徒步之前要过一条河,对面有一个村庄,是最后一个村庄,车可以开到河对岸去。2013年我又去了,桥已经被水冲毁,车过不去了。那次我还去了世界第三长的冰川巴尔托洛冰川,喀喇昆仑山脉4座8000米雪山都在那条冰川上：乔戈里峰、布洛阿特峰、加舒尔布鲁木Ⅰ峰、加舒尔布鲁木Ⅱ峰。那次我在巴尔托洛冰川上走了66公里，来回就是130多公里，再加上前面的路，总共走了200多公里。

刚到达那个加舒尔布鲁木Ⅰ山脚的时候忘记了拍片，因为周围360度都是雪山，太高兴了，我就在那儿唱歌剧《今夜无人入眠》，可能是巧合，发生了雪崩。我的向导上来就把我的嘴堵住，指指加舒尔布鲁木Ⅰ峰和Ⅱ峰，说你千辛万苦来到它的跟前，云马上来了，再不拍，云就要遮住雪山，这一趟就白走了。赶紧拍！我在那里把喀喇昆仑的4座8000米雪山全拍到了。

就这样，我成为全球第一个独自拍完14座8000米雪山的摄影师，拍完那一瞬间，憋着的那口气泄了，激动、幸福之后，我忽然走不动路了。

我还有另外一帮同路人，他们没有来加舒尔布鲁木大本营，提前一天回去了，他们说上不来，有高原反应。为了追赶他们，两天的路我一天走完，把他们追上了。回到康科迪亚的那天晚上，我拍到了非常漂亮的世界第十二高峰布洛阿特峰，那个光影，那个通透！不论科学性、环保性和艺术性，都是一等一的好片子，可惜照片太大，很多场合都没办法和人分享。

拍完14座8000米雪山，回到斯卡度的时候，发生了一件天大的事。那是22号二十三点左右，南迦·帕尔巴特发生了杨春风和饶剑峰等11名登山家被塔利班用枪打死的事件，本来第二天我们要从斯卡度飞回伊斯兰堡，这时候发生这样的事件，巴基斯坦政府把海陆空全部封锁了。

我在那儿等了一个星期，和当地官员交涉，来了一个内政部高官，我把《中国国家地理》的介绍信给他看，当时还带了一本《中国国家地理》杂志，上面有一幅杂志社建刊以来最长的照片，就是喜马拉雅山脉的5座8000米雪山，内政部的官员看完以后，叫了两辆丰田敞篷越野车架着机枪，加上他一辆，三辆车，前后架着重机枪，连夜300多公里把我送到伊斯兰堡。我在那里感觉到，巴基斯坦的老百姓和军队真是太爱中国了，只要听说你是中国人，都上来和你合影。

从拍完14座8000米雪山，到出画册期间，我又从中国一侧去拍了喀喇昆仑山脉的8000米雪山，从新疆的克勒青河谷徒步进去。除了世界第二高峰乔戈里峰没有巴基斯坦那边壮观，另外的，布洛阿特峰、加舒尔布鲁木Ⅰ峰、加舒尔布鲁木Ⅱ峰，中国一侧拍得非常漂亮。

中国一侧还有一条布洛阿特冰川，漂亮得简直无与伦比。大家都说有一个加舒尔布鲁木冰川，去年我爬到一个山梁上，发现其实不属于加舒尔布鲁木冰川，而是布洛阿特冰川的根部，一直流到克勒青河谷，整个完整的地貌都看得真真切切，但是所有人都叫它加舒尔布鲁木冰川。

当我凌晨两点出发，黎明时爬上那个冰川的时候，三条冰川河谷，还有喀喇昆仑山脉4座8000米雪山，全都展现在我跟前，而且是金色的，还有云彩！我拍完下来，其他人才上去，可是云已经关闭，他们只拍到了局部，我是用电脑云拍的，360度都可以拍下来，那个片子非常大、非常壮观。2015年我又去了一趟克勒青河谷，2016年又去了，是为了检验一种相机在高原上的性能，就是矩阵相机。

所以我从不同角度尽量把8000米雪山表达好。考察过程中，我知道很多冰川都在退缩，包括南北极和青藏高原腹地的冰川，而喀喇昆仑山脉的冰川在生长。巴基斯坦一侧的冰川末端在海拔3000多米，而中国这一侧的末端在4000多米，所以南北侧的气候变化不同，雪线高度也是不一样的，我关注的是这些东西。光影当然很美，谁不愿意拍光影？但我觉得科学数据比这些还重要。

在波密、在珠峰、在巴基斯坦,
在14座8000米雪山所在的整个喜马拉雅山脉和喀喇昆仑山脉,
李国平全都留下了自己的脚印和照片。
下图这张长达26公里的珠峰绒布冰川,
第一次使用接片的方式,
完整记录了这条冰川的全景,
并以此为标准,
判断日后冰川的退缩和前进。
[摄影/李国平]

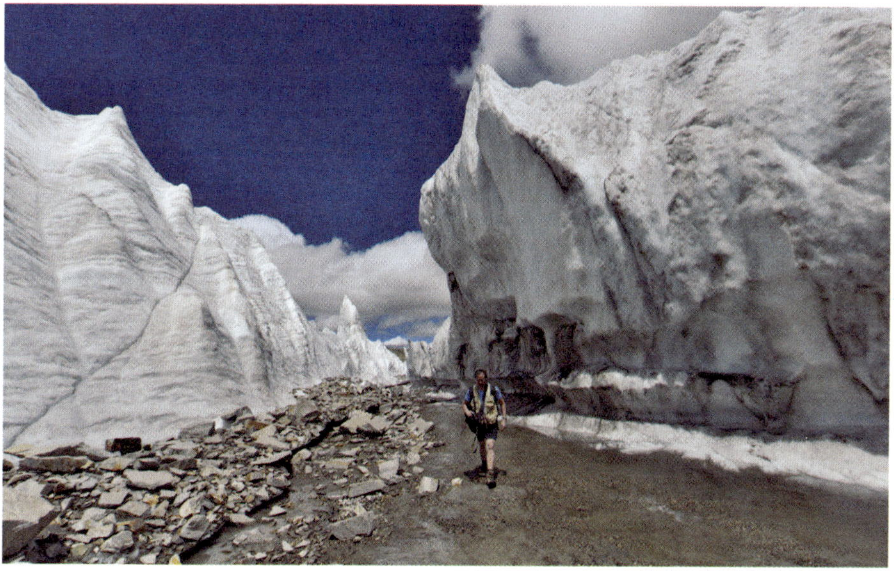

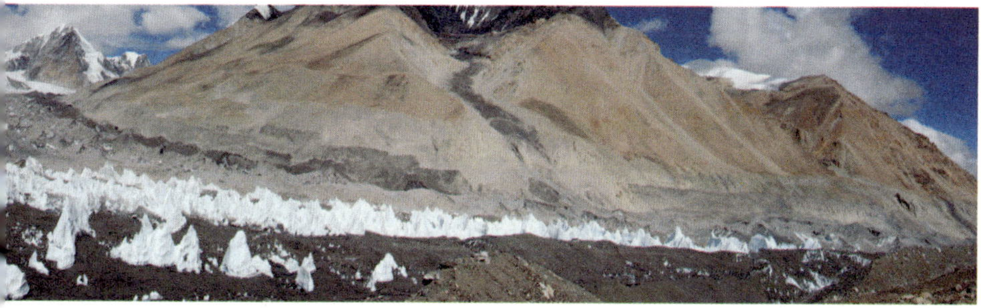

4.

我拍的那些片子，都需要守、等。我这个身体条件，适合去跑偏远一点的地方。很多人说摄影要花很多钱，但我相对花钱很少很少，在家里也要吃饭，宾馆我又不住，都是拿身体去抗，花不了多少钱，就是一点油钱、汽油费、民工费、设备调整费，我的设备又不是最好的，但是我的片子是别人没有的，也是科学上、地理上需要的片子。有些人可能花几万块钱才敢去做的事，我可能花一万块甚至几千块就做了。

大家常问我平时一个人怎么待得住？常常早上拍了，就一整天在那儿不动，甚至7天不动，怎么过呢？我的爱好比较多，特别不怕寂寞，非常享受那份孤独。但一个人的时候总得找点事做，把那个时间混过去。我从小就喜欢写毛笔字，从初中开始写信、记日记，几十年过去，直到今天，仍然用毛笔写信、记日记，在山上的时候也会带着日记本写。也会唱歌，一个人在群山之巅对着群山唱歌，整个山谷都在给自己回应，感觉特别爽。所有歌都唱完了，唱到声音唱不出来，过瘾了，时间还不够，就再做别的。下棋吧……中学的时候我还做过体操队教练，做过国际象棋教练，做过排球队教练……所以我没有时间寂寞。

后来整理8000米雪山的资料，2011年出版了《喜马拉雅孤行者》，2012年出版了《高镜头》，2015年又出版了《西藏波密——中国最美的冰川之乡》。现在围绕8000米雪山的画册，又出了《遇见喜马拉雅》和《孤影八千》两本图文书。

记得在去干城章嘉的路上，看到一间茅屋冒烟，想起小时候的经历，我就写了自己的感想："幼小身躯高大山，背着背架上高山。大人在前我在后，山高路远无尽头。镰刀割草割不断，割开手指倒不难。皮开肉翻骨头现，抓把泥土捏上面。疼痛难忍声未现，还唯恐大人看见。黄昏时节秋风凉，背着茅草下山梁。茅草高高不见我,归途盘山牙紧锁。阵阵狂风来回刮,我随茅草滚回家。茅草上房方栖身,冬暖夏凉才是家。烧锅夜读草屋下,客舍异乡夜念家。"我现在的食指上,伤疤刀痕累累,每一刀都把骨头割出来,白花花的。那时候很小,十来岁。从尼泊尔回成都后,又用毛笔把这首打油诗写下来挂在房间里。

如果膝盖和颈椎允许的话,我还想再回到 8000 米雪山,再拍拍。如果不允许,那还有更多爱好可以去做,读更多的书,学更多的艺,一辈子还长着呢。

[本文系李国平 2017 年冬天在"行李讲堂"的线上分享会内容整理而成]

罗静

高海拔登山没有百分百的安全，
本来就需要有一些突破，
可能会冒一点点险，
我希望从攀登里获得心灵的突破
——这是罗静的登山观。

[照片提供／罗静]

罗静 纵使世界忘记我，山会记得我

她在 5 年内登顶 10 座 8000 米级山峰，是第一位登顶世界第三峰干城章嘉峰的中国女性、第一位登顶世界第五高峰马卡鲁峰的中国女性、第一位登顶世界第七高峰道拉吉里峰的中国女性、第一位登顶世界第十三峰加舒尔布鲁木Ⅱ峰的中国女性、第一位登顶世界第二峰乔戈里峰的华人女性……她却从不称自己是"登山家"。

[程婉　2016 年冬天采访]

1.

行李 你 10 月份刚完成自己的第 10 个 8000 米（指 8000 米级山峰，下同），还差 4 个就全部完成了，大概用了 5 年时间？

罗静 对，2011 年是第一座。

行李 5 年内完成 10 座 8000 米，这样的速度，在国际上算快的吗？

罗静 算快的了。目前世界上完成 14 座 8000 米的人大概有三十三四个的样子，他们中最快的，我上次好像看到一个报道说大概 7 年多一点点吧。

行李 那你很有可能打破这个纪录啊。

罗静 不知道，看明年吧。因为我是在 2014 年就完成了 7 个，所以去年我做的计划是想一年尝试 7 个 8000 米。

行李 就相当于一年完成剩下全部的。

罗静 是的，但那时候还有很多不确定因素，所以我也只是心里想想。

行李 一年 7 座的话，相当于平均不到两个月一座？

罗静 对，基本上就是挨着的。当时按顺序排起来的话，是有可行性的。后来有一些其他原因，再加上去年攀登也不太顺利，像在尼泊尔安纳普尔纳的时候遇到雪崩，然后就是地震，接着 7 月登巴基斯坦布洛阿特的时候又遇到雪崩，自己差点就挂掉了（笑），所以去年也就先搁置了。

行李 原计划是在 2015 年把 14 座都完成的？

罗静 其实 5～6 年完成，和 6～7 完成，对我来说是一样的。我倒不是专门为了速度，怎么说呢，只是说尽自己所能吧，有这个可行性就去试试。那会儿没敢对外宣布这个计划,有点太疯狂了,正常的人听了都会觉得挺不可思议的。

行李 但技术上其实是可以的?

罗静 对,身体允许再加上技术好的话,这个计划倒没有什么问题,包括今年我已经挺突破自己了。今年我尝试了5个8000米,3个登顶,2个没有登顶,成功率还可以。反正最起码尝试过了,我觉得可行性还是有嘛,其他的就看老天爷的安排了。

行李 现在全世界完成14座8000米的人里面,有几个女性呢?

罗静 具体几个我还真没太关注,也许三四个或者四五个?

行李 看来你好像不太关心其他登山人的成绩啊。

罗静 反正我就是登自己的山嘛,也不跟别人去比较。如果你太关注这些东西,反而会分散你的注意力,也没有太大的实际意义。为什么国际上那些人完成的山不是很多?其实区别很大的,人家很多都是无氧攀登,或者是自主攀登,或者是没有夏尔巴协助。真的,别看我登了这么多,我其实挺惭愧的。

行李 你太谦虚了。

罗静 我们国内登山运动发展也是刚起步,所以我自己能力还达不到国外那个级别,也是给自己一点点借口。国外那些登山者更追求攀登所带来的纯粹自由,所以自己尽量做到最好就可以了,关注那些比例和数字,对我来说没有太实际的意义。

行李 感觉你跟国内的登山圈子走得不是很近。我看报道,经常说你没有跟登山队,都是一个人去攀登。

罗静 我其实跟老外的团队接触得更多。我说很多山都是自己去,是说我在国内找不到伴儿,只能自己从国内出发。

行李 为什么找不到伴儿？

罗静 我自己分析起来，可能我攀8000米的顺序和别人是颠倒的。很多人爬8000米都是先爬卓奥友峰，或是希夏邦马峰，然后是珠峰，先易后难。我呢，调了个儿，除了第一个是比较容易的马纳斯鲁峰，紧接着的第二、第三个都是别人没有登过的山，我没有办法找到伴儿。但我都是报外国的探险公司，参与他们的团队。国外的攀登公司有针对各个级别的攀登者的服务，有像我们国内这种带夏尔巴的商业攀登，也有无氧或半自主的，参加这些团队能见识到各种各样的登山者，其中有很多很厉害的。

行李 我还是不太理解，国内这么多攀登者，像你登的那种难度高的山，总会有人感兴趣吧，就是找不到伴儿？

罗静 这个应该分人群吧。有的人可能感兴趣，但是没时间，有些年轻的攀登者，他们想要尝试高海拔，但在时间和资金方面有一些约束。现在很多人会选择低海拔的山，相对安全，也不会花很多时间和资金，就比较自由，而且也和自己家里有牵挂有关系。

也不是说不难，登8000米的山，一个最主要的因素是风险太大了。我有个朋友，他登马纳斯鲁峰，当时登的时候没有出事，但是在他们前一天，3号营地发生雪崩，死了十几个。这就是高海拔攀登的不确定因素，对心理是巨大的考验。老杨（杨春风）常说的一句话是："也许很多人比我技术要好，但他有我勇敢么？"8000米真的需要有一颗很勇敢、很强大的心脏。

行李 7000米和8000米完全是两个概念吗？

罗静 其实每跨越1000米差别都挺大的。我上学时就是属于循规蹈矩的那种，登山也是。所以我是从5000米开始，然后才是6000、7000、8000米，一级级山峰体验过来的。因为我是为了自己登山，不是为了别人，我很喜欢攀登这个过程。

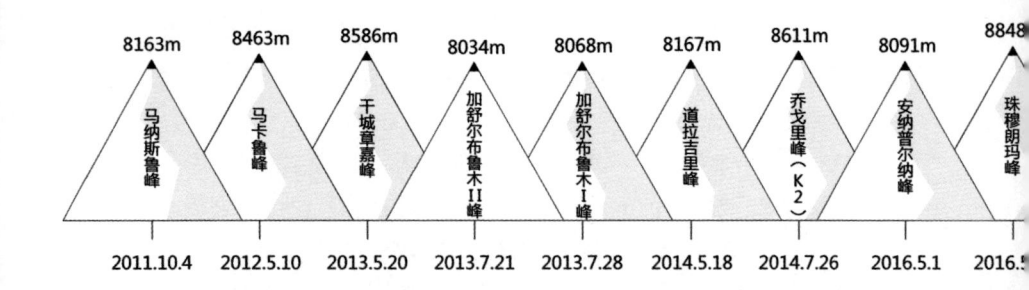

8163m	8463m	8586m	8034m	8068m	8167m	8611m	8091m	8848
马纳斯鲁峰	马卡鲁峰	干城章嘉峰	加舒尔布鲁木Ⅱ峰	加舒尔布鲁木Ⅰ峰	道拉吉里峰	乔戈里峰（K2）	安纳普尔纳峰	珠穆朗玛峰
2011.10.4	2012.5.10	2013.5.20	2013.7.21	2013.7.28	2014.5.18	2014.7.26	2016.5.1	2016.5

行李 国外的登山者是不是更在乎攀登过程而不只是简单的登顶?

罗静 我参加过几次国外攀登公司组织的登山，他们的氛围、环境，是培养你真正亲近大自然，真正去了解登山的内涵。国内的攀登公司在服务方面非常到位，这也是国内有些玩攀登的人对一个攀登公司最看重的，要服务好、安全。但我更关注的是，这个公司能给攀登者造成什么样的氛围，能够传递给我们怎样的有关攀登精神层面的信息，我挺在乎这个的。在国内登同样的山，通常费用会贵很多，从服务方面来说，这个价格是值了，它可以达到1：1的协作，但我觉得他们的服务太周全了，周全到不像登山，而是像旅游，它把所有的风险和会吃点苦头的地方全给你规避掉，整个攀登就很轻松，什么样的人都可以登顶。对他们的服务当然要给予赞扬，但他们并没有达到宣传攀登意识的目的，让人真正理解攀登的意义，这方面特别遗憾。

行李 所以国内外的登山还是有差距的。

罗静 差是，还有我们关注的东西不一样。高海拔攀登就是需要有一些突破，可能会冒一点点险。登山本来就没有百分百的安全，你不能跟路上旅游似的，下了一点雨整个活动就取消。在高海拔，需要借助你的经验、心理去承受，然后做一些决定。我们希望从攀登里获得心灵的突破。

8516m	8125m	8051m
洛子峰	南迦·帕尔巴特峰	布洛阿特峰
2017.5.20	2017.7.8	2017.7.27

截至 2017 年 7 月
14 座 8000 米雪山,
罗静用 6 年时间成功登顶 13 座。
然而罗静说,
如果登山过程中没有自己的独立思考,
即便登顶 14 座又如何?

[制图 / 刘欣]

其实我是一个不轻易放弃的人,像去年在安纳普尔纳的时候,山上一二十个人,早上六点半就全都放弃了。因为他们那时判断攀登时间可能会太长,不愿意去尝试。最后就剩下我和我的夏尔巴,没有尽最大努力走到最后一步,我不愿意放弃。那时候真的挺难的,我找了一个拍摄者,当时他看到别人都下撤了,就说咱们也下撤吧,我说他们下撤不表示我一定要下撤,我还想再往前走走试试。

安纳普尔纳的顶峰下有一块岩壁,我说还没到那块岩壁底下呢。我不知道那上面是什么情况,也许我尽全力可以尝试一下登顶呢?因为那时我已经到了 8000 米的位置,离顶峰就差 90 多米了。最后那一段走起来真是心理压力挺大的,在高海拔,跟随大众的心理是偏重的,很少有人把自己陷于单独的境地。只是我评估了一下,觉得那时还没有到让我们陷入绝境的状况,为什么不试试?所以我们又走了将近 6 小时,6 小时之后,我们到了那块岩壁下,结果我的夏尔巴的氧气用尽了。当时他也有失误,备了一瓶新氧气,结果那瓶氧气是空的,所以最后那段路都是我带着他走的。

行李 后来呢?

罗静 后来到了那块岩壁底下,我试了几下,自己爬的话能力有限,速度会很慢，因为它是雪、冰面、岩石混合的，而且很陡，一定需要修路的。不修路就是我们两个人之间拉一根绳子，互相保护着往上爬，但这样的话我预估了一下时间，不低于两小时，再加上下撤还需三个多小时，当时有点变天了，就选择了下撤。在你比别人多走了 6 小时，而且在距离登顶只有 100 米的地方放弃，那感觉真的是……我们两个人差点要哭出来，但我觉得尽力了，就没有遗憾。那次攀登以后，我认为我的心理承受能力是没问题的，自己做决定，也能坚持到最后。

行李 在布洛阿特峰遭遇雪崩也是惊心动魄啊！

罗静 是的，那次遇到雪崩，捡了条命回来。我被救援回帐篷，身上因为受伤，躺也躺不了，坐也坐不了，所有人都觉得我应该直接坐直升机回家了。但是我在营地待了两天，等到第三天团队最后冲顶的时候，我决定要跟他们一块上，所有人都惊呆了。那些老外后来说，你看着身体不强悍，但你的心脏比我们都要强悍一些。然后我就跟着团队一起到达 4 号营地，因为腰不能弯，一路都直着，当时心理准备是，能上到哪就上到哪儿。

行李 你这性格也是够倔强的。

罗静 我综合评估一下，我的状态还好，老天爷没让我断手断脚，既然只是疼，是可以稍微忍忍的，所以我就出发了。结果从 4 号营地出发冲顶时，又遇到跟安纳普尔纳一样的情况。我出发晚了一些，没走多久，就遇到从前面下来的将近 20 个人，他们说前面可能有雪崩，决定放弃。然后我的夏尔巴看着我说，就这么回去？我想了想，也是，回去是不太好，不能因为别人说危险我们就回去。所以我说，我们一起上！那些人估计到了 7100 米的样子，我们起码比他们多走了 300 多米高的海拔。剩下前面还有两个队员和两个夏尔巴，但是他们都没登过顶，所以走错了。我们就跟着他们走了更危险的一条路，发现不对，又返回来。加上当时变天下雪,能见度很低,最后我们权衡了一下,还是下撤了。

行李 所以你是不到最后一刻绝对不放弃的。

罗静 一般我都是最后一个下撤的,只要有可能,就一定要去尝试。所以 2015 年我虽然一个山峰都没有登顶,但我从雪崩里能活着回来,而且尽我全能做了所有尝试,比任何人尝试的时间都要长,尝试的高度都要高,最后不成也就不成了,没什么遗憾。

2.

行李 一般登顶都是你和夏尔巴两个人?

罗静 我们两个人像搭档似的,但是最后登顶也要靠团队的协作,只靠夏尔巴一个人无法完成修路任务,甚至有时候不止我们一个团队,在大本营会有好几个公司的登山队,常常需要大家团结在一起才可以完成修路任务,甚至包括冲顶。大多数高海拔的冲顶和珠峰不一样,珠峰冲顶,除了能做到 1∶1 的协作,还有另外的修路队专门去修路,但我们这些山峰不一样,都不成熟,没有这么大的团队,就靠营地现有的这些夏尔巴和队员,我们能完成什么样子就是什么样子,所以需要大家拧成一股绳。有时候这也会影响到攀登过程,甚至死亡率都与团队合作的能力相关。像 2013 年登干城章嘉峰那次,就是因为我们团队没有协作得很好,最后 15 个人登顶,有 5 个人遇难,那是我经历的最大一次山难。

行李 那次究竟出了什么问题?

罗静 我们最后从 4 号营地冲顶,大概 1000 多米的海拔,花了 30 多个小时。干城章嘉峰山体庞大,最后那一段没有修路,这就属于团队协作能力和规划都没有特别成熟。因为那年是珠峰登顶 60 周年,有经验的协作、夏尔巴都跑到珠峰去了。

行李 所以找不到很好的协作伙伴?

罗静 对呀,我的夏尔巴就没有爬过 8000 米,在我最后要登顶的时候,他自己下撤了。最后冲顶是我一个人上去、下来,所以能登顶,我觉得我也是超水平发挥了,是老天爷在照顾我。在 8000 米那种人类无法生存的环境,你要上上下下 30 个小时,首先对体能就是一个绝对的挑战,现在想起来都是……最近一次冲顶卓奥友峰,我只用了不到 5 个小时,就这个差距啊!

行李 所以都是 8000 米,外人看着都很厉害,其实差别还是很大的。

罗静 是的。

行李 后来你是怎么登顶的?

罗静 哈哈,过程非常曲折。总之,后来我就是跟着两个意大利队员和他们的夏尔巴协作一起走,那个协作人特别好,但后来他遇难了。他说在等路绳,等路绳来了去修路,修完就可以一起出发了。我在那儿带着希望等了快一个小时,最后他说路绳到不了了,所以后来我就决定跟着他们走。但因为那两个意大利人是无氧,走得很慢,我带着氧气必须快一点走,没有办法等他们的,所以才一起走了不到半小时,我就自己一个人继续往前走。

  刚开始走的时候,心理上要突破自己非常困难,那里坡度很陡,又没有修路绳,而且我当时才是第三个 8000 米,现在想起来那时候真有点胆大了。刚开始决定自己往前走,感觉手脚都在发抖,录视频的时候说话也是颤的,走那几步把自己紧张得要死。人一紧张,力气都没了。我就调整自己,当时我前面有个匈牙利的老头,已经 40 多岁了,一条腿截肢,那已经是他第十个 8000 米了,而且还是无氧。我跟着他,在那儿自言自语,你看人家,没有氧气,还缺一条腿,也没有协作,人家怎么就没事?你这还用着氧气、四肢健全呢……我就自己给自己打气,度过了最恐惧的阶段,后来放开了就还好。

行李 这老头也真是厉害。登山中还有哪些让你印象至深的人?

罗静 还是 2013 年登干城章嘉峰,当时有个匈牙利的小伙子跟着我,27 岁,那是他选择的第一个 8000 米,无氧,还没有夏尔巴。因为经验不够丰富,最后他做的一点点决定导致生命没了。当时遇难的 5 个人中,4 个人滑坠的地方离我们的营地都很近,他们从不同时间、不同地方各自滑坠,每个人的体能都已经到极限了,山又很陡,稍微失控,后果就不堪设想。

行李 所以干城章嘉峰还是最不一样的一座山。

罗静 那是我登过的最难过的一座山。因为跟当时遇难的几个人都很熟,大家一起聊天,在营地还有合影,那个对我很好的夏尔巴也意外入镜,结果照片里所有人都没了,除了我。回到营地的时候,看着营地就会觉得挺凄凉的。那次对那个西班牙老头(奥斯卡·卡迪赫,Òscar Cadiach)也挺难的,那是他第四次来这座山了,前几次各种"奇葩"事情都遇到了:第一次是队员在他怀里遇难;第二次是在 4 号营地被风雪堵了 7 天,最后终于下来了;第三次又是马上就快登顶了,结果他自己拿水袋喝水的时候不小心洒了一身,水没有了,只能下撤。我呢,虽然千难万难,还是一次登顶了。回来以后,那个夏尔巴公司老板也说,你真的太幸运了,这座山几乎没有人能一次登顶的,而且还是在遇到这么大一次事故之前,你是唯一的一个女生,你还活下来了。我就觉得自己挺命大的。

行李 那一次对你影响挺大的。

罗静 我登顶那天,也就是他们 5 个人遇难的那天,5 月 20 号。等我从加德满都回家没几天,6 月 23 号,老杨(杨春风)、老饶(饶剑锋)就在巴基斯坦 K2(乔戈里峰)大本营出事了。7 月 6 号,我的航班就要飞巴基斯坦,虽然我是去 G1、G2(加舒尔布鲁木 I 峰、II 峰),但是要经过他们遇难的地方,当时政治局面还不稳定,心理压力也挺大的。在那之前我准备在网上订飞巴基斯坦的航班,最后那个确定键,我点了一天。当时心里没底,就打电话问朋友,还给西班牙的朋友奥斯卡发邮件,他那时已经在巴基斯坦了。他说,不要被外界的恐惧控制内心。这句话真是影响到我,我回邮件说,好,你等我。那个确定键才点下去。

行李　太纠结了。

罗静　那几天各种事情接踵而至,我跟老杨他们很熟嘛,听说他们出事以后眼泪还没停下来呢,就要做这么难的决定。出发以后,飞机也不知道怎么的就到另外一个地方停了,还以为遭劫持了,那是我第一次去巴基斯坦。我还在那儿胡思乱想,如果塔利班知道中国又来了一个登山的女人,会不会想再把事情扩大点影响,把我也劫持了……一路上我都把自己捂得严严实实的,别人友好地跟我说话,我都不搭理,装作听不懂。不过等真的进山以后就好一些了,恐惧也撒开了,心想爱咋咋地吧。

3.

行李　能讲讲你和杨春风的故事吗?

罗静　我们真正一起攀登的次数不是太多。我认识他是在 2010 年登四川雀儿山的时候,那是他刚在世界第七高峰道拉吉里峰出事之后来散心的,我就听他讲去 K2 那些 8000 米的故事,当时觉得好遥远啊。从雀儿山回来就加了他的 QQ,我们经常聊天、聊山,聊着聊着我就到了 7000 米……他算我的导师吧,如果没有和他的聊天,我是不会想着去爬 8000 米的。2011 年我知道他要去马纳斯鲁峰,就选择跟他一起去。那是我第一个入门级的 8000 米,那会儿他还因为我没有跟他们一起坐直升机去大本营有点生气。

攀登途中又累又困，
有时忍不住，
得睡会儿。
[照片提供 / 罗静]

Nurbu 和 Sanu,
罗静最重要的两个夏尔巴协作。
[照片提供 / 罗静]

行李　是怎么回事儿？

罗静　按他们的计划，应该所有人直接坐直升飞机到大本营下面的村子。我说不行，1000 美金的机票太贵了，我宁可走。他就有点不高兴，担心徒步路上会有危险，那是我第一次出国，第一次去尼泊尔这样的地方登山，当时英文还很蹩脚。但我坚持一个人跟一群夏尔巴走了 8 天，等第 8 天跟他们碰头的时候，哎呀，亲切得呀，他那会儿觉得这个丫头怎么这么拧啊。

行李　后来没有再和他一起登过了？

罗静　没有，我和老饶一起登我的第二座 8000 米，马卡鲁峰。自从第一个 8000 米回来，我就开始想第二个 8000 米去哪儿，从来都没想过要去珠峰，那个又贵又没意义。选择马卡鲁是因为我的一个协作没事儿就在我耳边吹风，他就住在马卡鲁峰边上的村子里，他对那座山很了解，也登过，而且一直跟我说，你可以的，那个山不难。当时国内除了藏队的几个人，还没有人登过这座山，包括老杨。我想登一座人比较少的山还是有些意义，所以我就"长草"了，第二年就去了。那次我还多雇了一个夏尔巴专门拍摄，但"奇葩"的是，那个夏尔巴看我从 2 号到 3 号营地的状态不是很好，冲顶希望不大，到 4 号营地以后，他就找了个借口自己下山了。因为夏尔巴的工资每天都是固定的，如果客户最后没有登顶就没有小费，他可能评估了一下，觉得从我这儿不太可能赚到小费，就自己下去了。但另外一个夏尔巴跟我在马纳斯鲁峰登过一次，他对我说，如果我们这次有一个人能登顶，那肯定是你，结果那次真的就我和老饶登顶了。那次也有点冒险，我们登顶时已经是下午七点了，这在登山中是非常忌讳的，相等于下撤会在夜里进行，最后回到大本营已经是半夜十二点了。

行李　后来你们就再没有团聚过了？

罗静　跟他们每个人都登过一次山之后，紧接着的 2013 年，他们就出事了。那次本来我是想要跟着攀登一起去的，当时从干城章嘉峰下来回到加德满都才听说他们的计划，我说你们赶紧给我报名，结果已经加不进去了。实在没办法，所以跟老饶约了 7 月份一起去 G1、G2。结果他们出事了，我最后把老饶的照片带到了 G1、G2 的顶峰。

行李 有没有哪座山的景观特别美，让你印象深刻？

罗静 其实六七千米的山也挺美的，像我马上要去的"阿妈"（阿玛达布朗峰），6800 多米，我从 2013 年开始，每年都要去一次，就因为这座山很漂亮，山峰也漂亮，体验很不一样，它是全技术型山峰。

行李 什么是全技术型山峰？

罗静 它不像慕士塔格峰那种山，光走就行了，上肢不用动，真正攀登的乐趣很少。这个山峰有岩石岩壁，需要攀爬。

行李 所以是不是登 8000 米以上的山就很难说是一种什么乐趣了？

罗静 登 8000 米是一种综合性的能力，并不只是纯技术，它要考虑很多方面的问题。当你面对未知情况时，需要主动去挑战，去判断会遇到哪些风险，如何让那些风险变得安全，我觉得这就是乐趣。但珠峰不一样，我登珠峰 5 天就登顶了，它不需要你自己去考虑什么，所以对珠峰的印象和记忆很少。

还有一个乐趣来自我在山里能遇到很多人，从他们对待攀登的态度，就可以判断人的本性，我更享受这样一个了解别人的过程。我在登干城章嘉峰的时候遇到的那个老头奥斯卡，突然有一天没缘故地就病了，等他从山上下来的第二天，家里传来消息，说他妈妈就在他生病那天去世了。所以母子相连，不是瞎说的。后来在营地，这个 50 多岁的大男人在那儿痛哭，我特别心疼，他没说别的多余的，只对我说："This is life." 你看到这些人如何对待攀登，如何对待生活，会让你领悟到很多东西。

行李 登山让人成长。

罗静 所以在国内,好多人说我多牛多牛,其实我非常清楚,我自己到底有什么样的能力,要挑战的是什么,想得到什么。在国外,我从来不敢称自己是登山家,我真觉得自己离得太远了,国外有太多登山高手,都低调地、纯粹地坚持着登山的梦想,他们才是更值得尊敬的人。上次在珠峰大本营遇到一个人,14座早就已经登完了,他又来珠峰,是因为只剩下珠峰是有氧攀登的,他要把珠峰的无氧攀登完成,特别低调,在营地里完全不起眼。

行李 看了这么多生死,你如何看待死亡?

罗静 这也是我和朋友们常聊起的话题,人生太短暂了,我们的出生就是冲着死亡去的。人这一辈子,真正记住你的人能有几个?只有家人,或许连下一代的下一代都不太会记住你,我儿子现在就不知道姥姥的存在。所以要做点真正有意义的事,单纯为个人名利,我觉得特别不值得。像我登过的每一座山,也许别人不会记得,但那些顶峰,它们一定会记得曾经有一个中国女人来过。我也不在乎很多人知道我,但山会记住我,我认为这才是生命的意义。

张亮

"扁带第一人"张亮
在虎跳峡走高空扁带。
这项非常酷的运动,
在国内还非常小众。
[照片提供/张亮]

张亮　扁带人生

"到了高空扁带的现场，突然间觉得充满了力量，与在城市里的感觉相比，这是我真正热爱的。我感到更加释怀，可以看到更蓝的天空，迎面吹来的海风，触摸到的岩石，从山顶降下来的雨，纯粹的自然、植被、树木，以及山上所有的绿色……

我喜欢高空扁带的一个原因是，我可以触碰到大部分其他人没有触碰过的空气。不仅可以触碰到空气，甚至是感知到，即使没有风吹造成的空气流动。因为注意力的高度集中和专注。"

［傅晓蕾　2017年春天采访］

1.

金沙江流进丽江境内，在玉龙雪山和哈巴雪山的双重夹击下，忽而变窄，加速奔腾。传说猛虎可以借江中大石之力一跃而过，这块峡谷便被称为"虎跳峡"。江面只有30至60米宽，两岸峡谷的落差却有3000米以上，激流声在山间回荡，更显凶悍。要是你在2016年4月26日早上来到虎跳峡最狭窄湍急的一段，会看到水面上悬着一根扁带。扁带边站了一个男人——黑衣绿裤子，大脑门，一脸严肃——这是他在陌生人面前的一贯表情，并非被摄像机和目光聚焦的缘故。

马上，这个31岁、名叫张亮的男人，将要通过60米长、25毫米宽的扁带跨越江面，完成由知名运动饮料品牌红牛发起的"横走长江"挑战。

在现场的海报上，张亮被称为"中国扁带第一人"——他保持着国内长度扁带纪录（310米，迪尼玛与涤纶混合材质）。

岸边，张亮的朋友们或者说他的工作团队也紧盯着他，不时地低语几句。团队成员卡西、李元亮都是张亮多年的朋友，他们有空时随他前往全国各地的活动，帮忙做点前期和后续工作，这次特地请假而来。奥地利扁带玩家哈拉尔德（Harald）是张亮的网友，正好来中国参赛而顺便加入团队。

他们三人提前一周到虎跳峡架设扁带，一头架江的南岸，一头架北岸。北岸还算方便，可以套在人工观景台的钢筋水泥柱上；南岸只有光秃秃的花岗岩，除了在岩石上打钢钉，别无他法。但，如何将扁带送到对岸？

"我们开始的架设方案是用弓箭射箭到对岸，箭后系一根4毫米辅绳，再连接扁带到对岸，可实际情况有变化，水流太急，只能临时改用无人机先把鱼线带到对岸，然后鱼线接辅绳再接扁带……"卡西说。预计两天的架设，一天就完成了，剩下的时间便由张亮进行适应性训练。"挑战当天我们的心情还好，张亮的心理压力应该比较大。"清早去场地的路上，他一直戴着耳机，神游于迷幻舞曲（trip-hop）的迷幻之声中，基本不说话。"虽然红牛方面的人一直给他减压，告诉他挑战不成功也没关系，但动用这么多资源，当地政府、景区，好多媒体也到了，他不可能没压力。"

上午九点，虎跳峡江水汹涌。踩在狭长扁带上横跨虎跳峡，一旦脱落，不及摔到谷底就会被江水拍碎？并不会，他有安全绳。但风那么大，浪那么大，水声那么大，你控制不住那么想。"说来奇怪，我们架设和挑战的两天是去的一周中天气条件最差的两天，主要是风太大，对架设和行走影响很大……至少五六级，瞬间风力更大。"

张亮赤脚上阵，单腿跪在扁带上，以自己最习惯的动作开场。越往中间走，距离江水越近，水雾迷蒙，打在脸上，渗入眼中。江水疯狂奔腾，扰乱视线，轰隆声直冲耳膜，叫人晕眩。阵风又毫不留情，忽卷忽停，肆意摆弄着细绳上的小人儿。没走几步，张亮就掉了下来——专业名词叫"冲坠"——重走，又冲坠，三次，四次，五次……大家有点担心，"明显感觉到他也很受打击"。

除了架设及拆卸，张亮的朋友们也帮他心理减压。卡西说他们是这么做的："每次他掉下来我们就问问他扁带的松紧，天气或观众是不是影响他了，看看有什么需要调整的，但每当他尝试不成功下来休息时，我们送给他最多的还是赤裸裸的嘲笑，因为如果一直鼓励他反而会让他压力大，多拿他开开心让他感觉像平时自己玩，更能放松，就算不能帮他减压，至少我们开心了。"

第八次掉下扁带，大家让张亮下来歇歇。他一声不吭地下来，爬上吊床，重新沉浸于音乐中。

2.

这是张亮走扁带的第十年。

2006年大学毕业后,张亮在北京的一家画廊做英文翻译。2007年,在一位美国同事的带动下,他第一次走扁带。

在朝阳公园的一块空地,两棵树之间,他试着站上一条25毫米宽的扁带,心里默念同事的话:"看着树上的一个点,使劲盯着,你的眼里只能有它。"

这就是slackline(走扁带)。这项1979年诞生于美国攀岩爱好者中的运动,起初只是在铁链上行走,练习协调与平衡,当他们掌握了将攀岩辅助扁带架设在两个固点之间的技术后,"走扁带"作为一项运动,正式独立了。

"你在走钢丝吗?""是杂技团的?"走扁带的,多数被这样问过。Slackline这个词比汉语更能说明问题所在:slack,松的;line,绳。在松松垮垮的绳上走,跟在紧绷的钢丝上走不一样。首先,扁带的弹性大,尤其是当它很长的时候,行走其上如同蹦床一般。再者,走扁带完全靠肢体去调整重心、控制平衡,不可使用平衡杆等辅助器材。看起来难度大很多,但走扁带者一般腰间和腿上都系有安全绳(高空无保护者另说),又有备用绳结在扁带下,只要扁带及备用绳不同时断裂,通常来说,非常安全。

张亮用"安宁"来描绘最初走扁带的那段时光。在地坛公园南门,他和朋友们度过了轻松有趣的周末,说说笑笑走走,从2007年的夏日一直玩到来年初。但可尝试的新事物那么多,当一起玩扁带的朋友失了兴趣,张亮也找不到更多玩下去的理由时,便干脆停止。直到2010年的某天,他正和往日一样,在Youtube和脸书上浏览好玩的视频,突然发现了几个关于扁带的——是他曾经熟悉的扁带,又全然一新:玩家们不仅仅在扁带上走，更在其上翻滚跳跃，从胸弹到背弹，从180度转体到720度转体，从前空翻到侧空翻……这是街舞、蹦床还是跑酷？是"花式扁带"（trickline）！国外的扁带运动已经这样突飞猛进，用于花式的扁带规格也由25毫米改为50毫米之宽。有意思！不如再走走？张亮的热情被点燃。

7年后，张亮在名为"扁带人生"的公众号中这样介绍："花式扁带这种形式是在大约2009年才出现的，起初在欧洲。正是因为它的酷炫、装备简单、架设便捷，场地要求相对低，从而让更多的人参与了进来……总之是看到就会让人心花怒放的最年轻却对整个扁带运动推动作用最大的扁带形式。"

2010年的一见如故，让张亮迷上花式。"我们周末经常在天坛公园东门的老林子里练习，练完吃喝，然后各回各家。"好友牧野回忆道。因为玩扁带，张亮结识了一众"扁友"，也在脸书上和国外高手侃技术。2010年是国内扁带玩家逐渐增多的开始，他们大多和张亮一样跟着国外的扁带视频学习技巧，和稀少的同好们一起摸索。张亮玩得早又钻得深——牧野称之为"轴"——很快在圈子里小有名气。2011年他在阳朔攀岩节上展示走扁带，2012年又参加了北京ISPO（亚洲运动用品与时尚展），与日本花式扁带冠军Toru Osugi（Gappai，大杉徹）切磋交流。

吕彬就是在北京ISPO上遇见张亮的，因为自己在学校里也尝试走过扁带，便上去搭讪。"当时找他要联系方式的时候老犹豫了，因为他对人也是属于那种非常正经严肃的样子（后来才懂得人不可貌相），再加上又是国内一哥，总觉得他不会理我。有了联系方式之后其实也没怎么好意思主动联系，没记错的话应该还是他主动联系的我，当时他也在北京找训练的地方，我就邀请他过来我们学校玩……一起玩了很久我都不知道他干啥工作的，是啥人，现在想起来感觉有点像是不良青年混社会的样子。"

2012年，当张亮走扁带的收入超过在画廊工作的固定工资时，他便辞了工作四处浪荡，成为走扁带为生的职业玩家。

3.

在天坛公园东门，张亮从 5 米走到 10 米，再从 20 米走到 50 米，然后花了好长一段时间攻克 90 米。"那次走了三个来回，有 20 分钟吧"。在这片北京二环内难得的大草地上，粗壮的白杨树间距较大，最长能提供 120 米的架设距离。"后来大草地被重新规划，正好那时候我离开北京……还挺怀念的，现在那块场地有了更多的树和几个足球场"。

2012 年夏天，吕彬去深圳读研，张亮还在北京，一起玩得少了。唯一一次张亮去找吕彬，两人就想在深圳大学城他们校区的一片草地上走扁带。于是，吕彬在一边架花式的带子，张亮一个人拿着滑轮组，找了两棵大树，收紧长度扁带。

"我正在那儿吭哧吭哧收紧花式呢，张亮在旁边说：咦，带子怎么越收越松？回头一看，我吓呆了，对面那棵十几米高、两个碗口粗的树像电影慢动作一样往这边倒……他把我们学校大树给拉倒了。完了两人就站在树边犯愁，张亮特别紧张，问咋办，要不咱们跑吧？我想了想，仗着自己好歹还是学校学生，说不用跑。然后跑去找保安，最后把保安队长找来了。队长在旁边看着，估计也没碰到过这种情况，沉默了会儿，想了想说，还能怎么办，难不成要你们赔啊。既然都这么说了，那我们肯定是赶紧收拾完东西跑了。"

实际情况是深圳那边经常刮台风，那棵树之前就被刮倒了，园林工人把根和叶子修掉之后又立了起来。所以那树虽然看起来结实，叶子茂密，地上也长满草，但底下其实没有根，自然一拉就倒。

也许是这次的经历，让张亮对"走扁带怎么挑树"比较在意。"要很粗的、健康的、成年的树（如果可以知道树龄，直径最少 30 厘米）"。

他在《扁带人生》里写道："长度扁带，就是把 25 毫米的涤纶材质（大部分）扁带利用滑轮组（大部分用 5∶1 主系统和 3∶1 的增效系统组合）固定在两个固点之间。固点通常会是树……然后从一头走到另外一头，不许掉落。"

至于多长可以被称为"长度扁带"（longline），没有明文规定，张亮认为，一般长于 20 米。2016 年 4 月 12 日他生日那天，在好友鱼和羊（艺名）的协助下，张亮走出个人长度扁带纪录——310 米，也刷新了国内的长度扁带纪录。

走超长的长度扁带，难点其实不完全是长度对肌体耐力的影响，而是：

1. 专注力的耐力。在需要很专注的时候，是否可以在到极限时再多专注一秒。

2. 毅力。在觉得可以继续走，但走下去好像没有什么意义的时候，如何突破心理障碍。

3. 孤独感。当走出一定距离，只有自己和扁带，还有周围自然的声音的时候的孤独感。

4. 放松。如何在注意力高度集中的时候，同时放松自己的精神和身体。

除了这些，剩下的比如扁带的湿滑、随风摆动成 S 形、在摆动中行走，等等，基本上都是不那么难的难点。

这些"不那么难的难点"，对于入门者而言，也要纠结一番。比如，当扁带的弹性被激发，振幅变大时，你是身体向下给扁带施加些压力，使其振幅减小并转换为更易控制的振幅，还是随扁带摆动，待振幅自行变小？

在一部名叫《风中起舞》（Walk with the Wind）的纪录片中，德国扁带玩家、长度扁带世界纪录（650 米，尼龙材质）保持者亚历山大·舒尔茨（Alexander Schulz）给出了他的答案："完全的控制，在走扁带里不存在，总有一些不稳定的时候。当不稳定时，要先放弃控制，然后随着扁带的节奏，才可以找回控制，也就是要和扁带合而为一。"

亚历山大也提到了专注："在当下的时刻需要倾尽全部的专注，而在走的过程中，有成千上万这样的时刻，尤其是在最后几米的时候，当你觉得你可以完成了，这时候更不能着急，依旧要迫使自己放慢速度，保持注意力，当你看到终点的朋友为你感到高兴，这给你坚持下去的力量，直到走完。"（纪录片《风中起舞》，张亮译）

张亮创纪录的那条长度扁带是迪尼玛与涤纶混合材质的——说明扁带材质很重要。当下用来行走的扁带材质有尼龙、涤纶和迪尼玛，也有两者混合的。不同材质的扁带延展性不同，尼龙的延展性最高（不便收紧），大于涤纶，市场占有率相对就低些。不同材质的扁带每米克重也不一样，长度一定时，扁带自重越轻，理论上越容易控制——尼龙又是目前市场上最重的。照此看来，尼龙作为长度扁带的材质尤其难走，然而，"尼龙扁带给脚掌和整个身体的反馈是涤纶材质比不了的。"张亮认为。

如今，长度扁带的世界纪录已达 1020 米（迪尼玛和涤纶混合材质），由内森·波林（Nathan Paulin）和丹尼·门希克（Danny Mensik）创造。张亮为此纪录而激动："1 公里，放在 5 年前的圈子里，基本上是想都不敢想的！也就是在近两年，才开始陆续有一小部分人把这个跨度作为目标。完成这个距离，绝对是里程碑式的！"

"长度基本没那么重要了，在更美的地方架设更有挑战的线路更有意义。"内森和丹尼都这么认为，张亮表示同意。虽然现在在不同环境里走受的影响比以前相对少些，有足够的时间适应环境，就能慢慢地融入环境，但自然界里的青山绿水、高山险峰,安静而有灵气的地方,仍然是梦想之地,千岛湖、可可托海、内蒙平顶山、巴丹吉林沙漠……都是张亮未来想走的地方,而且还希望在每个新的地方做一些和扁带相关、但更有意思的事。

4.

除了长度,这几年,张亮一心一意走高度扁带。"高空扁带(highline),就是把扁带架设在高处,山间、楼间,而后在有安全带保护的情况下完成行走。"多高?没有明文规定,他认为,"高于30米的是高空,介于5米到30米之间的,算是中高空"。

在美国《国家地理》杂志一个名叫"The Man Who Can Fly"的摄制项目中,有一段关于高空扁带的著名短片:一条扁带连接两块高耸的岩柱,一轮满月于背后缓缓升起,一人徒手攀岩而上,伸展双臂踏过扁带,全程高空无保护(free solo),美轮美奂又惊心动魄。这是极限运动员迪恩·波特(Dean Potter)在优胜美地国家公园海拔3327米的教堂峰上完成的一次"Moonwalk"(太空漫步)。

曾经的高空扁带无保护世界纪录(64米)保持者——加拿大的斯潘塞·西布罗克(Spencer Seabrooke)也是一位高空无保护爱好者。"高空扁带适应了就拿下安全带,这对我来说是很自然的过程,是最纯粹的形式。"

高度专注与生死攸关,对于一些人而言,铸造了宗教般的神圣体验。美国扁带前辈安迪·刘易斯(Andy Lewis)曾创造多项走扁带世界纪录,是圈子里教父级的人物,他对高空无保护同样执着,甚至在手臂上文了一个自创的词:"Slacklife"——为扁带而生。"为什么我不能把走扁带称为一种宗教信仰?走扁带背后的隐喻——一步一个脚印,保持平衡,掌握自己的命运——这些可以直接化为对生活的信念。"

张亮的后肩上也文了一个自己设计的"Slacklife",但他与扁带紧紧联系的人生,并没有背负十字架般的沉重:"对我个人来说,走扁带是个生活方式而已。"走了10年,他喜欢一个人安安静静地走,也喜欢在户外,和朋友们一起,谁想走就上去,不走了就下来。

是的,一种生活方式。走扁带就是走人生,就像之前说到难点,真正的难点,张亮说:"起步和结束算最难,像是人生的开始和结束。中间会有下垂,像是人到中年。走的时候,周围可以影响平衡的事很多,但要走就要想办法调整自己来适应扁带。如果足够适应了,水平到了,也可以控制扁带的起伏,甚至玩出花样,也像人生一样。"

起步和结束最难,如何迈出第一步呢?动作要领在于:先要静心,呼吸,眼睛盯着树或者扁带尽头的一个点。手肘要高于肩膀,小臂要可以左右自如地摆动。收腹,使躯干尽量保持笔直。膝盖微弯,可以随时降低重心。而后,右脚略微外八站在扁带上,这时候,身体大部分重量在右脚上;左脚发力,以很大的一个外八或者内八,轻踩到直线上;左脚踩稳后,把右脚的重量移到左脚上。第一步就迈出了。

"建议大家先练单脚站立,轮换着练。尽量久地让自己可以长时间双脚站立在扁带上,好好体会如何调整身体来保持平衡。肌肉是有记忆的,会记住你的动作,重复多了,再有类似的动作可能下意识就可以做出调整。可以换脚练习,也就是说,如果双脚站立时左脚在前比较稳定后,再试试右脚在前。尽量公平地发展任何一只脚,不要一只脚的控制力很强,另外一只却很弱……行走,无非就是,来回换脚,移重心。"

如果还有什么私藏的"扁带心经",那就是:"一步一步,急不得。要很有耐心。千万记得呼吸。更重要的是要开心。"

有一部关于高空扁带的纪录片《方寸上翱翔》(*One Inch From Flying*),张亮很喜欢。片子里,不同的高空扁带行走者谈论着同一个问题:初始的恐惧。回想自己的经历,张亮觉得"害怕是因为不自信,不信任自己,不信任装备。而你要么放弃高空扁带,要么站起来,往前走"。张亮他们选择后者。

信任源自了解,了解器材的性能和参数,了解自己的技术与习惯,剩下的就是心理素质。"没有其他运动可以让你在最大程度接近崩溃的同时,持续接受来自存在感、精神上以及身体上的考验。并且,每一次都是一样的感受。"高空扁带玩家奇普(Chip)是这么说的。

斯潘塞曾详细描述这种感受:"当你刚离开悬崖边的时候,身体马上就能感觉到,黑暗、寒冷就在你脚下。高空扁带是恐怖的,身体的每个细胞都好像在对你说,这样做不对,你不该在这儿,你会恐慌,会害怕。但当你站起来,开始呼吸,开始放松时,你就会到一个其他人都没到过的神奇地方,脚下几乎什么都没有,你就飘在空中,根本不可能从别的运动获得相同的感受。"[纪录片《无羁》(*Untethered*),张亮译]

2014年,张亮和新西兰扁带玩家谢恩·耶茨(Shane Yates)在香港的山野里走了一场高空扁带。走在扁带上,张亮感受着风的迎合与背离。云雾时聚时散,眼前有时山峦青翠,有时茫茫一片,只能用脚步丈量距离,用呼吸感知时间。呼吸,空气略潮。他和谢恩一上一下,相对而行,有那么一瞬间,他担心自己会掉下去,砸到谢恩,随即又忘了这担心。有风吗?不知道。不重要。重要的是,他在走,在享受无法言语的快乐。"如果你没有在做自己挚爱的事,那么,为什么不去做?不遗余力地去寻找,美好的事就会发生。"

5.

采访那天,约在张亮家小区门口的星巴克。人很少,一眼看到张亮,他一脸严肃,说我们要不要换个安静的角落?然后站起来,一手抄起脚下的滑板。从下午聊到晚上,又说要不一起吃饭吧,我夫人也来。很快凯凯过来了,一个美丽高挑的上海姑娘。

吃着饭,问凯凯怎么看走扁带这项运动。"酷炫屌炸天!"两人相视而笑。张亮讲起他在 Youtube 上看到的一个搞笑视频,显然凯凯已经听过一遍,仍和他笑成一团。"他在家就是宅着,到处看这些小视频,"凯凯说,"这几天他在追《鬼吹灯》,之前我们还一起看《芈月传》。""《芈月传》我只跟她一起看,一个人出去从来不看。""你一个人看不懂。"

虎跳峡这个挑战,凯凯没有去现场。"因为会担心,我在,他也紧张。"随后,凯凯提起一件她担心过的事:在苏州独自练习时,张亮曾不慎摔下,肩膀脱臼。"当时扁带高度大概在 3 米左右吧,摔下来的地方离地面也就大概 30 厘米。因为风大,分神了,踩空就掉了下来……先脱臼了一次,我一抬肩膀,好了,再动动,又脱了。这次才感到疼。"张亮说着,好像又讲了个笑话。

几乎每次走扁带,张亮都会用 Insta360 相机拍张 360 度全景照片,照片里的他总呈大脑袋外星人状。也自己拍视频、做剪辑,最近迷上了无人机,还抽空捡起吉他乐谱——大学时组过乐队,摇滚和古典都弹。

如果没有扁带,张亮会是怎样一个人?似乎也不会无聊。吕彬说他的性格"跟在扁带上的表现很像,内敛,自我克制,有点小闷骚。算是一个比较挑的人,没有太多世故圆滑的处理方式"。他会为史无前例地赢了卡西一局台球而高兴几年,也会为别人用过他的扁带装备未物归原处而急躁暴走("我的东西随便用,但一定要放回原来的地方！不然找不到！"）。

没有如果，他选择了走扁带。"走扁带基本上改变了我一生，各个方面。即使有天不能再尽情折腾，扁带留下来的正能量，应该也会继续影响。比如说耐心、不轻易放弃。带来的东西也蛮多，好的身体啊，更多的朋友啊，稍微高那么一点儿的情商啊，等等，以及为了有能力去探索与其相关的未知，而不断更新自己的身心。"

2016年10月，张亮和凯凯在上海举办婚礼，他们的婚纱照里也拉起了一条扁带。"结婚是他最开心的时刻吧，"牧野说，"因为他酒量不行，平时大家一起喝他都喝特慢特少，那天他主动要把自己喝大。这种高兴跟他完成扁带的新长度或新动作是不太一样的。"

"结婚前我会玩很多东西，不管是运动还是音乐或者视频，结婚后就希望做出些什么，对自己和家人有个交代。我是在结婚后才体会到孤独感的，以前从来不知道孤独是什么，现在出去久了会想念家人……也在找一个平衡点。"

最近，张亮正在练习瑜伽扁带，"真的不是像想象中的那么简单。能感受到简单动作给生理和心理的巨大反馈，这也许就是为什么很多人喜欢瑜伽的原因吧。"

在舟山新发现的场地架个水上扁带，在扁带上打个太极，是他的下一个计划——"先要找一位太极老师，要找到走扁带和打太极相通的地方，不仅仅是表面的形式而已……"他描述着山水，想象着将要发生的美丽画面，越说越兴奋。

而水上扁带，"就是把扁带架设在水面上，距离可长可短，用的扁带可以是花式的，也可以是传统的25毫米宽的……失去平衡时，尽量不要试图再去抓扁带，索性跳到水里。因为，能抓住并抓紧还好，如果抓住了但没抓紧，很有可能会被收紧的扁带弹伤。"

据牧野透露，张亮第一次水上扁带尝试很是好玩。"他特别怕水。我们到北京北海公园的银锭桥边，拉了一条不到10米的水上扁带，他在市民众目下穿着救生衣，试了好几次都不行，然后路人中冒出一个老外，上来就刷地过了……""他怕冲坠，属于胆小谨慎的。"李元亮总结说。"他胆子大？你没见他第一次站在稍微高些的扁带上的样子。"张亮回应。

后来的几年发生了什么？反正张亮再也没用过救生衣，再不怕水了。

这一次，站在虎跳峡江边，水面晃动，水声隆隆，晕眩依旧。"你刚才貌似太心急了。"张亮想着哈拉尔德的提醒，再次走下去，是他现在要把握的机会。"如果你没有在做自己挚爱的事，那么，为什么不去做？"

上午十一时四十一分，休息之后，张亮重返虎跳峡，单腿跪上那条已跟随他6年、总计90多米长的蓝色扁带。静心，呼吸，盯着扁带尽头的某一点，提脚，呼吸，走下去，自然而然地……五分五十八秒后，张亮迈出第一百三十五步，成功上岸。

爵士冰

爵士冰在尝试过十余种户外运动方式后,最终回到了水上。

[摄影 / 李力]

爵士冰 探险是为了明白回家的路有多美

　　这次采访在路上完成，"十·一"前，爵士冰和他太太潇海，以及和他一起在户外玩了十几年的老朋友小不、国家一级激流回旋运动员阿杜，负责岸上后勤工作的希武，从武汉、重庆、郑州几地汇合到成都，一起开车前往这次雅砻江漂流的下水处：甘孜州德格县阿须镇，我在成都加入他们，途经都江堰—小金—丹巴—八美—道孚—炉霍—甘孜—德格县马尼干戈，至阿须，全程约 1000 公里。

　　这 1000 公里算是爵士冰户外生涯的启蒙之路，也是他日后反反复复不断回来、因而成就他成为一名真正探险家的英雄之路——他一定不会同意这个词，顶多会说，这是一条修心之路：2002 年 9 月，他沿着这条路第一次踏上川西高原，去攀登位于丹巴县境内的墨尔多山，这是他攀登的第一座高海拔山峰，多年后重返这座山，结识了他的精神伴侣兼生活伴侣潇海；他攀登过小金县四姑娘山的大峰、二峰、牛心山、尖山子，一人独攀尖山子那次，让他触摸到了山的灵魂；位于丹巴、道孚、康定三县交界处的雅拉雪山，是他最钟情的雪山女神，他说死后愿长眠于山脚下的雅拉友措；位于德格县的雀儿山是他攀登的第一座正真意义上的雪山；阿须草原上初见雅砻江，就被她蜿蜒的身姿里奔涌的浪花深深吸引，10 年后终于以漂流的方式感受她的脉动……

〔黄菊 2016 年夏天采访〕

1.

  赶了一天的路，抵达东坡客栈时，大家都很累，早早睡下了。只剩我、爵士冰和小不在露天坝子里喝茶聊天，一直聊到深夜，连后来下雨都没察觉。东坡客栈所在的中路乡，有和著名的甲居藏寨一样典型、丰富而精美的藏寨，但因为在一处海拔2200米的台地上，且不在主路，得以清净，几乎遗世独立。我们当晚天擦黑时才从丹巴县城开车上来，一路盘山路急转上升，大家都很担心安全，也害怕前方没有村庄，只有爵士冰一人淡然。十多年前，他第一次误打误撞闯入这里，也是傍晚时分，第二天醒来，在2200米高的台地上，往外，是峡谷底端小金川的涛涛江水声，和江对岸的绝壁，以及台地下近乎垂直的陡坡；转身回头，中路乡所依傍的崖壁像一道扇形的屏峰，挡住外面的世界，围合成一处世外桃源。在冷兵器时代，这里是绝好的避世之地。所以初次相逢就让他永生难忘，这次他坚持带我们来看看。

行李 你是新疆人？

爵士冰 对，石河子的。你有没有发现很多玩户外的都是新疆人？像民间登山家杨春风，我们都是兵团的，我是150团，杨春风是147团。

行李 因为新疆户外资源足够好？

爵士冰 新疆辽阔，各种地貌都有，在石河子就可以天天看到雪山，我们头顶就是天山中部的最高峰河源峰，因为是呼图壁河和玛纳斯河的源头而得名，那其实是我（也是杨春风）最想攀登的雪山。名气不大，海拔5300米不到，却是天山中部最难的山峰，至今无人登顶，比东天山的博格达峰难，进山线路很长，而且是纯技术路线，著名的、也是天山最危险的徒步线路郎塔C就从河源峰中部穿过。

新疆有一个习惯：小学一到春游就一车人拉到天山的牧场里去。等到上初中，每年 9 月份开学时，学校就会派一个个班级住到村子里去摘棉花，要整整摘一个月，新疆的地太大了，全靠手工摘，那时还没有内地去摘棉花的职业工人。一个月里，几十人住在一个大房子里，打地铺……这样的生活很自由自在，以后也一直向往这种状态。

行李　你是什么时候回到内地的？

爵士冰　1992 年，那时忽然户籍制度改革，知青子女家庭可以有一个名额返回内地，于是我孤身一人回到武汉上高中。那时坐火车回内地要几天几夜，看着窗外风景剧烈变化，心中很感概。

行李　忽然从天山脚下回到都市，适应吗？

爵士冰　很不适应，在新疆太野了，很多和我一样回到内地的新疆孩子都不适应，反差太大，一直找不到家的感觉。于是平时勤工俭学，利用每年一个月的探亲假和寒暑假到处跑，除了新疆，也在全国其他地方到处跑。从学校毕业后一直在电厂工作，因为可以倒班，也经常有很多假期到全国游走，做自己喜欢的事。

行李　什么时候决定真正投身户外的呢？喜欢玩，和从事户外工作，差别还是很大的。

爵士冰　就是从我们今天走的这条线开始的。2002 年与四川朋友结伴走到德格县的阿须镇，第一眼看到雅砻江就被迷住了，那风景这辈子都不会忘记，而且一路上的风景都很好。

行李　我第一次知道阿须镇，还是在温普林的书里，《茫茫转经路》和《巴伽活佛》。

爵士冰　对，我也是，巴伽活佛现在还主持岔岔寺的重要活动，我们的装备就在他家，那里是我们雅砻江漂流的一个基地。

行李　那一年是怎么走到阿须去的？它很遥远，而且不在主路上，十多年前知道的人很少。

爵士冰　那几年我喜欢拍照，有朋友说川西很漂亮，正好10月份，金秋时节，就像现在这样，就过来拍照，一路走走停停，最后到了阿须镇。从阿须出来后，还和几个朋友去登了雀儿山，那时也没什么人知道雀儿山，我们可能算是国内民间首登。那是我第一次真正意义上的登雪山，之前爬过四姑娘山的大峰、二峰，但没有终年不化的冰川，只在碎石坡上挂着一点点雪。雀儿山海拔6119米，山势险峻，地形复杂，有发育完整的冰川和冰裂缝。雪线以上，南面终年积雪、北面坡陡路滑，是6000米级雪山中技术型攀登的代表。我们的队伍由来自北京、武汉、深圳几个城市的10个队员组成，一直爬到了3号营地的5800米处，我的身体状况特别好，但是因为中途一个队员受伤，要护送他下来，最终没有登顶。

行李　这是你第一次攀登雪山，快到顶峰时因为队员的原因下撤，没有觉得遗憾么？

爵士冰　当时觉得遗憾，但后来知道，学会放弃，是登山者必修的课程。就是从雀儿山开始，我决定做一个真正的登山者，做一个真正的户外人，回武汉后就加入了一家攀岩俱乐部，每天进行两小时专业训练，还骑自行车上下班。我家里至单位有近60公里路程，只要天气和时间允许，都骑车往返。户外生涯就这么开始啦。

行李　后来的登山经历是怎样的？

爵士冰　第二年，2003年7月我们就去爬了新疆的慕士塔格峰，也算是国内民间首登，5个队员，全是前一年爬雀儿山的朋友。其中有两人是一对夫妻，因为喜欢登山，于是研究户外用品，还创立了户外品牌凯图。

行李　凯图是 K2 的意思么？

爵士冰　对，就是 K2，世界第二高峰乔戈里峰，他们把登 K2 作为终极目标，我们这两次登山的装备都是他们提供的，以此检验性能。慕士塔格峰海拔 7546 米，是 7000 米级山峰的重要代表，在阿克陶县与塔什库尔干县交界处，终年积雪，山顶冰层有 100～200 米厚，而且天气变化频繁，最低气温有零下 30 度，最大风力可达 9～11 级。但是 7 月 18 日，我们 5 人在耗时 12 天后，终于登上了峰顶。

行李　很激动吧？

爵士冰　很激动，但也很平静。冲刺前一晚，我们在山上看到天与地的明晰界限：脚下是洁净耀眼的雪地，四周是湛蓝深邃的天空，整个世界简单、纯净。处在这样的环境中，消失的不仅仅是高度感和方向感，还有曾经充斥内心、左右生活的种种欲念。后来登山多了知道，每到达一个新高度，都会有种智者般的大彻大悟。那时还没什么人登慕士塔格，也没有费用，但是慕士塔格山脚的卡拉库里湖是景点，由一对姓李的夫妻看管，当时我们一个队伍总共给了 3000 块就过去了，就相当于登山费吧。

行李　这两次一起登山的队友后来还从事登山事业吗？

爵士冰　现在只有我一人还在户外"混"，凯图后来卖给了一个温州老板。我从攀登慕士塔格峰开始，就疯狂地喜欢上了登山。2004 年就去登了田海子，在贡嘎方向，也是国内首登，还有我们明天要经过的雅拉雪山。那几年很疯狂，所有假期都花在雪山上，看到一座技术型的未登峰就想去登，有一种强烈的成就感和征服感，直到 2004 年 11 月开了颅……

行李　开颅？

爵士冰　那年骑车去武汉郊区勘察一条攀岩路线，没戴头盔，在一处持续下坡路段，为了避让一只突然蹿出来的狗，直接飞出去了，哈哈。

行李　在市区骑车骑成这样子！后来呢？

爵士冰　直接送进重症监护室，因为血压太高，直接开颅。在重症监护室躺了三天，那三天的记忆完全没有了。那是我人生改变最大的一年，脑子里想了很多事，之前我从未住过院，看到身边的病友没了，更坚定了心中的观念：宁愿倒在路上，也不愿意倒在病床上。人有很多活法，在这种生死命悬一线的时候，我就是这么想的。所以开颅前我和成都的朋友约好了去登雅拉雪山，摔伤后，他们问我，我说没关系，过两天就恢复了。

　　　　等到身体稍微恢复一点，我问医生的第一个问题就是：我还能上高原吗？还能登雪山吗？没有医生敢回答我，后来我就直接上高原登雪山实际检验。

行李　真是太疯狂了。

爵士冰　从重症监护室出来后，我还在医院住了一个月。元旦时，在病床上接到电话，说登山圈里资格很老的一个人，王茁，走了。

行李　好像是在四川爬骆驼峰时走的。

爵士冰　是的，当时我的头部还在恢复，接到这个消息很受刺激，心中只想着登山。人活着，每个人都有自己的选择。头部恢复后我一个人去登了尖山子，也是国内首登，也许是全世界首登。我在5400米的山顶住了一晚。尖山子，顾名思义，山顶真是尖尖的。爬到山顶时已经天黑，一个人下山会有危险，我先给家人打了个电话，然后在山尖挖了个雪巢住了一晚。夜里醒来，漫天都是繁星，恍惚间，觉得自己睡在银河中心。那个过程非常美妙，我感觉自己接触到了山的灵魂。第二天早上起来看到佛光……由此确定还可以再上高原登雪山。

行李　刚出院就一个人去登雪山,这就是开颅对你的影响……?

爵士冰　哈哈,开窍了。那次事故后,整个武汉市的头盔都卖断货了,永光自行车店的店主给我定制了一顶头盔,因为没货了,而且我的头太大了,直接成为一个自行车安全教育的反面教材。户外的每一项技术进步都是在前人的经验基础上,而且大多是失败的基础上获得的。就像我们第一次去壕沟溪降,只带了4条安全带,没有毛毡鞋,没有潜水服,也没有救生衣。

行李　你们还溪降?

小不　是啊,他是国内溪降运动的重要推动者,我们玩溪降时,国内还没有"溪降"这个概念。

爵士冰　在湖北宜昌,尤其三峡大坝周围,有大量世界级的溪降路线,现在每到夏季就一车一车的人去,但我们当年玩时,去的人还很少,我那几年玩的事情太多太疯狂了。

　　　　最开始我们是玩溯溪,武汉夏天天热嘛,就出去找水玩。溯溪,就是沿着一条溪流的下游溯到上游,途中有时需要翻山,但在宜昌,很多路线怎么翻怎么绕都不行,都是瀑布,连攀岩都不可能,完全没有抓手点,就想要不走相反路线,从源头往下走?于是有了后来的溪降。

小不　主要是他闲着没事干,上班找资料,下班就出来玩。

爵士冰　也不是,我是三班倒,经常和别人换班,连着上几天的班,于是换来好几天假期。我们玩溪降时,国内还没有经验可以借鉴,只能自己摸索。记得第一次去天桥溪时,就是我们几人,带着几条绳子,第一个人先想办法下去考察水情,中间几人借着绳子降下来,考虑到最后一个人没法下来,就打双绳,这样最后一人下来后还可以把绳子收回来去下一段溪降。

小不　我们第一次去壕沟溪降时,整个路线5公里长,原计划2天完成，结果加上进山、出山，一共走了4天，因为全程没有信号，弄得外面的人都准备冲进去救我们，但是从源头来的人不敢溪降下来，从下游上去的人没法爬过瀑布段落，正在两难时，我们出来了。

爵士冰 那次因为比原计划多了两天，等于我有两天没上班，又联系不上向单位请假，就被单位记了二类违纪，之前我还是分公司团支部书记，正好找个理由把我换到基层来，于是有了更多时间玩。宜昌溪降资源很丰富，现在都还可以开发出很多新路线。现在如果再穿5公里，哪怕是首穿，我们只要一天就可以完成。

行李 为什么宜昌的溪降资源这么丰富？

爵士冰 那一带都是喀斯特地貌，喀斯特看上去地表没有水，但其实很多暗河，这些暗河最后冲出地表时，就成为溪流。大多溪流都是当地的泄洪通道，雨水面积大的地方，总会冲出一些溪流来，这是河流最最萌芽的状态，再经过几万年乃至上百万年，才逐渐冲刷成一条河流来。

小不 那几年我们每年都会开发一两条新路线，很多路线成为后来溪降的明星路线，像壕沟、等干溪、龙进溪，一旦你完成这几条溪降，就好像从黄埔军校毕业了，如果快速穿过，就更牛了。

行李 你们那时没考虑做个户外俱乐部？

小不 风险太大了，那几年有十来人出事。溪降一般都在夏天，冬天冷嘛，但夏天容易山洪暴发，2013年我首穿神龙架的棕峡时，之前一个月没下雨，出来的时候，忽降暴雨，50公里外下了一场50年一遇的大雨，雨水直接沿着山谷冲出来，我们中挂了一人。

爵士冰 后来为了不让更多人出事，我们做了很多技术性研究，像绳索的打点、收放绳技术，以及潜水服、毛毡鞋等装备，我们都走在最前面。尤其毛毡鞋，我们是最早从台湾引进的，因为我最容易摔倒。其实我先天不适合搞运动，小时候就胖，平衡感不好，只是比别人执着、轴，或者是比别人二，我妈经常说我：天生又不是搞运动这方面的人，在户外折腾得全身都是伤，玩什么！

小不　他是我们队伍里平衡感最差的，溪降时他主要负责收放绳索、背负装备，走在队伍最后面，道路湿滑时，经常咚一声摔下去……

2.

行李　为什么玩了这么多还没有瘦下来？

爵士冰　这一年胖了 30 斤，因为成家后有家属牵挂，要经常在家嘛。

行李　你是怎么和潇海在一起的？

爵士冰　2011 年第一次见我夫人时，就是带她来墨尔多山，第二年在阿里一起骑了一个月，就是"一错再错"，太美了。那条线以前探险家丁丁走过，他经常在藏区骑车，但是没走通。

行李　杨柳松走的不是这条？（杨柳松，作家，单人单车骑过阿里北线，用时 77 天，后来记录在他《北方的空地》一书里。）

爵士冰　他走得更北更荒野。那一次我夫人从措勤加入，同行的原本有四人，后来其他人都撤出，只剩下我们两人。阿里是另一个世界，"一错再错"是我骑过的最漂亮的线。

行李　"一错再错"的具体线路是怎样的？

爵士冰　藏区称高山海子为"错"，一错再错，是说沿途遍布高山海子，我们那次总共遇到了 20 多个。考虑到阿里地区长年刮西风，逆风骑行很耗体力，我们是从西边的圣湖玛旁雍错一路向东，一直骑到东边的圣湖纳木错。从玛旁雍错开始，经过霍尔乡翻越岗底斯山脉到亚热乡，再经过金美错、仁青休布错、扎布耶茶卡、塔诺错，总共 500 公里后到错勤县休整。再由错勤出发，经扎日南木错、当惹雍错、昂孜错、格仁错、错愕、色林错、巴木错、申错，到纳木错。

藏北众多山脉之间往往发育有大小不等的山间盆地和纵形谷地，湖泊就分布在这些盆地和谷地里，大多在海拔 4100～4900 米之间。西藏有大小错 1500 多个，面积较大的是纳木错、色林错、扎日南木错、当惹雍错，全在这条线路上。

这条线在阿里南线和北线之间，之前无人全程骑行，虽然这几年阿里地区经济发展较快，南线已经全程柏油，大北线也将铺柏油，但是中线的交通依然以乡村碎石路为主，少有维护，而且岔路多，无路标，补给点少，路过车辆少，大段路段手机无信号，救助困难，于是找路，路在哪里成为我们那次的主题，一路上每晚都要研究地图，根据多个途径判断第二天的路。但是那条线真是太美了，我们全程都沿着一个湖泊向着另一个湖泊的方向骑行，或在湖边扎营。

行李　听说你们还带了个皮划艇去？

爵士冰　是的，这次骑行经过一串高山海子，为了体验她们的大美，我们携带了一种超轻的皮划艇，自重 3.5 公斤，便携性极佳，被我们称为草船，这也是首次有人用这种方式在阿里地区骑行，虽然增加了负重，但也为骑行增加了风景和乐趣。

行李　一共骑了多长时间？

爵士冰　从 5 月 28 日拉萨出发，到 6 月 27 日返回拉萨，整整一个月。这也是精心考虑的，7、8 月份是阿里的雨季，雨季骑行是很痛苦的事，6 月份气温适宜，雨水较少，所以骑行要在 6 月初开始，月底前结束。

行李　你开始疯狂骑行是什么时候？

爵士冰　2007 年，那一年我因为攀冰弄得脚踝粉碎性骨折，哈哈哈，又一个反面教材,我身上从头到脚都是反面教材,又在医院住了一个月,人胖了很多,为了锻炼身体,就决定去西藏骑车。从西宁开始,沿着唐蕃古道入藏,经玉树、囊谦、类乌齐、丁青、巴青、那曲,到拉萨。路超烂,但是风景超美,那是我第一次进藏。

行李　我最初对这条线有些了解,是看马丽华的《藏东红山脉》。

爵士冰　我也是看了她的书决定去的,我不太喜欢走别人骑过的路。那一趟骑行路线非常长,到拉萨后,就从拉萨沿滇藏线骑到云南的梅里雪山、白马雪山,一直到干热河谷奔子栏,再从那里沿着金沙江进入四川,走德荣、稻城、乡城,一路到理塘,从理塘开始,走318国道回成都。

到成都后,把车运到重庆,继续骑三峡,经万州、云阳,到巫山,然后带着车坐船到湖北巴东,继续骑行到宜昌,最后回武汉,全程50天。

行李　这速度太快了。

爵士冰　一路就一个人狂飙嘛。从那以后,我几乎每年都会选择不同路线骑行进藏,几年下来,川藏、滇藏、青藏,乃至最艰苦的丙察察出藏方向的路线都骑了,还在川西环线(从康定开始,北上八美,经道孚、炉霍、甘孜,到石渠后再往南,经德格、白玉,回巴塘,沿318国道回康定)一带反反复复骑……几条常规的藏区路线骑下来后,更有兴趣尝试一些少有人骑行的路,所以有了后来阿里北线-南线的大环线,以及再后来阿里中线的"一错再错"。

我的习惯是,定了计划就必须骑,如果白天拍照耽搁时间,夜里只要车子不坏就会继续骑,一直骑到计划地点,所以经常一个人夜骑。

行李　夜里骑行多危险,而且看不到风景。

爵士冰　其实并不危险,而且因为没有风景干扰,反倒可以心无旁骛,找到另一种感觉，进入很专注的状态。骑行和行禅很像，左右脚不断轮换着踩，踩到麻木时就会入定，到最后，身体状态和你无关，就像机器一样重复操作，3~7天后就会进入这种状态。

行李　不会感到痛苦，也不觉得艰难。

爵士冰　对，很专注，你会想起生活中遇到的一些事情，比如之前还有女朋友说会等我，还没骑到拉萨就说要分手……随着踩车的节奏反复去想这些事，初想时会很难过，感情上会纠结，但也没有什么，我还是我，不会为人左右，最后会豁然开朗，进入入定状态，没有自我，只有无意识地踩车轮。

行李　无我和自我同时存在。

爵士冰　对，"在坚韧的自我和空灵的无我之间寻找平衡"，这是我最喜欢的一本书《极限登山》里的一句话，我把它作为我个人微信的签名。尖山子那次登顶之后，我开始认识到，登山的过程就是修心的过程，你都是在不断选择，不断平衡，评估你所面临的环境和你所能承受的风险。这本书写出了所有修心者和极限运动人的心声，我太喜欢了，它的核心就是坚韧的自我和空灵的无我之间的平衡，这个平衡是动态的，不是静态的，所以你要不断评估，不断平衡，最后会反过来修心，因为所有外在的最终都会变成内在的。

　　回房间后，他发来《极限登山》的片段：

【是山教会了我诚实，也是山让我明白，我必须全神贯注、全力以赴，因为失败意味着严重的后果。山成了我检验自己的场所，每当我意识到自己还有所欠缺，就更加努力地投入学习和训练中去。多年来，我尝试过各种各样的攀登方式，但是最吸引我、逼我投入全部精力的，永远是阿尔卑斯式攀登。对我来说，其他任何攀登方式至多也只能算是训练。】

【通过不停的测试和训练,我逐渐形成了自己的攀登心态——一种积极的冥想状态。有时在攀登中,我会进入一种意识与无意识并存的状态,身心完全与山融为一体,在这种状态下,我完全不可能犯错或是脱落,能读懂搭档的思想,甚至完全不受重力的影响——因为我已经完全忘我,与山融为一体了。我最引以为荣的那些攀登,都是在这样的心态下完成的。】

【滑雪者学习各种形式的转弯,是为了终有一天可以不必再转弯,而是直接从高坡上飞身而下;同样地,登山者学习各种复杂的技术、修炼不同状态下的心态,是为了终有一天可以抛开这一切,完全凭最简单的本能进行攀登。】

这些年来,我逐渐形成了追求纯净的道德观。我学会了尊重每一座山,不仅因为它们可以杀死我,更因为它们所蕴含的力与美。它们就是这个地球。我当然可以巧妙利用不断进步的科技,去征服每一座山峰,让它们臣服在我的脚下,满足我的野心和欲望;然而如果我这样做,如果我毁坏了山峰本身,那这一切就没有任何价值。我们对山峰保持了足够的尊重,使用了最公平的攀爬方式,没有在路线上留下任何痕迹。尽管没有绳索,但那种彼此相连的感觉比任何时候都要强烈。】

【我的导师加里·史密斯(Gary Smith)认为,攀登本身无法给我带来解脱。他在越战中曾在海军陆战队侦察部门服役,对恐惧的体会十分深刻。加里建议我练习中国武术,向我推荐了西雅图华人街上的一所武术学校。在那里,我每周花三个晚上训练,一共坚持了18个月。那里没有什么绿带、黑带的概念,没有对抗赛,没有那些乱七八糟的东西——只有艰苦的训练、严明的纪律,以及缓缓浮现的自信。

一开始,同学们的水平都比我高,在对战中能够轻松将我击败,长期与他们同场训练,让我逐渐锻炼出了面对恐惧的正确反应。随着练习的进展和自己水平的提高,我逐渐开始重新相信自己的能力,而每天清晨与加里进行的围棋对弈,也帮助我建立起了新的自信,这种自信最终让我回归了高山攀登。我怀着感激之心向师父告别,重新开始了攀登的历程。无论是武术还是围棋,其内在理念都包含了"战胜恐惧"的内容。武术中调理气息、放松身心的技巧，能够将惊慌转化为普通的恐惧，使思想恢复对恐惧的控制，对攀登和其他活动都大有裨益。】

【早年那种不要命的攀登风格，经过多年的积淀与演变，最终形成了一种"无我"的心境。最初，我努力改造自己，从自己身上剔除那些不理想的特质与个性。如今，我则努力在坚韧的"自我"和空灵的"无我"之间寻找平衡：前者是一种追求，是挑战高难度的新路线、进行长时间极限攀登所必不可少的；后者则是一种境界，一种天人合一的存在状态。

在这一过程中，我逐渐意识到，顶峰对我来说并不重要。我看重的是每一次攀登的经历，以及这些经历对我性格的影响。过去，我之所以努力完攀高难度的路线，是为了获得别人的认可；如今，我则完全不在乎路线的难度，也不在乎成败与否。登山对我来说，已经变成了一个修心的过程。】

3.

阿须镇属于德格县，但从成都方向过去，由甘孜进入更方便。计划漂流4天，其间需要的物资都要在甘孜县城采购，加上等凌峰，所以在这里休整半天。

县城在一块海拔3300米左右、非常开阔的谷地里，是小金一路过来最开阔的谷地，近6000米的卡瓦洛日雪山，和十几公里长的连绵的石头山，形成县城完美的天际线，单从地理位置和甘孜州内部交通讲，我们都遗憾州府没有设在这里。

采购结束，凌峰距离我们还有三小时车程，潇海开始收拾船上要用的厨具，这是上个月爵士冰他们来雅砻江漂流时使用过的——是的，上个月刚漂流完，这个月又过来，这就是爵士冰的风格。潇海嫌不够干净，拿回房间重新清洗：先用手套把装厨具的水桶放好，然后烧水烫水桶，一遍、两遍、三遍，终于烫好了；然后把厨具分别一个个放进水桶里，继续烧水烫，一遍、两遍、三遍……两小时后，终于洗好了，再放到窗外晾干，然后放到太阳底下去晒。前两日来的路上，已经知道她的一点洁癖习惯，在甘孜因为同住一个房间，才得以见识。

行李 你和爵士冰第一次见面是什么时候？

潇海 2011年9月30日，在火车上。

行李 记得这么准确！去哪里？

潇海 墨尔多山，他是领队，我是队员。他在武汉很有名，但我不追星，也没见过，只知道他开了家卖装备的户外店。那之前我也玩户外，但都是湖北境内两三天的短线路，而且我很少社交，也不参加户外队友的聚会，但是我们两人有一个共同的朋友老树，我和老树熟，是因为他儿子是我同事。正好那一年我到成都休假，想在周边走走，临行前一周老树来医院看牙，我一说起，他说正好要和朋友来爬墨尔多山，我说想一起来，虽然我不知道墨尔多山在哪里，而且没有上过高原，所以老树一直和我强调高反的严重性，其实是不太放心我。有一天我说，你可以不带我，如果担心我高反麻烦的话。我是真的怕麻烦他，结果他以为我生气了，再也不提高反的事，就这样一起来了。

行李 结果呢？

潇海 我们都很喜欢坐夜火车，可以休息，也不用浪费时间，那次我们也是从武汉坐火车到成都。那趟火车票很难买，几人分在不同车厢，我和老树在一起，他和其他队友在另外的车厢，中途来找老树玩，远远地，看到一个高高壮壮的背影走过来，老树说，这是爵士冰。先是惊讶，户外人士不都很瘦吗？再一看，怎么还戴眼镜？

那次一共有11人，大部分人到半山腰就下撤了，只有我、他，和另外一人上去，居然登顶了！虽然墨尔多山没有终年不化的冰川，但那次雪很大，深处已经没膝了，而且我完全没有高反。后来知道，这座山他来爬过好几次，都没有登顶，只有和我这一次登顶了。

行李　简直是天意。

潇海　从墨尔多山下来后，我们又从雅拉雪山徒步到康定，我也走下来了，但那次对他没什么感觉。第二年6月，他去阿里骑行，这是他第二次去阿里骑车，线路和第一次不同，同行的也是很强的4个人，我在措勤县加入，因为前面的路太难，他担心我跟不上，后来只有我们两人一起骑完。

行李　你好像莫名其妙就这么强，那条线很难骑的。

潇海　那是我第一次去西藏，他说每天会骑50公里，我因为没有时间，总共就骑了三次，每次三小时就骑完50公里，想着在高原，顶多再多一倍的时间。哪知后来每天都骑十几个小时，经常骑到夜里九、十点，有一天要翻四五个垭口，也很崩溃。

行李　在那么偏远、艰险之地一起骑行那么久，这一次应该有情有义了吧？

潇海　没有，骑的时候没法说话，顾不上别人，但有很多了解。真正决定在一起，是当年10月份一起从稻城亚丁徒步到云南香格里拉的属都湖，那次我也背了三四十斤的东西，每天走十几个小时，沿线特别美，全是蓝天白云、高山海子，最初也是七个人，后来其他五个都走崩了，只有我们俩一直走了下来，那次回来就决定在一起了。

行李　每次都把其他人走趴下，只剩你们两人，这是冥冥之中的天意吧。但是你们的反差也很大，比如你还有洁癖，而爵士冰不拘小节。你有多洁癖？

潇海　回家进门绝对要脱外套外裤，要洗手，但他洗手达不到我的标准，总是用清水随便洗洗，我要求必须打肥皂。吃饭时也必须洗手，同样要打肥皂。外面的衣服绝对不能挨床，洗了澡才能上床，所以他中午想不换衣服就午睡是绝对不可能的。

　　　　衣服必须分类洗，洗完后，必须洗手，擦干，才可以晾衣服。晾衣服时，在外面穿过的衣服绝对不能碰到洗过的衣服，连袖子都不能碰到，这很难做到的，收衣服的时候也一样，所以我从来不让他晒衣服、收衣服。

行李　太严苛了吧？

潇海　还有最重要的做饭，生熟绝对绝对要分开：洗好的菜，就要放在专门装生菜的盘子里，炒熟的菜是绝对不可以放到同一个盘子里的；碰生菜的手绝对不能碰熟的食物；还有刀板，切生的、熟的、卤的必须是不同刀板……最好两个人一起做，一个人只负责生的，一个人只负责熟的。

行李　洗了擦干不就可以了吗？

潇海　那必须打肥皂。

行李　那厨房还得放肥皂？

潇海　肯定要放的呀，厨房是离不了肥皂的。比如洗菜、炒菜的时候来电话，等你打完肥皂洗完手再过去，可能电话就结束了，所以一般就不会接。还有，外面买回来的卤菜一定要煮一下。

行李　那是凉菜呀！

潇海　但是不干净呀，以前街边烧烤绝对不吃，现在稍微好一点，没那么可怕了。

行李　难道你上学的时候也这样，不会被嫌弃吗？

潇海 很被嫌弃呀,每天下班都会洗钥匙,也被同事各种鄙视。

行李 作为牙医,你还不在牙齿上使劲儿弄他?
潇海 我会教他刷牙,但他不是个好学生,他的牙刷经常没几天就脱毛了,因为力气太大。

行李 不是因为质量不好么?
潇海 不是呀,我们用同样的牙刷,我就不会。他刷的力量太大,过犹不及,我会提醒他慢慢地细细地刷。

行李 你的牙齿因此好了吗?
潇海 我牙齿一直都很好。

行李 没有比以前更好,那就不能证明是你刷牙方式正确起的作用。
潇海 有前人证明过了,就不用我证明了呀。

行李 你之前谈过恋爱吗?
潇海 谈过,都是正常人,就这一个疯子。

行李 为什么要跟一个疯子在一起?感觉单是个人卫生习惯就会闹很多矛盾。
潇海 我也喜欢玩,但我玩了这么多年,对方位、地理环境,基本上不了解,只是跟着他就好。至于洁癖,在家里,苹果必须用洗洁精洗干净后再削皮吃,但在外面,我也只需要用自来水洗一下就吃了。

行李 真正决定在一起,心里没有一点障碍吗?毕竟和普通人不一样,还要照顾父母情绪。
潇海 我爸爸已经去世了,我妈妈不喜欢他,他没有一点符合我妈的要求,我出来玩户外我妈都反对,她虽然不喜欢,但也尊重我的意见,只是在他要去漂流黄河前,想要见我妈一面时,我妈拒绝了。我妈又觉得我这边为难，就说等他黄漂回来后见，现在还好，他回武汉时，还会专门做他喜欢的菜。

行李　黄漂你没去？

潇海　没去，我去了也做不了什么，反倒增加他的负担，虽然那两个月很想念他，我不是那种一定要黏在一起的。就像他黄漂回来没几天就劝我去登雀儿山，那之前我只爬过墨尔多山，但他觉得我行，就让我自己一人去了。

行李　他劝从未登过雪山的你去爬一座技术型的雪山，却不和你一起去？

潇海　对啊，干吗要黏在一起？他知道我的体力，心里有数，而且爬山之前陪我去川西骑车，他说在高原骑行是最好的锻炼。那次我们准备从康定骑到甘孜，过折多山时，我竟然骑过去了，他说那肯定能登雀儿山了。折多山下来过新都桥、塔公草原、八美、道孚、炉霍，马上就要登山了，我还没到甘孜，直接从炉霍坐班车，他送我到马尼干戈后就和朋友去漂雅砻江了。后来我登顶雀儿山下来，他漂流结束，同一天回到甘孜县，一起去卡瓦洛日转山。

行李　骑了车，爬了山，还有体力去转山！我完全看不出你有这么好的体力。

潇海　那次太经典了，我们之前没人转过这座雪山，四个人就我一人带了两根登山杖和一副墨镜，准备两天就返回，结果走错了路，阴差阳错地爬了一座未登峰。雪很大，都到大腿了，全都没有雪套，我的墨镜轮流着给大家戴，那天一直走到崩溃，晚上九点多才找到营地，好冷好冷，我们有一个铝制水壶，第二天早上因为瓶内的水结冰，水壶膨胀，炸了。

行李　你和爵士冰两人真是神奇的组合，他那么玩户外，经常没登顶，你没什么锻炼，感觉莫名其妙就登顶回来了。

潇海　我初中时体育都不能达标，体力这么好，可能跟我老是逛街有关系，有阵子周末从早逛到晚，为了节约时间，吃饭都很简单，吃碗面继续逛，以前商场里也没有休息的椅子，只能一直走一直走。喜欢户外后我就再也不喜欢逛街了，觉得以前浪费了好多时间，也不买衣服了，没兴趣。

行李　是什么时候决定结婚的？
潇海　2013年底。

行李　两人同时决定的？
潇海　是我先想结婚，他是独身主义者，觉得不需要结婚，不知道为什么后来转变了，你可以去问问他。

行李　不是你先提出来的么？
潇海　我没有提，没有逼婚哈，但他知道我有结婚的愿望，我一直都觉得女人应该结婚，应该要孩子。

行李　听说还拍了一套很特别的婚纱照？
潇海　对，我们2014年1月23日领证，4月份准备去西藏，他想去漂尼洋河，而我之前参加新浪"最美西藏故事"的征文活动获了奖，奖品就是去林芝。征文内容写的是2012年我们在阿里的骑行，其实当年就写了，所以没费劲就拿去应征，用他的照片配图，就这样获奖了。那次一起去的还有其他朋友，他们说要不顺便拍个婚纱照吧？于是我匆匆忙忙去武汉的婚纱街随便选了一套，化妆品也没考虑，我办公室平日备着一套最简单的工具，反正我是从办公室直接去机场，结果那天发现化妆品忘在家里了，没有就没有吧。他是到了拉萨才买了一件200多块钱的白衬衣，平时就穿户外衣服嘛。我们从林芝的巴松措一路拍到古格、扎达土林，还挺有意义的。

行李 玩户外，尤其极限运动，就会有很多危险，他也经常受伤，你会没有安全感吗？

潇海 哪里都很危险，当然会很关心，多叮嘱他。有一次他一个人从西宁开车回武汉，很担心，但我也做不了什么，只能等着。我也从来没想过要改变他，他的生命已经和探险连在了一起。但他经常瞧不起我，去阿里骑行那次，我带了20多包湿纸巾，因为沿途没有水嘛，他一看，轻蔑地说：你先骑吧，骑不动就自己扔，结果我真骑下来了，也没有扔东西。

行李 这么几年下来，他身上哪里最打动你？

潇海 他是一个很坚韧的人，虽然他总说自己骨子里很悲观，但又能以非常豁达开阔的心态坦然接受一切已经发生的事，就像在卓奥友丢掉的3根手指，既然不可更改，他也能坦然接受……

这时，门外有人敲门，爵士冰来了。

4.

潇海是个直肠子，说起两人卫生习惯和标准的差异，和两人的爱情，全都啪啪啪竹筒倒豆一下子倒出来。一路上，每次她让爵士冰给她拿东西时都有很多要求：只准碰外面一层保护套，不准碰里边的东西，但一转身，就"冰""冰"地呼前唤后，那信任和依恋！

行李 刚说到你的手指，你介意聊吗？

爵士冰 当然不介意。

行李 我看过你回来后写的日记，觉得一切都好偶然，都已经登到8000多米了，距离峰顶不到200米，因为摘氧气面罩这样一个小小的失误就

爵士冰　导致这么重大的损失。
爵士冰　但一切又都是冥冥之中注定的，我觉得是因果，后来逐渐相信佛教。

行李　是什么因导致这个果？

爵士冰　这次登卓奥友前，我刚骑完阿里北线—南线大环线回来，整整一个月，骑了2000多公里，身体状况非常好。我对单纯登个8000米雪山没有很大兴趣，那对我来说不是特别难，因为之前在四川半脊峰和甘肃祁连山的七一冰川尝试过登山滑雪，这次想在卓奥友试一试。哪怕不能从顶上滑，也要在途中试一下。我还有另一种尝试：无氧登顶。两者二选一。

行李　不管哪项都很难呀。

爵士冰　我是跟着中国地质大学一起去的，情况复杂，我们属于体制外，只是给了名额去登山，但没有协作，只能自主攀登，所以我们的装备都得自己背着。我带了两套装备：登山的和滑雪的，前期整个队伍的大量物资运输也是我完成的，我的体力不比向导差。

行李　中途滑雪了吗？

爵士冰　爬到第二大本营C2时，我一个人滑了下来，那天晚上就我一人住在C1营地，因为滑雪，滑雪的段落就要比别人多爬一趟。后来从7200米处滑下来再爬上去时，身体其实有点透支，我那时有点过高评估自我了，如果正常，我应该放弃登山滑雪，只考虑无氧登顶，但还是想兼顾，贪多。后来在路上遇到杨春风的队伍，我想借他的协作，付钱请他们帮我把装备运上去，但爬到那个高度，他们也没有多余的协作。

行李　所以你说是因果。

爵士冰　后来我总结过很多原因，在卓奥友犯了一系列错误，很多环节上都可以挽回一点点，但就是没有，最终的结果就是把你的手指头锯掉。

在藏北骑行时，
途中遇到的藏民。
[摄影 / 爵士冰]

行李　说心里话，痛苦吗？

爵士冰　不是痛苦，就是觉得手指头就这么截掉了，我找不到理由。从开始登山到截指，发生了很多不应该的事。比如山上情况误判，体能透支，手套绳子没有系牢，冻伤后还在海拔7200米的C2住了一夜，没有及时下撤到大本营，到拉萨后又耽误了两天，到武汉后又莫名其妙停药（我之前因为各种原因停了一种药，大范围的指节干性坏死，造成了不可逆转的截肢），后来找到一位重庆第三军医大的老专家，如果停药前一个星期联系到他也不会这么严重，但就是差这么一个星期。发生了一连串我找不到理由的错误，所以我说是因果。潇海没和你说我做的一件坏事吗？

行李　什么坏事？

爵士冰　就在从阿里骑行回来后，爬卓奥友之前，我在西藏最神圣的神湖拉姆拉错旁打了一只旱獭，把它给灭了……看着它在草地上跑来跑去很可爱，我妈患有比较严重的类风湿，旱獭的四肢用来泡酒，专治风湿。

行李　你在藏区多年，有很多机会看到旱獭，为什么偏偏这时决定做这样的事？

爵士冰　是的，之前都遇到过，从没想过要打，就在拉姆拉错时想打了。从卓奥友下来，截指后趟在医院里百思不得其解时忽然想到这件事，马上打电话给我妈，她说那坛酒还泡着，没有动，回家后我就把旱獭的爪子取出来，在家附近的山上找了座小山埋了，还立了碑。朋友说，你这是现世报。

行李　你的手指还了它的脚，因此幡然醒悟，想明白很多事，也是收获。

爵士冰　对，从此明白很多事。截手指时，我让医生特意给我留着，后来分别埋在了雅拉雪山、珠峰和拉姆拉错。

行李　为什么选这三处?

爵士冰　拉姆拉错是专门回去还的；珠峰，是因为没有机会再去卓奥友了，就在它旁边的珠峰埋了吧，在 7028 米处；雅拉雪山下的雅拉友措是我觉得最漂亮的湖之一，希望死后可以葬在那里，我在湖边给手指头堆了个玛尼堆。

行李　你都骑行过"一错再错"了，雅拉友措还有哪里打动你？

爵士冰　雅拉友措在海拔 4200 米处，湖很小，半小时就可以转完，藏民常来这里转山，周围还有几个小石屋，传说是高僧在此修行建的。如果站在湖边，整个雅拉雪山一览无遗：首先是一道几十米高的瀑布，从一大片原始森林里流淌下来；原始森林之上，是杜鹃林、草甸，然后是雪线、终年不化的冰川，一直到山顶，全都可以清楚地看到。如果有人登顶，可以在湖边看到全程直播。那个位置可以看到山顶的东、西、北三个方向，早上，太阳最先照亮东侧的峰顶，傍晚时，最后的夕阳会挂在西侧的峰顶。

　　我爬到过东边的卫峰，有一支新西兰的女子登山队从西侧山脊直接登顶过，还有一支英国队从凹槽直接上去的，只有技术非常好的顶级登山家才可以这么登，严冬冬当年就是这么登幺妹峰的。

行李　对，从幺妹峰的中央南壁直接登上去的，那是他开创的线路，取名"自由之魂"。

爵士冰　那年春节，《户外探险》杂志的金犀牛奖颁奖时我们还在一起，我因为全程漂流通天河而获奖，他因为攀登"自由之魂"而得奖，谁知第二年他就在天山走了。

行李　他走的第二年，我们路过阿克苏的托木尔峰，当地人都在说他的故事，可惜，可惜。你的截指有后续故事吗？

爵士冰　2008 年年底截指，2009 年 1 月出院，那期间想了很多，面对户外的高风险，当你想得到真正的救援时，并不能找到合适的，所以很有必要组建一个真正帮到大家的组织，于是有了3月份组建的"湖北户外救援联盟"，我花了整整一年来做这件事，当时在湖北的社会影响力很大，省红十字会还发文，专门举办了授旗仪式。到年底，聚集了越来越多的人，我们成立了培训部、户外救援部、水上救助部，后来我考虑到个人的能力和精力有限就逐渐退出来，交给宣传部他们做了。

现在这三个部门分成了湖北三个最有影响力的户外救援组织："长江救援队"是华中地区最大的水上救援队，2012年被评为感动中国的救援公益组织；"生命阳光公益救援培训中心"是我们以前做培训的部门，现在有政府给的办公室，专职的工作人员，每年给做社会公益救援培训几千人；"云豹救援队"主要从事山地救援、城市综合救援、水上救援、地质灾害及其他自然灾害救援，负责人向队经常在国外考察，积极引进国外的先进救援理念，活跃在国内赈灾救援的一线。

行李　所以你在卓奥友的果，又导致了其他的果，开花结果的果。
爵士冰　是的，现在也算是开花结果了。

5.

行李　玩了那么多户外类别，是什么时候转到漂流上来的？
爵士冰　没有刻意地转换，我第一次漂流是在新都桥的立启河，漂流前我们骑了一趟川西小环线，从新都桥到塔公、八美，经道孚、炉霍到甘孜，再经白玉、巴塘、理塘，回新都桥。从白玉到巴塘那一段最美，在原始森林里穿行，河水像玻璃水一样，于是想以漂流的方式体验一回。那时经验不多，就漂了立启河，雅砻江的支流，是一条小河，小船漂就可以的。此后就很频繁，甚至上下班都漂。

行李　什么意思？

爵士冰　我上班的地方离我家 60 公里，之前都是骑车，后来就决定划船，因为我家在长江，单位在汉江，离水边只有 500 米，于是就用一艘充气船划船回家，每天晚上八点下班，九点把船打上气，划船回家。全国很多媒体都报道了。

行李　你爱出风头吗？

爵士冰　我从没想过出风头，这是很自我的事，我算是一只特立独行的猪，就像当时我为什么选择登山滑雪。

行李　刚才说到通天河漂流，那次对你来说意义更特别吧？

爵士冰　那是我第一次真正意义的长距离漂流，那几年也是我人生的巅峰状态。那次我们从通天河源头下水，8 个队友，漂了 9 天，到曲麻莱后，其他队友都要走了，但我还想漂，就当场把他们的装备全部买下来，一个人用 5 天时间继续往下漂到了玉树，等于全程漂完通天河。那是最享受的一次漂流，一个人的孤独、快乐和寂寞，全体会到了。前方的一切都是未知的，你必须专注地去听周围的声音，看水的形态，那是一个人的战斗，随时警惕，但同时又能进入入定的状态，而且我是在过滩时找到了入定的状态。

行李　今天阿杜还在路上讲，到最后，体感消失了，只感受到过滩的快乐。

爵士冰　对，那条线一个接一个的滩，你可以听到浪翻过远处的滩，打雷般的声音，那是自然界、是这条河已经在向你敲战鼓，你要做好迎接战争的准备了，很亢奋，可还要入定，因为要专注，不能有任何杂念，一心只想过滩。做极限运动的人，最后都要进入这种无我的状态，根据环境的变化随时做出判断和回应，那时候没有恐惧，就是解决问题，怎么和河流融为一体，划艇的最高境界就是人、艇、水合一。

行李　你是河的一部分，河也是你的一部分，你是河流的缩小部分，河流是你的延展部分。

爵士冰　对，这是一种无我的状态，非常美妙，即便在恶劣天气中，人与自然也会有交融和互动，而且水上的风景随时都在变化。

行李　骑车不也能感受到风景的随时变化吗？

爵士冰　不一样，在水上，你能感受到水的脉动，还要和这脉动不断呼应。水上是智者的游戏，它太富于变化，一开始很柔，如果落差足够，形成浪，力量就会无穷。人在社会上活着，和在河上漂的感觉很像，社会上遇到的各种风险，就是河中的激流险滩，你要做的是如何绕过它，躲过它，顺着水往下流，所谓顺势而为，这是中国古人的智慧。

行李　通天河之后还有哪些长距离的漂流活动？

爵士冰　很多很多，漂过金沙江的不同段落，漂过通伽峡、额尔齐斯河、雅鲁藏布江、澜沧江源头扎曲、怒江、赤水河……以及我们明天马上就要下水的雅砻江，前后漂过6次，当然距离最长的是2013年全程漂流了黄河。

行李　这是继1987年之后第一次全程漂完黄河吗？

爵士冰　基本上算是的，那次我们用独木舟的方式漂了72天，但我们没有寸水不落的说法，我们有几个标准，如果自我评估过不了，可以放弃，当然距离不会很长；如果沿途没有救援可以撤出来，也可以放弃，比如拉加镇这一段，毕竟生命最重要。

行李　最终漂了哪些河段？

爵士冰　玛多—玛曲的源区段，玛曲—拉加镇的黄河大峡谷上段，曲什安—羊曲的野狐峡段，靖远—沙坡头的红黑山峡，沙坡头电站—青铜峡前的卫宁平原，青铜峡电站—乌海市海渤湾的银川平原，磴口三盛公电站—包头—托克托段的河套平原，托克托—老牛湾的晋陕大峡谷初段，府谷—龙门（除壶口外）的晋陕大峡谷核心段，龙门—潼关—三门峡的汾渭谷地和中崤丘陵段，一共是4000多公里。

行李　为什么漂了这么多河段，最后选择雅砻江作为大众传播的线路？

爵士冰　其实我想做的不是漂流，而是水上旅行，除去河中的漂流，我希望有更多人文的互动，这需要岸上有更多值得停留的地方。但是河面上也要有浪有滩，以感受河流自身的乐趣。这些点，雅砻江全都符合，而且全程可以开车，方便补给、救援。中国可以漂流的河我可以找出十几条来，但雅砻江最合适用来大众传播，足够美，人文色彩足够丰富，也足够安全。

行李　讲讲雅砻江吧。

爵士冰　雅砻江是金沙江的支流，发源于青海省巴颜喀拉山南麓，东南流入四川西北部，在石渠县以下称雅砻江，沿大雪山西侧经新龙、雅江等县至云南边界渡口市注入金沙江，全长1187公里。自阿须乡开始进入德格县，甘孜县以上河段为上游，我们漂的就是这一段。这条河我漂了6次，前3次距离都很长，从石渠漂到甘孜，300多公里，带着小船自己完成。去年开始减掉一半行程，从阿须镇开始，用6～8人坐的大筏子，所以你不会划船也可以上船。

行李　具体行程是怎么安排的？

爵士冰　阿须镇是我们第一天扎营的地方，最初一段没有滩，就当热身。阿须的岔岔寺也很有名，是白教在四川藏区最大的寺院，附近还有其他4个寺院，岸上旅行也很丰富。

　　　　第二天开始就有浪了，进入浪区后，不断有弯，每当你看不到河流，就表示有弯了。这一天要过一个Ω大湾，还会经过两个苯教寺院。

第三天有一个 3 公里的滩,是全程最难的滩,水大的时候有四级难度,要不停地在滩里上下翻滚,那时候必须所有人一起划船,按照船长发令过滩,非常爽的,你会体验到真正过滩的乐趣。这天还有一段峡谷,有大面积的森林出现,一边是路,一边是金黄色的森林,非常美,你就在这片非常美的风景里漂。那晚会扎营在一个黄教寺院旁,那是一个可以扎上千顶帐篷的大营地,也是当地藏民耍坝子的地方,还有水井方便取水。

第四天直接到甘孜,也会进入峡谷地段,两边全是森林,峡谷中间有一个大转弯,刚一转过来,哇,一座大雪山立在面前,那就是卡瓦洛日!很快,甘孜县城就到了,在这之前,会看到你最喜欢的地形,十几公里长的石头雪山横在天际。但是不要懈怠,最后起水前,还有一个三级大滩等着你呢,过了这个大滩,5 公里后就起水上岸,回到甘孜。

行李　听起来真好呀,循序渐进,渐入佳境,至高潮淡出。

爵士冰　第一天是牧区,第二天半农半牧,第三天进入全农业区,大面积青稞田出现。一路上你会享受到所有官员都得不到的待遇,我会提前发给你一包金嗓子喉宝,因为沿途看到我们的所有藏民都会挥手和你喊"扎西德勒",你要回应他们,嗓子会喊到疼的。骑着摩托车的、开车的,都会伸出手来和你打招呼,因为没有人这么玩过,所以你也会成为风景的一部分,他们会拍你,你也会拍他们。

行李　水上运动对你最大的影响是什么?

爵士冰　和登雪山、溪降、骑行一样,我又多了一种感受自然的方式,但到最后都是修心的过程。还有一点是,自行车可以一个人完成;溪降需要一个团队完成,但也都是熟悉的朋友;到漂流这一块儿,我想逐渐考虑做商业团队,就像人的修为,需要从小我转变到大我，我承认力不从心，但还是愿意去推，中国有这么多江河资源，却一直没有水上旅行，还是会很遗憾。所以它不该只是一种户外运动，而应该是另一种旅行，在这种慢节奏、无污染的水上旅行中，感受到更多和自然的对话。

行李　就像所有的山水长卷，河上一定有一个渔夫，一个水上旅行者。
爵士冰　对，水上旅行商业化以后，不一定要专业的体能和身体基础，一样可以通过这种方式感受江河。就像潇海，我平时在武汉也会带她在东湖划划皮划艇，她有午睡的习惯，在上面摇着摇着就睡着了。

行李　她和我说过和你一起漂流的感受，像东湖这样安全的水域，她很放松，就像摇篮一样。而在真正的江河上，静水时平静，有浪时会很紧张，但也很刺激，浪打过来，船头被抛得高高的，刺激和平静交替出现，这是登山和骑行都感受不到的。
爵士冰　其实随波逐流的感觉很好，能真正融入自然，感受江河的脉动。

行李　阿杜说，过虎跳时，人就像一片小树叶一样，那时的随波逐流，就是顺势而为。
爵士冰　是的。你永远也不能"征服"一条河流。一条河总是奔腾不息，它一直流向海岸，将自己释放进大海。藏传佛教强调万事万物内在"空"的本质；河流的特性就证明了这一点。每一个浪涛、波纹和激流都在转瞬之间消逝和重现，循环往复直至完全的未分化状态。一条河流的终极目标是为了寻求自我而释放自我。你怎么能够征服仅仅追求消逝的事物呢？

行李　你是什么时候决定结婚的？有人说探险家不应该结婚，因为他们已经嫁给了荒野。
爵士冰　之前也说过，我在武汉一直找不到家的感觉，所以一直在户外，可以弥补在家中的空缺。我也谈过恋爱，但没有共同的东西，很难长久地走到一起。我们第一次见面，去爬墨尔多山时，我刚经历过一次失败的恋爱，那时正好看到《户外探险》杂志主编何亦红的一篇文章，她说，探险的归处是家。只是我那时不知道怎样的家庭可以收得住我流浪的、狂放的心。后来因为阿里那次骑行，我很惊讶她的毅力，也知道她能理解我，能一直和我走在一起。

行李　在自然界的情感，有时候禁不住城市的考验。

爵士冰　是的，我们其实生活在两个不同世界里，但只要根基在一起就好。对我来说，每一次探险就是一个阶段的合作，家庭却是一辈子的合作。你想要得到一个探险的归处，想要内心安宁，就要付出。探险或许只是要让自己明白，原来回家的路这么美！

程远

留学美国时,为了对抗孤独,程远开始跑步,一跑就是十年,并且总在人迹罕至、自然壮阔、文化特殊之地跑。

[图片提供 / 极地长征]

程远 为了对抗孤独，我跑了十年

　　2014 年夏天，第一次在北京看到号称户外奥斯卡的班夫山地电影节，入选的片子，全是全世界的人们探索户外的纪录片，看得热血沸腾，片子好，文本也好，译笔简直堪称典雅，好过很多文艺片。在电影院的微光里，有好些观众一边看，一边拿笔快速记台词。不久就偶遇程远，才知道他曾经是班夫山地电影节的志愿者翻译，而他自己的足迹，比纪录片里那些主人公还要酷，因为他就职于全球著名的户外越野跑赛事"极地长征"——这项赛事被哈佛大学商学院列为研究课题，也被《时代周刊》列为了世界十大越野耐力赛事，程远是中国大陆的唯一工作人员，也是多届的参赛选手。这是一项用 7 天的时间跑完 250 公里的耐力赛，每年都吸引上百个国家的选手奔赴世界上最壮美最原始之地参赛。

〔黄菊　2015 年春天采访〕

1.

行李　你是哪里人？

程远　因为父母工作原因，我从小在多个地方长大，郑州、南京、北京、重庆都生活过。

行李　这种经历对你影响大吗？

程远　大，我前几天看到你和白先勇的对话，感触很深。我也是一直在换地方，有漂泊者的感觉，对故乡、老乡这些东西没有太多概念。你知道我对哪里有故乡感吗？说出来可能好笑，美国亚利桑那州的 Tucson（图森），我大学毕业后去读书的地方。

行李　那里对你影响很深？

程远　因为在那里经历了完全独立的生活：经济自主，第一次打工；第一次有真正意义上的文化冲突；我真正开始成长，所以对那里有很强的眷恋，今年 11 月再回去，那种归属感和心跳还会有。

行李　你去极地长征以前就很喜欢出门吗？

程远　出了名的喜欢。我从小就爱地理和历史，幼儿园的时候就能背出好多个国家的首都。小时候看了《环游地球八十天》，更是萌生了环游世界的梦想。我母亲也很喜欢旅行，小时候她会和我一起读书，一起去图书馆，一起讨论和争论。

行李　听说你和妈妈讨论朝鲜战争，意见不合差点互相泼水……很羡慕，像朋友。

程远　关于朝鲜战争的这次讨论，当时我在开车，由于争论过于热烈，我还一不小心追尾了。小时候我基本上是和妈妈一起旅行，因为她是老师，有假期，会去中国各地，比如北京、海边、桂林等。

小时候基本都是去景点，那时候也不知道怎么玩。

行李　和妈妈一起旅行时，她做功课？

程远　一般是我做吧，我从小就喜欢做主，尤其出门在外时。平日读书、看地图，我这方面看得比我妈多。小孩子记忆力好，没有要家人操那么多心。

行李　什么时候开始单独旅行的？

程远　真正的第一次一个人上路，是上大学时去西藏，对那里什么都不知道，没有目的，就想看看。从西宁坐汽车去拉萨，想象中的公路旅行。但这趟旅程很不顺利，过了格尔木，车就坏了好几次，不停地等待。一月底，天气寒冷。

行李　怕吗？

程远　不怕，我从小就胆大。大学的旅行都没和家人说过，哪里敢说啊，直到后来有一次被发现了，家人才提高了警惕。那是2005年3月，去额济纳旗。旅途结束我把经历写在了博客上，被我妈发现了，我妈上网加搜八卦很厉害。

　　那次是跟我一个好朋友偷偷去的，还翘了一周课。没敢跟家人说，没要钱，很拮据，往返的火车都是硬座，几十个小时，还有漫长的公路。基本没吃没喝，饿了就啃点冷馒头，住5块钱一晚的小旅馆。在火车上时快冻死了，朋友的衣服厚，就让我躺他腿上，再用另一半大衣帮我盖一下，听起来很"基情"啊，但是一路上看到了很多别样的风景。

行李　别人都是秋天去额济纳看胡杨，你们冬天去。

程远　对，我就喜欢冬天去荒凉的地方看看。但我妈从此就经常打电话查我的岗，她知道我胆子大，喜欢去危险的地方，毕竟因为在读书，希望我专心。

行李　你去美国是自己选择的还是她期望的？

程远　自己选择，但其实很偶然，我大学是读俄语的，快大四时，和我一起去额济纳的朋友就说怎么不去考 GRE，后来我就去考了，然后顺利出国。

行李　在美国玩的方式和国内有很大差异吧？

程远　开始就是逛逛主要的城市，坐飞机、火车、汽车，或者租车，然后就开始往国家公园跑了。之前在中国去了很多地方，但不太有户外和装备的概念。在美国时生活比较单调，后来发现我们学校有一个学生的户外组织，每周末有不同的户外项目，徒步、冲浪、滑雪、攀岩，我就参加了，当时是那里唯一的亚洲人。

行李　专业的体能训练也是从那时开始的？

程远　不是，之后我去挪威做了一年交流学者，那一年对我影响更大。

行李　挪威冬天那么漫长，不会无聊么？

程远　是呀，更无聊，但是户外运动很发达。我们城市特隆姆瑟在北极圈以北 300 公里处，我去的那一年，有国际学生 100 多人，来自100 个国家，整个环境很国际化，学校常组织各种出行活动。冬天到了我们就滑雪，宿舍后面有通往学校的长 5 公里的滑雪道，而且有坡度，大的时候有四五十度，所以每天都会滑雪往返。后来觉得这个距离太短不过瘾，就在岛上环岛滑雪（我们学校在一个小岛上），总长三四十公里。等到春暖花开，环岛的滑雪道就变成山林里的徒步道，我们就开始骑山地车和跑步，也就是在那段时间我才真正开始接触越野跑。

行李　在户外领域，欧洲和美国之间的差异大吗？

程远　欧洲人玩的花样更多，更有想象力。从挪威回到美国后，我身上就有了对美国人来说很新鲜的东西，也开始带人玩。后来结识了对我影响很大的组织 American Hiking Society（AHS），美国徒步协会。AHS 有一个义工旅行项目，会和美国的农业林业部门以及各个国家公园合作，每年推出遍布全美 50 个州不同地点的 5 ～ 10 天的义工旅行，被选上的义工会一起工作几天。

行李　都去了哪里，干了什么？
程远　第一次是和另外 8 名义工一起去阿拉斯加林业部门做 8 天义工，具体工作就是摘蒲公英。蒲公英来自欧洲，在阿拉斯加算入侵植物，严重影响了当地的生态平衡。我们要把蒲公英掘出来，把花蕾拿掉，然后清理。第二次去了怀俄明州一个叫 Crater Lake（火山口湖）的地方，我做领队（是 AHS 的第一位外国领队，也是最年轻的，那年我 25 岁），在那里扎营 8 天，和护林人一起整修了一条山路。也就是这次旅程，让我接触到如何规划和建造野外的徒步道，还接触了施工爆破。每天工作累了，就拄着锄头转头看一下身后的风景，立即心旷神怡……人生能有几次这样的机会？在这之前，其实我已经去过 20 多个国家，做过背包客，搭过便车，登过雪山，深入过荒原，但只有这几次义工旅行，使我体验了之前未曾想象的生活。我觉得世界太大，要多去看看。

行李　义工旅行究竟有什么吸引力？你自己也可以去那些地方。
程远　不一样的，做义工时，我能有所奉献，用自己的劳动换来一趟快乐深度的旅行（我骨子里一直都有很强烈的奉献精神）。你可以以一种深度体验的方式在这里待上几天，和一群有着共同理念的义工一起。我之前不太喜欢参与集体活动，义工旅行逼迫我们大家走到一起，认识了各种有意思的人。我后来和极地长征结缘，也跟这个组织有关。

2.

行李　那之前你听说过"极地长征"吗？

程远　完全没有。后来我结束学业后回国，很纠结，生活不适应。AHS 的麦克（Mike）有天发邮件给我，他听朋友说起了在新疆的戈壁长征，知道我喜欢沙漠，应该会感兴趣。我上网匆匆浏览了一下，确切地说，是看到了 volunteer（志愿者）的字眼就报名了义工，但根本不知道"极地长征"是什么。

行李　那次是什么赛事？

程远　就是"极地长征"中著名的"戈壁长征"，从吐鲁番的石头城到火焰山，那时完全想不到它的意义，但就是这次义工经历，我被它的魅力吸引，决定加入极地长征。

行李　"极地长征"到底是一个怎样的比赛？

程远　"极地长征"英文叫 RacingThePlanet，美国人玛丽·加德马斯（Mary Gadams）于 2002 年在香港创立。创立极地长征之前，玛丽是一个旅居世界各地的银行家，偶然的机会来到香港，被香港的山野和多元的文化所吸引，留了下来。

　　我们的赛事从 2003 年开始，第一场比赛在甘肃嘉峪关和新疆哈密之间的戈壁。2004 年带大家到了智利的阿塔卡马，2005 年到了撒哈拉，2006 年开始了第一场南极赛事。它们一起构成了"极地长征"的四大沙漠系列赛事，我们叫"4 deserts"。

　　赛事的形式是 7 天 6 个赛段，共 250 公里，比较像"环法"，一个赛段接一个赛段，全程自补给，是什么意思呢？除了赛事组委会提供大家每天晚上露营的帐篷和医疗服务，每个补给点和终点提供饮用水，选手要携带 7 天比赛所有的装备和食物。举例而言，2016 年撒哈拉赛事，第一到第四个赛段分别为 37 公里、42

公里、42公里和41公里，第五个赛段是我们传统意义上的长赛段，分两天来进行，总共77公里，最后一个赛段10公里。共6个赛段，250公里。

四大沙漠赛是固定的，从2008年开始，极地长征每年会选取一个变化的新地点作为比赛地，作为我们的年度巡回赛。我们的巡回赛已经去过越南、纳米比亚、澳大利亚、尼泊尔、约旦、冰岛、马达加斯加、厄瓜多尔、斯里兰卡和阿根廷巴塔哥尼亚，明年的巡回赛是在新西兰。

行李　听说极地长征都被哈佛商学院列为研究课题了，我最感兴趣的是你们的线路设计，全球那么大，有太多人在组织各种小众路线了，极地长征的路线到底特别在哪里？

程远　从玛丽的角度，之所以创立极地长征，是因为世界上最原始最纯净的风景，还有独特的文化，正在慢慢消失，她希望大家在这些美景消失之前亲眼见证。总体而言，就是在最壮美的地方看最原始的风景，所以"四大沙漠"赛事的选址都是有特殊意义的：撒哈拉是世界上最热的沙漠，新疆戈壁是南北极以外全球风力最大的沙漠，阿塔卡马是最干的沙漠，南极是最冷的"沙漠"。巡回赛也是去到大家未曾想到的地方，这些地点都独一无二。

行李　除了目的地的风景外，它对身体极限的挑战也有吸引力？

程远　对，选手需要全程背负7天的装备，包括食物，需要极大耐力，所以极地长征的赛事被《时代周刊》列为了世界十大越野耐力赛事，它是全球 stage race（多日赛）中最著名的赛事之一。确实很累，对谁而言都绝对不是一件容易的事情。

行李　我看到有人说，很多遇到中年危机的人常去参加，回来就没有危机了，而且有三成的人从此改变生活方式了。不知道主要是什么人在参赛？

程远　其实各种各样的人都有，平均年龄在40岁左右，基本上还是收

新疆戈壁越野赛,
队员顶着善变的天气继续赶路。
跑完这一程,
人生终将不同。

[图片提供 / 极地长征]

入相对好的人群为主。至于原因，有些人喜欢跑步，有些人喜欢沙漠，还有些人就是想试一试，可能一千个选手有一千个理由。

行李　你自己也以参赛选手的身份参加过几回比赛？

程远　我参赛六回了，戈壁长征、冰岛、撒哈拉沙漠赛事、马达加斯加和智利阿塔卡马的比赛都参加过。如果是以工作人员的身分，参与的一共有十几回了。

行李　第一次以选手的身份参赛是在哪里？

程远　戈壁长征，但参赛之前很不顺利，到比赛前一天还生病，训练也不系统。我们的赛事总裁有天来北京找我，她说如果在比赛时看到我不舒服，一定会强制我退赛。我赛前压力很大，情绪复杂，已知和未知交织在一起，非常忐忑。

　　比赛第一天，我临出发吃了感冒药，然后就开始了。在最困难时遇到了台湾的陈坤耀先生，当时快 60 岁的陈叔给了我很大的鼓励：年轻人，你完成了这个，人生将会大不同。他之前完赛撒哈拉，而且是台湾非常知名的企业家，我很好奇，完赛后人生到底有什么不同？所以坚定了要完赛的决心。连续几天的比赛，说实话很痛苦，许多时候想放弃，但这句话让我撑了下来。

行李　所有赛事里，最难忘的是哪一程？

程远　智利的阿塔卡马，因为我退赛了。之前也退过赛，没当回事，但智利退赛对我影响太大了。那次比赛我酝酿了很久，因为种种原因错过了 2011～2013 年的三届比赛。2014 年比赛前，我觉得自己准备好了，非常期待。第一、第二个赛段很轻松，出奇的好，腿不酸不痛，也很快，是亚洲人里最快的，超出了自己的计划和期待。但是这次比赛因为夜晚的低温，我一直睡不好，和之前的没心没肺呼呼大睡完全不一样。第三赛段就遇上了状况，在距离补给站还有 2 公里时水喝光了。身前身后没有人，时值正午，非常炎热，就忍着到了补给站。到站后身上开始抽搐，一直休息了40分钟，喝水补充电解质后再出发。等到了终点的营地，已经不舒服了，疲倦，不想说话，也吃不下饭。第二天第四赛段出发，坚持了26公里，实在不行，就退赛了。

行李 这次退赛对你影响很大，是指什么？
程远 退赛的阴影久久不能散去，后来跑到酒店房间里哇哇大哭。连续几天都在做梦，梦见自己在沙漠里无止境地奔跑，梦见自己跌落。

行李 是不能接受失败？你之前也退过赛呀。
程远 之前是戈壁赛退赛了，但那个赛事我已经完赛过一次，所以第二次完不完赛没关系。可能我太期待智利的阿塔卡马了，也可能是痛恨自己的怯弱，如果再坚强点可能也能过去。

行李 如果当时坚持，身体上落下什么病痛，可能影响以后更久。
程远 对，我给了自己充足的理由，不想在生理机能上过度消耗。

行李 极地长征都在风景绝美处，最困难时，外面的风景对你有抚慰作用吗？
程远 当然有，觉得天地之大，我如此渺小，伤痛更是不值一提。阿塔卡马的地面多是盐湖，是不规则的形状，非常难跑，但我胆子大，敢大步前行，下不去脚可不行。第二天一大早又在峡谷里过河，整整来回二三十次，最深的地方到我腰部，河水也是冰冷刺骨，有段时间我的整个双腿都没有任何知觉。过了河之后是10公里的爬坡，上到最高处，可以望见远处的山峰和峡谷，然后是一个200米高的沙丘，一路狂奔下去，就像飞起来一样，我双臂打开，无比惬意。当时觉得这个沙丘跑下来，整个赛事都没任何遗憾了。阿塔卡马确实是全世界最干的地方，但是夜空非常漂亮，前段时间有个韩剧《来自星星的你》，也说阿塔卡马的星空最美。我们去的时候没看到星星，但看到了满月，大而亮的月亮挂在天边，照得整个大地都是白的。我退赛那天傍晚，坐车回酒店时，就是迎着这轮明月前行的，我看得出了神，也忘记了不愉快。

狂奔自由的感觉太好了，所以想到阿塔卡马的第二赛段，整个人都是幸福的，虽然当时我的鞋底因为地面的高温都脱落了。第四赛段退赛时，经过一片矮松林，我已经处于恍惚状态，没太注意脚下，后来在鞋底拔出了50多根几厘米长的松针。

行李　阿塔卡马具体在哪里？

程远　阿塔卡马位于智利北部。智利是一个非常狭长的国家，从最北到最南，绵延了4000公里。首都圣地亚哥在中间偏北一点，如果坐飞机，从首都到最北和最南，都要两个多小时。我们比赛的会合地在圣佩德罗—德阿塔卡马，一个难以抵达的小镇。对中国人来说，要先从北京或者上海飞到美国达拉斯或者纽约，然后到圣地亚哥，再坐两个小时的飞机到北部的卡拉马，最后再坐两个小时的车才能抵达。

2014年我第一次抵达这个小镇的时候，当时第一感觉就是：这是我内心的马孔多。马孔多是马尔克斯在小说《百年孤独》里描写的小镇，有连绵的阴雨，也有连绵的干旱。初见圣佩德罗，百年孤独的感觉油然而生。后来我亲自前往哥伦比亚，在哥伦比亚追随马尔克斯的足迹，从首都波哥大，到卡塔赫纳，一直坐车到非常内陆的山里，走到马尔克斯的家乡，也是《百年孤独》的原型，真正的马孔多——阿拉塔卡塔。但是去了之后，非常失望，感觉我心中的马孔多已死。而远在阿塔卡马的圣佩德罗，反而更接近我心里的马孔多。

阿塔卡马某些腹地可能有400年没有降水了，但是圣佩德罗是一个绿洲，地下水非常丰富，也有很多铜矿。智利前两年拍了一部电影叫《地心营救》，讲述2010年智利大地震的时候，阿塔卡马33名旷工全被埋在矿底下，通过自救，最后生还的悲壮故事。

阿塔卡马是高原，第一天的赛事，大家可以看到无尽的沙丘，这里最大的特点是遍布盐碱地，非常不规则，非常奇妙。踩在上面，脚非常难着地，完全不知道怎么跑，所有选手都认为阿塔卡马是四大沙漠里最难的一场比赛。沿途有一棵树，我们给她起名叫 Lonely Tree（孤独之树），这片广袤的荒漠中，她是你唯一能看到的树，很远就能看到，我特别喜欢，无论做选手还是担任工作人员做赛道插路标时，每天经过那棵树的时候都会看上两眼。

阿塔卡马沙漠是 NASA 在做火星实验的地方，因为那里的地表非常接近火星，也有世界上最大的天文望远镜。现在澳大利亚西部的珀斯在建更大的天文望远镜群，但是阿塔卡马是全世界最美的可以观测星空的地方，就像我刚才和你描述的那轮明月所在的星空！

3.

行李 还去冰岛参过赛？

程远 对，那次也受伤严重，右脚踝扭伤了，真的是每一步都痛，有好多次在路上特别荒凉的地方，前后无人，都想退赛，或者思考这些经历的意义是什么。每当这时就想起陈叔的话：年轻人，人生终将不同。

其实相比许多去过的地方，冰岛并不算大美。但由于火山喷发形成的 lava field（岩溶原）非常有意思，一个一个的小包。那次也是不好跑，要胆大心细。风很大，都能把人吹倒，而且很冷，连续几天一直在下雨，即使回到营地，帐篷也是湿湿潮潮的，非常痛苦。

行李　是什么季节？

程远　8月初盛夏，那次最难忘的是长赛段，70公里左右，是我要迎接的第一个长赛段，我还有脚伤，一出发就是大雨，大到看不见路的那种。我和中国选手莉莉（Lily）一路结伴，彼此都不多话，就是快速走，觉得身边有伴儿，很安心。翻过几座大山之后我们分开，当时唯一的信念就是希望尽快到终点，我知道如果到了晚上只会更冷。我一路狂奔，用别人的描述，就是"瘸着腿走得飞快"。经过一片海滩时特别兴奋，北大西洋的海浪伴着风雨，咆哮着拍打着岸边的岩石，我喜欢这样粗犷壮美的风景。后半程百无聊赖，就听音乐，我比赛前专门放了一些双人对唱的歌曲，就你一句我一句地唱，风雨兼程，超了很多人，见谁超谁，就是想赶紧到，太痛苦了，终于在晚上七点天还大亮的时候到了终点。

行李　我平日其实是不看朋友圈的，偶尔不小心看到你的朋友圈，每次都要停下来看很久的照片。照片都很壮美，鲜有人至，你们撒哈拉沙漠的赛事也很壮观，尤其纳米比亚境内。

程远　纳米比亚的沙漠和阿塔卡马有点像，但也有很大不同。它们都紧邻大海，阿塔卡马靠近南太平洋，纳米比亚靠近南大西洋，都形成了海岸的荒漠地区。纳米比亚沙漠是因为从南极过来的本格拉寒流而形成，是一种低气压的寒流，笼罩在海面上，使海水蒸发缓慢，没有办法到陆地上，形成了纳米比亚相对独特的景观，一边是海水，一边是沙漠。

纳米比亚的人口密度仅次于蒙古，从空中看，它有世界上最古老的沙漠纳米布沙漠。在这里比赛的7天，你能够感受到顽强的生命力。荒漠上有那种盛开千年的贴着地面的有点像美人蕉的花，有长颈鹿、狮子、豹子等动物。在这么干的地方怎么会有动物呢？我提到因为本格拉寒流让整个沿海地区都笼罩在一层湿气中，湿气停留在植物上面，很多动物就依靠这些湿气活了下来。我在纳米比亚的时候，真的会感慨大自然的神奇，它既是残酷的，又是恩惠的。

行李　一次比赛，就是一次现场的自然地理课堂。

程远　也能看到社会的变迁，纳米比亚的撒哈拉赛事是一个命途多舛的比赛。2005 年，撒哈拉比赛在埃及举行，我们穿过了埃及的世界文化遗产鲸鱼谷、白色沙漠，终点就在金字塔下。但从 2011 年开始，整个中东局势非常差，那年回国的时候，头一天在独立广场还发生了大爆炸。2014 年，我们就把撒哈拉赛事迁到了约旦。到 2015 年，恐怖组织活动非常猖獗，在约旦也有杀害日本人质的事件。我们每一场比赛中有来自 40 个国家的选手和志愿者，美国人和英国人都占了相当的比例，非常容易成为这些恐怖分子的目标。在没有办法的情况下，我们把撒哈拉赛事迁到非洲的纳米比亚，但是希望有一天还能回到埃及，或者回到约旦。

　　玛丽在最初创立撒哈拉沙漠赛事的时候，觉得埃及如果形势不好，我们还有苏丹，还有利比亚。十几年过去了，苏丹分裂为南北苏丹，利比亚的卡扎菲政权被推倒，叙利亚甚至土耳其也大乱了。我们做比赛，同时也会深入了解地缘政治。逐渐发现，不光是一些美景在慢慢消失，而且在科技发达、物质如此丰富的今天，很多地区其实还不是那么和平。不止非洲，欧洲也是，对我们来说，这是很伤心的事情。

行李　我一直想问所有从事户外运动的人，这么艰难，也危险，为什么一定要涉足户外呢？到底有什么意义？

程远　对我而言，其实是机缘巧合。但也有冥冥之中的命运之神牵引着你，因为第一，我非常喜欢自然。第二，比赛中，你能看到非常顶级的选手在前面跑得非常快，但我们也会鼓励慢的选手，这也是玛丽在极地长征的使命里强调的：鼓励选手挑战个人极限，探索地球上最荒芜原始的地方和未经破坏的文化，让所有有抱负的人都能够在赛事上获取自己意义上的成功，以及终身难忘的体验。我特别感动的是，无论快慢，大家在这个比赛中都相处和谐。第三，和当地这些人打交道，是特别珍贵的记忆，我们也为探索过的少数族裔及部落留下记录和做出贡献，试着去改变他们的生活，我们有非常多的选手在比赛的时候都带着慈善项目。

我也在想，为什么一直这么喜欢参与挑战？这完全是因为多年前刚到美国时，为了对抗海外留学时那个孤独的自己。当时无论是我的专业，还是所处的生活场景，都比较孤独。孤独的时候怎么办呢？然后我到了挪威，开始喜欢上了越野滑雪，然后越滑越长，慢慢到了 20 公里、30 公里……后来开始越野跑，越来越远，慢慢找到了内心的宁静。这么多年，把这种热爱也持续了下来。

到世界各地参加不同越野赛，对我来说，一是希望看到更多壮美的风景，用本真的心去体验这种大美。同时，我还希望自己的人生更加坚强，更加有韧性。我们的人生艰难而孤独，但是值得为之去努力，这是我最大的收获。

在比赛中结识了各种各样的朋友，也是人生非常大的财富。其中一个跟我年龄相仿的选手，他说喜欢感受那种摄人心魄的美，当然也附带着皮开肉绽的痛。还有一个女企业家，生意做得特别好，她说之所以参加极地长征，是需要一次深度自虐，为了磨砺意志，获取强大的心理能量。她也需要空间和自己对话，反思生活、工作的种种。同时，她也深深迷恋返璞归真的户外生活，和自然融为一体，过最简单的生活，欣赏最壮美的生活，还有不曾预期的友谊。

我并不推荐大家每天去跑步，我觉得这是个人选择。这个运动是否适合你，需要你自己摸索，也许还需要契机。但是，人生有诸多挑战，你选择什么样的生活，我觉得这是不一样的。

多年前，我在班夫电影节上看到一部纪录片，讲述两个小伙子从澳大利亚用无桨帆船划船到新西兰的故事，他们说过一句话：探险不是谁第一个登上了某座山峰，不是谁第一个跨过了某片海域，探险是你到达了平时去不了的地方，做平时做不了的事情，再回到生活当中来，让生活变得更有意义。参加极地长征，跑遍这个世界，还要能回归到我们的生活中，在生活中影响到其他人，变成更好的我们。

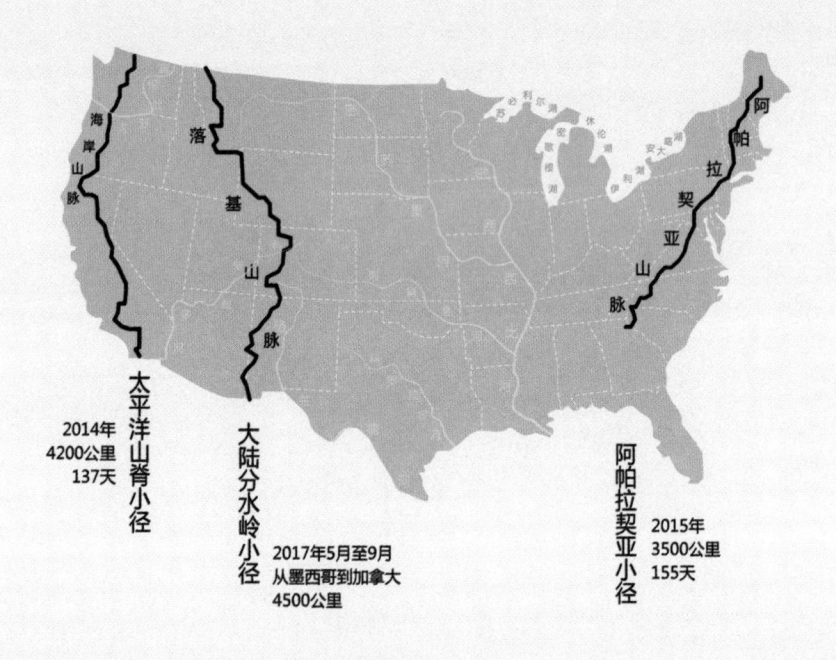

张诺娅

海岸山脉

落基山脉

阿帕拉契亚山脉

太平洋山脊小径
2014年
4200公里
137天

大陆分水岭小径
2017年5月至9月
从墨西哥到加拿大
4500公里

阿帕拉契亚小径
2015年
3500公里
155天

2015年春天，我们和远在美国的张诺娅有了第一次远程采访，2013年她因为用37天徒步走完美国科罗拉多栈道，2014年再用137天徒步走完4200公里的太平洋山脊小径，而广为国人所知。之后的每一年，我们都和她有远程访谈，因为她永远在创造新成绩：2015年，用5个月徒步走完3500公里的阿帕拉契亚小径；2017年，徒步走完4500公里的大陆分水岭小径。

太平洋山脊小径、阿帕拉契亚小径、大陆分水岭小径，合称为美国长距徒步的"三重冠"，是所有长距徒步者心中的圣地。张诺娅用4年时间，从一个户外小白，成为完成三重冠的首位华人女性。

所谓长距徒步，简单而言，就是长距离徒步。1991年出生于重庆的张诺娅，高中以前都没接触过户外，更不知道什么长距徒步。当她17岁来到纽约念书时，湛蓝的天空、学校后面的小山、相对自由的环境，使她忽然"发现"户外，从此一发不可收拾。

2015年第一次采访她时，她才24岁，大学刚刚毕业，朝气蓬勃。如今，她已研究生毕业，在一所留学机构担任老师，将户外运动和她的心理学专业完美结合，虽然不过27岁，但已为人师表，胸怀天下。

她出生于中产家庭，但几年徒步所需的费用，全部是她自己利用假期打短工挣得。她是大家目前尚有偏见的90后，但利用徒步这扇窗口，她窥见了（并且借助采访，成功地向我们展示了）绝大多数人都不曾知道的美国；借助徒步，她也找到了另一个更为宽广的自我，找到了她自己的生命哲学。

张诺娅

4200公里的太平洋山脊小径，
是张诺娅继的第二条长距徒步线路。
137天，途中会有多少次这样的回望呢?

[摄影/张诺娅]

张诺娅　如果这条路是安逸的、安全的，我宁愿停止旅程
　　　——太平洋山脊小径徒步

　　诺娅在她的个人网页上只用一句话介绍自己："那个徒步的姑娘。"这个一个月前刚满 24 岁的姑娘，是怎么徒步的呢？2013 年，她用 37 天徒步 800 公里的科罗拉多栈道，成为第一位完成这条线路的中国女性；2014 年，她用 137 天纵穿了长达 4200 公里的太平洋山脊小径，成为了第一位徒步完成这条线路的中国人；一个月以后，她要挑战 3500 公里的阿帕拉契亚小径，一条仍然没有中国人完成的徒步路线……

　　但她并非职业的徒步者，她大学主修心理学，崇尚并严格执行极简主义，喜欢绘画、哲学。她还写很好的文章，内容涉及徒步、装备，以及心灵独白。她的故事，似乎没有人比她自己写得更好，但我们仍然在长达四小时、间隔 14 小时时差的远洋聊天里，谈到了很多她文章里没有写到、却对她很重要的一些内容。

〔黄菊　2015 年春天采访〕

1.

行李　诺娅，晚上好！（美国时间）

诺娅　菊姐，早上好！（北京时间）

行李　你的很多变化好像都是从 2012 年开始的，那一年你才 20 岁，我们就从那一年聊起吧。

诺娅　2011 年我上大二，那年年底的最后几天，我跟第一个男朋友分手了。我们恋爱了三年，从高中最后一个学期一直到大学，两人在不同的学校，异地恋，你知道的，经常煲电话粥、视频，虽说隔得远，还是在不知不觉地牵制和影响彼此的生活。

　　我在国内没玩过户外，从小到大都是乖乖女，很少做出格的事，所以第一段恋爱也是冲着结婚去的，但不知不觉就把自己束缚了，觉得女人就该找份好工作，拿一个体面的学历，相夫教子，甚至当个全职太太也可以。分手以后，我突然觉得特别自由，有好多事情想做，也很想挑战自我。新学期开始后，我就开始参加学校组织的徒步活动。学校每天会有一份活动名录，上面每个活动我都去参加，遇到了不少有趣的人，而且马上去哥斯达黎加做了义工，有新鲜的经历。

行李　我看那段义工经历对你影响不小。

诺娅　其实义工对我们的影响，也许远远比我们对那些孩子的影响大。哥斯达黎加义工之旅中，我们为当地农场的孩子免费教学，每天早饭后就开始劳作：挖坑、搬石头、推土、捡垃圾、做手工、种树、除根、垃圾分类、清理农场……几乎每天都能体验一种新东西。我们住在专门为志愿者准备的树屋里，下雨的时候会有隆隆的响声，树屋里随时会有蝙蝠和蜥蜴光临，夜晚能听到各种虫鸣、鸟鸣、猴子叫、蝙蝠叫，是纯粹的泰山式生活。

行李　你的极简主义，是从那时开始滋生的吗？

诺娅　差不多在那前后吧，或者说更早一些，那年年初我就开始了对自己的极简实验。我想看看，在金钱付出最小的前提下，人能获得多大的精神满足。反之，在物质极为匮乏和简陋的状态下，人的快乐是不是会像我预想中的那样被放大、被升值？在哥斯达黎加，我发现人没有许许多多必须有的东西，也能照样生活，甚至生活得更好，需要的东西越来越少，已经有的，不想再有更多；没有的，如果不是必须有，就不求。

行李　生活习惯也相应改变了？

诺娅　对，那期间我培养了几个爱好。坐，坐在悬崖边，坐在湖岸，坐在荒原上，坐在大地的任何一隅，然后躺下仰望天空。由坐延伸出来的是静坐和冥想，灵修的老师说，让浑水变清的唯一方式，就是让它静静沉淀，安放和等候是唯一的步骤。第二个爱好是看日出，比起日落，我更爱日出，日出不仅代表一天的开始，还意味着你要比太阳起得早，随之就有手握大把时间的富足感。

行李　极简主义除了去掉一些不必有的，是否相应留下了最想坚持的？

诺娅　的确，比如旅行，那段时间我有了很多短途旅行，也做了很多疯狂的事：每到一个城市，就一定要爬那里的山或是上到最高点的观景台，俯瞰大地。我爬上了蒙特利尔、墨尔本和匹兹堡的最高处，都没什么挑战性，坐在高处远望的感觉总是"欲辨已忘言"。我最大的变化也发生在出门前收拾行李的时候，以前总觉得忘记了带什么东西，现在只要不是没了就活不了的东西，就尽量少带。

行李　由俭入奢易，由奢入俭难，突然变得极简，需要很大意志力吧？

诺娅　意志力是极简生活的一部分，为了培养意志力，那半年，我跑了三次 5000 米长跑，用周末爬了 4 座雪山，还进行了大大小小的无数远足。那年 4 月底，我开始了吃素。

行李　穷游的原则也是那时培养起来的?

诺娅　对,我决定不买单反相机,镜头不能代替人眼,我不想只为了好照片才去看好风景。我也从此爱上了沙发客和搭便车,这种方式几乎不花钱,还可以认识新朋友,听神奇的故事,开拓眼界,增长见识,震撼心灵……

行李　那期间有认识什么重要人物么?

诺娅　其实在那之前认识的两个人就已经开始改变我:李睿和王玄。王玄从纽约跑马拉松去洛杉矶,全程 4000 多公里,跑了 89 天。李睿正好相反,从旧金山一路搭便车去纽约……那是个疯狂的夏天,这群疯狂的人拓宽了我的想象力,也让一些疯狂的概念在我心中扎下了根。李睿说,重要的是要有故事,故事就是人最大的财富。我喜欢新事物,爱冒险,不喜欢贪图舒服。舒服花钱,重点是没有故事,一点波澜起伏都没有,我是怎么虐怎么来。如果这条路是安逸的、安全的、安然的,我宁愿现在就停止旅程。

我信奉"不去会死"的观点。从那时起,我开始冒险,甚至在许多人眼里就是玩儿命。我发现人是会对恐惧上瘾的,每次在山路上、在高空、在悬崖边、在物质条件极度匮乏的时候,我感到了最深刻、最切肤的恐惧,同时也得到了最平淡、最真实的自由。而且在比较自虐的旅游和户外运动中,体验人的极限,会有更多的自我发现,它们带来的成就感是无可比拟的。

行李　如果只是为了看风景,为什么一定要用这么辛苦的方式?

诺娅　因为不只是为了风景啊,经历是财富,经历过的心态更是财富,路上遇到的人也是财富。走了这么多的路,风景早就忘记了,它们对人的影响和改变很小。其实大自然里,有没有风景,都要很开心,这个比较重要。

行李　中国人有"穷在屋富在外"的习惯，意思是出门要带足盘缠，你小小年纪，反倒相反。

诺娅　这可能与我的家庭环境有关。我是外公外婆抚养长大的，父母在我三岁的时候离婚了，然后妈妈来了美国，爸爸在北京工作，我在重庆。外公、外婆没有把我富养，而是希望我多吃苦。很多人摆脱不了物质带来的安全感，但我从小到大没有过物质上的忧虑，有很强的安全感。我知道，如果万一有什么情况，家庭能做我的后盾。就像释迦牟尼出生的时候是皇子，早就过了物质关，所以他之后可以安贫乐道，对物质没有多余的念想。我从小就特别节俭，第一次逛街已经17岁了，还是在来了美国之后。小时候的零花钱都拿去买书了，所以梭罗和爱默生的观点我不仅能接受，还能执行。

行李　你是到了美国之后才开始阅读爱默生和梭罗的？

诺娅　在国内也喜欢，但那时从没玩过户外。户外的好处就是，你得把东西都背上，这时候你就知道，"我只有这么少的东西也能生活下去，而且能生活得更好。"这在城市里比较难以实行，但自然界是培养极简主义的沃土。智商的某个理论叫"多重智慧"，说人的智商不是单一的，而是有8个方面，其中一个叫作Natural Intelligence，就是对大自然的认识感悟能力和与大自然相处的能力。

行李　也不乏一些"走遍世界又如何"的人，可能外在环境一变，人也就变回原形，对外在形式的依赖比较多。

诺娅　那些人的内心不够强大，走遍世界很容易，每个人的初衷不同，有人是真的热爱行走，有些人走出去，就跟买一辆豪车、买一栋房子一样。旅行也是消费品，行走经历也可以拿来炫耀，甚至更能得到赞许，尤其在现在这个仇富的社会里，有很多人玩户外和摄影的动机是不纯的。

行李 话说回来，极简主义、哥斯达黎加的义工之旅，那算是你的转折吗？

诺娅 并不是，我觉得只是我以前的潜能没有得到挖掘，现在被挖掘出来了。就像我以为我只是土地，其实是土地之下的火山。单身以后，以前被压抑的想追求自由的心理有点爆发。我是学心理学的，挺喜欢思考，喜欢有意义的事物，喜欢给他人带来价值，所以我就开始在网上分享我的故事——2012年时，我用打工的钱几乎走遍了美国的山川，就是从那时开始分享我的旅行故事的。那一年确实改变不少，走出第一步之后，后面就来得简单，自然而然。而且上过高山、看过远景之后，层面提高了，就不想回到山谷里去憋着。这也是一个正循环吧。

行李 心理学是你自己选的吗？

诺娅 我一直说，不是我选择了心理学，而是心理学选择了我。因为我学起来特别轻松，得心应手，概念马上就能掌握，因为我从小就比较喜欢思考，属于内观型的。徒步也一样，不是我选择了徒步，是徒步选择了我。

行李 心理学哪些观念对你影响很大？

诺娅 很多，都是潜移默化的，但概念毕竟是概念，理论也是会被推翻的。我毕业之后最深的感触就是，人和人之间的差异并没有我们想象中那么大，既然大家都差不多，也就能设身处地为他人着想。

行李 感觉在西方，人人都强调自我。

诺娅 不，我们总是主观地去放大自我和他人的差别，许多观察都是不准确的。不对，我们的认知从来就没有"准确"一说，看到的只是大脑想让我们看到的。要认识到人的灵活性，并理解他人的行为，可能是当时环境和其他许多因素共同作用产生的结果。就事论事，不要对人轻易下结论，也别对自己轻易下结论，给自己改变的空间。人太复杂和美妙了,一句话、一个动作、一个决定的背后,可能有千万种因素在相互碰撞,理解万岁!

行李　这个认识,对你最直接的影响是?
诺娅　可能是更心平气和了?其实我一直脾气就很好,不对,那是因为咱们的样本都是 biased(有偏性的)。

2.

行李　美国对你影响大吗?我一个朋友说,原以为喜欢大海,到了美国才发现喜欢荒野。
诺娅　跟我一模一样,我在国内也最喜欢大海,因为海洋就是最大的荒野。美国对我的影响非常大,我来的时候 17 岁,接受新事物的能力很强。我对美国的第一印象非常好,因为我刚来就看到了日复一日的湛蓝天空。凭这一点,我就想在这里生活下去,虽然那时候还小,但可以看出自然对我的重要性。

行李　你刚去时就在纽约?
诺娅　对,住在皇后区,我上学的高中靠近长岛,附近有一片很大很大很大的公园,跟国内那种大叔大妈散步的公园不同,有很多 trail(小径),我经常一个人进去。

行李　比起国内的城市公园,纽约连中央公园也算是"野外"了。
诺娅　中央公园是都市公园,人造的东西太多,美国最棒的公园都是没什么人为因素的。我觉得美国对我最大的影响,就是给了我很多新的视角和可能性。在这里,你可以把日子过成任何一种模样,都不会有人去评判你、说你另类。你可以去做义工,去搭车,去过吉卜赛人的生活,也可以成为西装革履的精英。你可以把自己当成一样作品去雕琢，美国会给你雕琢的工具，还不会限制你……这也可能只是我的想法，因为我最喜欢不走寻常路，他人的观点对我影响很小。但在美国生存的华人，尤其是有身份困扰的，他们的选择性很小。

行李　你是怎么从乖乖女变成不走寻常路的？

诺娅　乖乖女主要是在学业方面，我可谓是中国教育精品，但是性格潜质里的特立独行是基因和后天因素共同决定的，比较深层，遇到土壤就会发芽。我从小就不太喜欢大家都喜欢的东西，但因为生活层面狭窄，经历少，主要搞学习，而且初、高中是在封闭式的外国语学校，那时没有同龄人那么爱玩，很严肃的样子，习惯用社会标准来定义自己的成功。上大学以后，不知道是不是落基山脉的低云、哥斯达黎加农场里的树屋、墨尔本的暴走、柬埔寨的湿热、越南的商贩、蒙特利尔的涂鸦……还是什么别的东西改变了我，内心的野马终于脱缰，文静学术女变身户外旅游驴。

行李　小时候跟外公外婆住，他们有按传统标准要求你么？

诺娅　不能这样说，我外婆非常严肃，她不会要求我一定要当第一，但至少要优秀。她性子急，事情会很高效率地做完，勤劳，不喜欢倦怠，又好学上进，都80岁了，还自学了电脑，现在经常跟我视频聊天，还天天看书，经常走动，思想观念很新潮，也很理解年轻人的想法。我们分开以后，她是最鼓励我去体验生活的人，家里最支持我徒步的就是她。这就是生命力的体现吧，她有很强的能量和场力。

行李　你第一次正式长距离徒步，就是走科罗拉多栈道？

诺娅　科罗拉多栈道是一切的开始吧，走上去的第一天就觉得特别适合长距离徒步。我的同伴王阳特别想家，不是很适应，但是我特别嗨，所以我说是长距离徒步选择了我。在那之前，我们都没什么经验。

其实出发前的两个月，我还从来没有听说过科罗拉多栈道。当时临近大学毕业，我在图书馆等公交车的时候，无意中看到了好友转发的一张图，说一个女孩子要一个人走这条栈道，那个人就是王阳。那时她刚毕业，也喜欢旅行，我就联系她了。结果开始徒步后，她第二天就和我分开，飞回她的城市，接下来的路就我自己一人走。

行李　都做了哪些准备功课？

诺娅　体能训练其实一直在进行：几乎每个周末都去爬山；多次长跑；半年的非洲舞课以及课上每回240次仰卧起坐；泡了一个月健身房练肌肉；多次负重徒步、trail run（越野跑）；读完了与长距离徒步有关的三本书；咨询过起码10位户外专家；参考过超过20份装备清单；提前两周到盐湖城和丹佛适应海拔；临走前拜访科罗拉多栈道总部，咨询具体情况……

行李　真是准备充分呀。这是一条怎样的徒步路线？

诺娅　首先要介绍背景科罗拉多，这是美国平均海拔最高的州，因为坐落在落基山脉之上，也是全世界户外爱好者的大本营。科罗拉多栈道全长800公里左右，平均海拔3139米，整个穿越落基山脉，要途经8条山脉、5个主要流域、6个国家野生自然保护区、5片国家森林。

行李　徒步需要多长时间？

诺娅　我走了37天。目前最快的世界纪录是7天，大多数人需要花40天以上，当然包括离开栈道去城镇补给的时间。

行李　中间升降起伏大吗？

诺娅　很大，虽然说徒步距离是800公里，但实际上我爬升和下降了57000多米，相当于把珠穆朗玛峰从底到顶上上下下爬6.4遍，每天爬升和下降的累积高度达 1800 米。

行李　这 37 天都经历了些什么？

诺娅　我在日记里是这么总结的：37 天，18 次一个人扎营，17 次无水扎营，无数次的雷雨，3 次独身夜行，5 片止痛片，4 次迷路，2 次接近失温，最长时 8 天 8 夜没有洗头洗澡，3 次扎营在林线以上，26 天完全一人独行，经常 24 小时见不到一个人……

3.

行李　决定走太平洋山脊小径（简称 PCT），是在这次徒步途中定下的吗？

诺娅　差不多是。科罗拉多栈道的收尾很赞，也直接影响了我走 PCT。之前很大一段都是一个人走，最后一个星期遇到了日本人长沼，在路上跟他走过两天，他是一个导师性质的人物，潜移默化地教给了我很多东西。他之前走过 PCT，所以我也向往了。

行李　长沼是一个怎样的人？

诺娅　他特别谦逊，日本人崇尚万物有灵，跟自然的连结能力很强，他对大自然的那种敬畏让我学习了不少。日本人做事很极致，甚至极端，但他们的那种劲头，很纯粹、很热烈，而且动手能力非常强，长沼总给我一种万事通的印象。我觉得他挺不容易，40 岁了，没有家庭，没有大事业，一直在做自己喜欢做的事情，社会压力肯定不小。不过他也出书了，在日本徒步界也是响当当的人物了。虽然赚的钱不多，但世俗意义上的成功对他、对我都没有什么吸引力。

行李　这两年出版了《走出荒野》这本书，作者就是走 PCT 的。

诺娅　那是谢丽尔（Cheryl Strayed）的个人自传，1995 年，她背着 60 磅的大包和比包还沉重的过去，跌跌撞撞地踏上了 PCT。17 年之后，她根据这趟徒步经历写了这本书，去年还被好莱坞拍成电影，但是跟徒步没有太多关系。PCT 只是她叙述自己生活的凭借，她不是玩户外的，可以当消遣读一读。

行李　PCT 是一条怎样的徒步线路？

诺娅　南边从墨西哥与美国的边境开始，一路向北，途经数十个国家森林和自然保护区，纵贯著名的西耶拉山脉和北喀斯科特山脉，一直延伸到加拿大境内，全长近 4300 公里，但宽度不超过 30 厘米，连自行车也不能进入，是一条完全的徒步小道。全世界只有美国的另一条徒步线路（大陆分水岭小径）和尼泊尔的喜马拉雅小径可以与它媲美。

行李　约翰·缪尔小径是不是有一段就在 PCT 这条线上？我有一年一直在看美国的自然文学，最喜欢约翰·缪尔，当时就是因为他才想去美国的，想去走走他书里写过的地方——优胜美地、惠特尼峰等地。

诺娅　对的，PCT 有约 260 公里在西耶拉山脉与约翰·缪尔小径重合，我也是借走 PCT 的机会走完了约翰·缪尔小径，剩下不重合的部分在惠特尼和优胜美地，我用另外两天时间完成了，总共 356 公里。

行李　感觉他对美国影响很大，不管是文学方面还是户外方面。

诺娅　是，约翰·缪尔著作等身，以他的文学作品让环境主义哲学深入全世界。他也是美国户外领域的典范：推动美国国家公园体系，为了保护优胜美地山谷到处演说，还创立了对后来影响很大的西耶拉俱乐部……他在美国影响很大，所以有一条专门的徒步小径就以他的名字命名：约翰·缪尔小径。这是全美国最拥挤的徒步小径，也是全世界最早作为景观来开发的长距离徒步路线。这也是我在整个 PCT 徒步中最难忘的一段。

行李　因为风景最好？

诺娅　西耶拉山是全世界最美的十大山峰之一，但难忘，主要是我走的时间不对，遇到了太多困难和挑战。它是一条传统的夏季徒步路线，但我去时是 5 月底，山上还是白雪皑皑，又没带雪具，走得狼狈不堪。但有雪的西耶拉太美了，我强烈推荐大家在 5 月底"作死"一次。

行李　这条路线就是约翰·缪尔自己开发的？

诺娅　不是，是西耶拉俱乐部和几代先锋探险家集体完成的，也是经过了数十年的努力，才在西耶拉这条狭长的山脊上开辟了举世闻名的约翰·缪尔小径。

行李　你在这条路上创下了哪些新纪录？

诺娅　这次走了 137 天，总共露营 99 次，单独露营 36 次，共 94 天不洗澡……我还在日记里写：我是一个女人，为什么要按照男人的方式来徒步？

4.

行李　在路上最艰难时，一般会用什么想象来安慰自己？吃东西，舒服地洗澡，躺着睡上几天几夜？

诺娅　主要是想洗澡、洗衣服，床比较不想念，只是想念干净地躺着的感觉，还有吃零食。

行李　想得最多的食物是什么？

诺娅　啊，水果！桃子和葡萄，无限循环！冰激淋比较偶尔，还有汽水，有一次特别想黄油……

行李 真正到了补给点,吃得下很多么?

诺娅 好问题。其实还好,主要是补充蛋白质,但在我的记忆中,没有哪一餐觉得特别好吃,可能是因为沿路都是美(国)餐。小城市里没有中餐、韩餐、日餐,不过我也不算是吃货,吃得健康就行,可惜长距离徒步,吃得都很不健康,高糖、高脂肪、高盐。一次长距徒步下来,身体重了一点点,但应该瘦了,因为脂肪少了,但是肌肉比脂肪重。

行李 中国的网友经常"恶搞",发进藏前后的照片夸张对比。

诺娅 我知道,我的肤色也有变化,但不大,就是头发特别容易打结,不敢梳头,梳不顺。

行李 路上不每天梳头么?

诺娅 没有梳子,因为不必要,极简嘛,当然也没有护肤品。因为路上长期不能洗头,走之前就会训练自己头皮的适应度,逐渐增加洗头之间的间隔。人的头皮是有适应性的,你经常几天洗头,它就几天痒一次。像那些一辈子不洗澡、不洗头的非洲人,可能一辈子不会痒。

行李 有觉得恐惧、孤独的时候么?

诺娅 比较少,恐惧的时候就是从雪坡上下来,太阳快落山了,觉得自己走不到宿营点。孤独的时候很少,因为走在大自然里,要经常观察外界,对周遭都要比较敏感,所以注意力是向外的。反倒是在人多的地方会感觉孤独,因为注意力向内了。

行李 那在野外久了,刚回来时会很不适应么?

诺娅 不会,我还是很喜欢和人交流,不然就不会学心理学。人流很温暖,亲朋好友聊聊天什么的,人类社会所在之地也很方便。

行李　心理学在徒步中时常发生作用吗?

诺娅　我很少去想学过的理论,但是徒步跟心理素质有一定关系。人都有很坚强的一面,人的意志力可以高过珠穆朗玛峰。我很幸运,能有这个机会去挖掘自己坚强的一面,应该是每个人都有,遇到了合适的土壤就会发芽。其实徒步当中的心理特别简单,就是一直埋头走,不需要太多心理作用。"我要活下去,我要走下去",都很本能。

行李　有人说长距离徒步就像打坐,最开始思维如瀑布,慢慢地归拢成一线小溪。这么长时间的走路,你的心绪经历过怎样的变化过程?

诺娅　有人通过静坐和冥想把自己的思绪净化,甚至把自己带到一个与神更接近的领域。我觉得这种体验也可以用重复的行走和奔跑达到,其实我每天的主要活动就是左脚、右脚,重复数万次,当身体进入一种韵律,和睡眠,甚至和沉思颇为相似,思想占据一切,身体可以视作不存在。经过一段时间的沉浸后,连思想也会渐渐消失,空旷忘我,灵肉皆无,那双脚似是我的,又似不是我的,脑海里几乎没有任何念头,背上几乎没有任何重量,我好像成了天上的飞鸟,或是一棵静止的大树。

行李　跑步、徒步、骑车,都是这样,一直走一直走,直到自己变成道路。

诺娅　是的,但是不能单线循环,我觉得自己不能在山里一直待着,因为学不到新东西。如果四肢发达了,头脑没有进步,就没有正循环了。所以看书和走路要齐头并进,不然哪怕有了很好的经历,领悟能力下降了,也不知道该如何去理解和感知。领悟力是需要学识和智慧的,所以老玩户外也不好,做一件事太久,就会有疲态。

行李　以后想从事什么事业?

诺娅　跟心理学有关,我现在在申请特殊教育的研究院,想主业当老师，一个是能看到自己的工作成果，一个是假期多。

行李 你毕业后一直在徒步，费用方面怎么处理的？

诺娅 不徒步的时候工作，挣够了钱就辞职去徒步。中间也有人非要给我钱，还有美国的一些朋友问我何不在脸书上建链接，做一个赞助栏。我也分享了一两次，大概收到了七八百美金吧，也是他们的心意。但我一直有工作，其实不需要捐款的，不可能把徒步建立在捐款上，我这么个人英雄主义，不会做这样的决定。我觉得"间隔年"、旅游、爱干吗干吗这些事很自私，也该自己买单，穷则独善其身。

5.

行李 你马上还要去走阿帕拉契亚小径（简称 AT），这个决定又是在 PCT 途中定下的？

诺娅 对，当时在 PCT 上遇到的徒步者，超过半数徒步者都曾经走过 AT，他们的故事让我入迷：为什么 AT 能吸引这么多奇人异士？这条路到底魅力何在？

行李 你遇见的那个小男孩儿托马斯（Thomas）也走过？

诺娅 是的，他今年 7 岁了，走完 AT 的时候才 5 岁，他自己还背一个小包，这是 AT 徒步史上年纪最小的一个。

行李 听起来又惊叹又惭愧呀，走 AT 会和之前的徒步有不一样的地方吗？

诺娅 没什么特别不一样的地方，但我会作为"自然之友——无痕山林"的志愿者，在小径上向大家介绍"无痕山林"，就是 Leave No Trace 的原则。

简单来说，就是不把城市社会的产物带入大自然，尽量减少对野外的改变。比如，在野外不能使用牙膏和沐浴露之类的产品，因为会改变水质；走路的时候要尽量不抄近路，而要在已经修好的小径上行走，要减少对未开发土地的使用；上厕所的时候要挖一个"猫洞"，结束之后连卫生纸也要带走；洗锅的时候要在离水源 60 米以外，不能直接在河水里洗；垃圾全部都要收起来带走，不能焚烧，更不能留在野外，等等。

行李　你一向不喜欢受束缚，为什么想要做他们的志愿者？

诺娅　作为一个喜欢户外的人，我在美国很开心：这里的天很蓝，水很清，夜晚可以看到星空。但是同在一片天空下，为什么我的国人就不能享受这样的条件？所以，我希望为环保做一点力所能及的事，让"徒步"这两个字拥有一些新的意义。在国内，喜欢户外的人走进大自然，有时候反而会对自然产生更多的破坏，光是看看景区的垃圾就知道了。树立一个观念很容易，但要具体落实到每个人的行动上，确实很难。我觉得这中间缺乏的就是教育，所以我想起头，用美国的小径当教材，把"无痕山林"的观念输入到国内去。

行李　如果要归纳一下，这几次长途步行，最大的收获是什么？

诺娅　长距离徒步的主题其实是人。徒步让人从网络、工作、社会关系中抽离出来，把所有所需物品背在身上，在每天极其简陋的条件下去体会物质生活之外的生存方式，是建立人与大自然、与他人连接的一个漫长过程。在走了科罗拉多栈道和太平洋山脊小径之后，回忆里最闪光的地方，莫过于路上遇见的人：那些踌躇的人、困倦的人、迷失的人、粗鲁的人、有无限潜力的人、睿智的人、有创造力的人、爱冒险的人……最重要的是，我遇到了我自己，那个我不认识的自己，那个我试图忘记的自己。

张诺娅

3500 公里的阿帕拉契亚小径，张诺娅用 5 个月走完。

[摄影 / 张诺娅]

张诺娅 孤身徒步 3500 公里
　　——阿帕拉契亚小径徒步

这一年，24 岁的张诺娅用 5 个月时间，孤身徒步穿越了 3500 公里的阿帕拉契亚小径（AT），成为第一个完成这条徒步线路的中国人。

[黄菊　2015 年秋天采访]

1.

行李　诺娅，这么早辛苦你爬起来（美国时间早上七点）。

诺娅　没有，我现在都是五六点醒。

行李　你以前也是这种作息么？

诺娅　这个作息是走完 AT 之后才有的。之前我是猫头鹰型人，现在十二点之前必须睡，之后就没有效率了。

行李　路上作息都是怎样的？

诺娅　AT 的作息和 PCT 非常不同。PCT 非常规律，那时经常和同伴一起走，加上雨水少、线路比较容易，基本上都能早上六点起来，晚上睡觉看走到几点，九十点左右最晚了。AT 上雨水多，线路难，经常不想出发，最晚八九点起来，十点出发，晚上七点左右收工，但是因为要写日志，整理图片（在手机上），经常弄到十点之后。这一趟走下来我的近视加重了好多，明天要去配隐形眼镜了。

行李　雨水多，线路难？

诺娅　是的，AT 所在的区域，除了新英格兰地区的部分，其他像中太平洋地区（纽约、新泽西、宾州、马里兰）和南部（弗吉尼亚、田纳西、北卡罗莱纳和佐治亚）属于亚热带潮湿性气候，本身就很潮湿，再加上 AT 徒步者在一年中最湿的春末经过大烟山，所以开始的一个月基本上天天下雨。

行李　徒步时这种湿热天气最讨嫌了。

诺娅　是的，有一个很有意思的事，大烟山被称为"徒步百慕大"，因为天气太不好了，泥泞，很多雾，有很多人走了一天才发现自己竟然是在朝反方向走，走到昨天早上出发的地方了。

行李　第一个月没有崩溃么？

诺娅　最开始的时候精气神很足，再加上读过这方面的资料，有心理准备，所以南部的雨水我还可以对付。但是到了宾州，天天雷暴，而且那时候几乎每天都能收到洪水和龙卷风警报，有一天走到下午一点，下一个庇护所在 10 英里之外，就不想走了。

行李　有专门针对 AT 的天气预报吗？

诺娅　按照 AT 上庇护所的名称，有专门的网站可以查，非常准确。AT 的配套资源挺丰富，虽然设施很古旧，比不上卡米诺，但这已经是美国理念中过度开发的小径了。

行李　洪水不影响你们在山上徒步？

诺娅　不影响，都在地势低洼的地区。那天后来有 4 场不同的雷阵雨，AT 上下过雨之后，小径会成一条河、瀑布，泥浆很深。但是后来在新英格兰就有极好的运气，几乎没有下过雨，尤其是缅因，是臭名昭著的潮湿，100 英里无人区经常听说有人失温，因为那里还要淌水过河，结果最后十天每天都晴空万里。

行李　AT 都是沿着山脊走还是怎样的？

诺娅　不是，是林中漫步。但每天都能看到开阔的风景，每个州不同。在白山，有差不多 10% 在林线之上，非常美。在弗吉尼亚，经常有开阔的草甸和高地，但是像宾州、纽约、康州就基本全部在林子里。阿帕拉契亚山脉地势比较低矮，因为这个山脉非常古老，是地球上最有历史的山脉之一，经历了几百万年的侵蚀，把山给磨矮了，像落基山脉就是比较年轻的山脉，所以还很高。

行李　你知道地理学上怎么称这条山么？平行岭谷，一道岭一条谷，交叉进行,除了这里,还有另一个地方有很典型的平行岭谷,就是四川与重庆交界带的川东平行岭谷,从华蓥山开始,到重庆市内的歌乐山、南山,一直到三峡,都是。

诺娅　哇,厉害,AT 是沿着最东边的那条。

行李　走完了 AT,有激发你深入学地理的愿望吗?

诺娅　我高中就很喜欢地理,之后在大学也有修过地理和地质,现在更想好好学了。比如在 AT 上,几个朋友拉我回大烟山看萤火虫,回来的路上我还买了地质学的小手册。

行李　萤火虫一般在什么地方聚集?

诺娅　萤火虫在 6 月份的山野间都能看到,大烟山有一块是它们繁殖高峰的聚集点,一年中只有 3 天左右时间,公园会给出预测,所以摄影师们就纷纷跑去了。那次大概有 40 多个朋友吧,从美国各地赶来。那时我已经走到弗吉尼亚北部了,又因此回到大烟山,在 6 月里再去欣赏我在 4 月的阴雨里错过的景色,很有感触。他们说 AT 徒步者常在最糟糕的时间经过本来很美的景色。比如经过北卡的时候是 4 月份,杜鹃花还没有开,那里的杜鹃花树形成一个个隧道状的长廊,这就是 AT 别称 green tunnel 的由来。再向北,到了弗吉尼亚,杜鹃和山月桂相继开放了。还有一种花,这边叫作 pink lady's slippers。

行李　是兰花的一种吧? 拖鞋兰。

诺娅　是的。只见到过一次。大烟山有一种小花,spring beauty,漫山遍野都是。走之前我在手机上下载了认花的书,可惜不太好查阅,好在美国同伴几乎都认得,后来植物学朋友们一起开车走蓝岭公路摄影,也帮我认了很多植物。有一个徒步大爷告诉我,他经常跟孙子玩一种猜动物的游戏,一个人问问题(有关动物习性的),另一个人回答 yes or no。我真的感觉美国孩子太幸福了。

行李　这次走了 5 个月,正好是因为本科和研究生期间有个空挡?

诺娅　走长距徒步线路的人多半是两类:刚刚毕业的学生和已经退休的老人。似乎他们最有时间,但其实重要的不是时间,而是自由度的问题。我们都拥有一年四季,拥有白天和黑夜,拥有浪费时间和珍惜时间的机会,幸运的是,我"不得不做"的事情相对较少。

行李　看到你在个人网站上说,"我 24 岁,但我已经很老了:今天是我已有生命里的最后一天。除此之外,我一无所有。"

诺娅　是的是的,除此之外一无所有。

2.

行李　简单介绍一下 AT 吧。

诺娅　AT 全名为 Appalachian Trail,阿帕拉契亚小径,是一条美国国家长距景观栈道,途经美国东部 14 州,全长 2180 英里,合为 3500 公里。起点位于佐治亚,终点位于缅因,一次性走完 AT 的平均时间是 6 个月左右,与"太平洋山脊"(PCT)和"大陆分水岭"(CDT)合称美国的徒步"三重冠"。

　　去年夏天,我在 PCT 上遇到的超过半数徒步者都曾经走过 AT,他们的故事让我入迷:为什么美国东部的这条陡峭潮湿的小径会召唤这么多人前往,在泥泞寒冷和没有景色的小道上与自然和自我斗争?世界上很少有这样一个地方,能让来自不同背景,说着不同语言,有着不同财富积累和社会地位的人们成为并肩而行的朋友。AT 有一种神奇的魔力,这条宽 30 厘米,长 3500 公里的山中丝带连结了一群热爱挑战,渴望回归山林的人们。

行李　这还是一条充满了象征意义的路。

诺娅　对,AT 不仅仅是一条徒步线路,它的情怀和象征意义每年都感召着全世界的"朝圣者"。AT 徒步者的形象大致如此：文青，左派，生活简朴，有独立意识，革命，隐居……

行李　为什么？在美国，AT 既不是最早的，也不是最长的徒步小径。

诺娅　这跟走它的人很有关系，它虽然不是最长，但是在最长的时间内一直都是第一个，因为 PCT 和 CDT 出现得太晚了，而且走 AT 的徒步者中出了不少名人。过去 100 年来，AT 徒步者的年龄从 5 岁到 85 岁，用时从 46 天到 8 个月，目的也包含了从体育竞赛到艺术创作，他们一起为 AT 的"栈道文化"注入了活力。

行李　都有哪些人物走过？

诺娅　2014 年，克里斯蒂安·托马斯（Christian Thomas）完成了 PCT 的徒步，我和他在栈道上有过短暂的相遇。前一年，年仅 5 岁的他在父母的伴随下完成了 AT 全线，成为了史上年龄最小的 AT 通径徒步者。还有一位盲人全程走过。但 AT 上最重要的名人应该算是盖特伍德奶奶了。1955 年，一位叫艾玛·罗伊纳·盖特伍德的农妇在《国家地理》杂志上看到了一篇介绍 AT 的文章。文章中称，迄今为止只有 5 个人一次性穿越了这条小径，但还没有一位女性。盖特伍德当时已经 68 岁，是 11 个孩子的母亲，23 个孩子的祖母，30 个孩子的曾祖母，但她毅然决定挑战一下这条"小径"，于是她足蹬一双运动鞋就轻装出发了，随身携带的东西只有一条军用毯子、一件雨衣、一块塑料浴帘、一套换洗的衣服、一个小药箱，还有一点吃的（也只是一点牛肉干、奶酪和坚果而已，其他果腹的东西只能靠在旅途中的林子里寻找了）。没有地图，没有指南针，没有旅行手册，没有帐篷，没有睡袋，甚至连个背包也没有。盖特伍德屡经风险，历时 142 天，终于完成了整个艰苦的行程。这次旅行让她瘦了 15 公斤，脚大了一号。5 年后，她再次踏上阿帕拉契亚小径。她最后一次走过阿帕拉契亚小径时已经 75 岁高龄，因此赢得了"阿帕拉契亚小径上的盖特伍德奶奶"的美名。

行李　这真是很美国式的励志故事呀。有哪些文艺界的名人走过？

诺娅　有一些作家、艺术家也走过，关于AT的出版物也是美国所有户外资源当中最多的。

　　　比尔·布莱森（Bill Bryson）是美国当代最出名的作家之一，他徒步完后写了一本 A Walk in the Woods，这本书也被翻译成中文了，还被拍成了电影，我刚结束徒步那天上映，第二天就去看了，电影拍得很烂，不过原著不错。A Walk in the Woods 的德文翻译是《与熊野餐》，中文译名是《偏偏与山过不去》。经过了这么多路、遇见了这么多人、听了这么多故事，我觉得还是那四个字最恰如其分：林中漫步。

行李　为什么这些人没有聚集到另外几条小径上？

诺娅　还是因为基数大，因为AT在美国东部，当时修建的宗旨就是要让美国2/3的人口在开一天车的范围之内就能涉足这条小径。就是说，几乎两亿人口可以开几个小时的车就能到达小径上的一段。走的人多了，就会有很多故事，包括谋杀案，AT上的几个谋杀案都能牵动整个美国的神经。

　　　20世纪90年代，有一起引起全国范围关注的案子。在宾州，一个无业游民在一个庇护所开三枪打死了男生，强奸了女生，然后把她捅死了。2008年还有一起，有一个惯犯在山林里连续作案，其中一个姑娘在死前斗智斗勇，最后导致罪犯被抓获。2011年AT的纪录女皇詹妮弗·法尔·戴维斯（Jennifer Pharr Davis）当时是用46天破了AT的速度纪录，她就是用这趟旅程来纪念2008年那个姑娘。

行李　事故的频率高吗？你一个人连续多天单独出行，心里怕么？

诺娅　就跟坠机一样，概率非常非常低，比在高速路上开车身亡的概率要小很多。引起轰动，主要是满足了人们心理上的快感，而且很多宣传的人并不是经常去户外的。至于个人安全，城市里就安全吗？开车的时候不怕被酒架司机追尾吗？逛街的时候不怕被拦路抢劫吗？在大街上走着不怕天上掉大石头吗？不怕变态杀人狂跟踪偷袭吗？……城里不一定比在野外安全。

行李　我看这条小径在20世纪20年代就开始策划了，而且那么早就有了徒步小径规划师，这段是美国的徒步先河么？

诺娅　其实算是第一条超长小径，但是Vermont（佛蒙特）的长小径，还有加州的约翰·缪尔，都比这个要早，也没有规划师。在美国，每个州都犹如一个国家，有自己的地权法案，和自己对于小径的理解，落实到每一个州，还是那个州自己说了算。

行李　美国人真的很奇怪，一方面追求高速的东西，一方面，自然荒野保持得这么好，那个时候中国还是民国呀，他们已经有"徒步小径"的概念了。

诺娅　物极必反，也许是高速的东西已经很多了，才有精力去消遣，我们国家是农耕大国，历史悠久，现代国民对于土地的认识和美国人很不一样。美国人开疆辟壤，就好像是昨天的事情一样，他们的意识形态中一直有一种去开垦荒野的感情。我在路上遇到的旅伴"大猩猩"说，每个美国男孩心中最标准的男人模样，就是站在西部的荒原上，配一把刀，与狼共舞。这种情节很重，"wilderness"，也就是"荒野"这个词，对美国人特别重要。

行李　和我们相反。

诺娅　对，他们需要对荒野的向往，更需要荒野的存在。荒野是他们的爱国主义，是他们的民族情怀。

3.

行李 这次徒步之前做了哪些准备？

诺娅 做了去 AT 的打算之后，首先要保证自己在半年期间的温饱；其次要征求家人的同意。在几份短暂的工作和约稿之间，我还在忙着研究生项目的申请。令人欣喜的是，就在出发的前一个月，我收到了 UT 的录取通知，也筹集到了足够的经费继续上路。家人方面，外婆依旧很支持，老爸依旧中立，老妈最开始的反对也渐渐平息，前提条件是我必须在秋季准时回来上学。

行李 有了之前几次长距徒步的经验，这次顺手多了吧？

诺娅 有了去年准备 PCT 的宝贵经验，今年的 AT 显得小菜一碟。而且这条线路的补给充足，几乎不用邮寄包裹。沿途地标明确，都用白色油漆标出，所以也不用准备地图。对线路做了一番研究后，貌似就可以不用再担心什么了。但是为什么 AT 的完成率只有 20% 呢？为了了解这个情况，我去买了好几本徒步者的传记。其中一本是 AT 女皇詹妮弗·法尔·戴维斯在第一次通径徒步之后出版的回忆录，当中的描写把我深深地震撼住了：她在一天之内被蚊子咬了 137 个包；在林子里发现了一具刚刚上吊的尸体；被寂寞男青年骚扰；每隔几天就被雨淋成落汤鸡；被闪电间接击中；在镇上遭遇酒鬼；饿得渴得神志不清；经常手脚并用还要攀岩……另一本传记 Hiking Through 中的情况也没有好到哪去，作者在旅途的最后几个月，几乎天天需要睡在旅馆里，已经身心俱疲。

行李 为什么这么难？不是在美东，两亿人都可以方便抵达么？

诺娅 在横向比较了这些徒步者的经历之后，我总结了接下来必须攻克的几大问题：美国东部亚热带湿润气候的阴雨天气，使装备全湿；泥泞路面行走；雨中吃饭和上厕所；宾州、新罕布什尔和缅因几处地方的石头路面,还有一些手脚并用的攀爬路段;小径上复杂的流动人口;高湿度的夏季徒步天气;8月份美东森林中难以对付的蚊虫,等等。

行李　沿途风景足以犒劳这些辛苦吗?

诺娅　来徒步之前,都说AT没有景色,全在林间漫步,单调无聊。我倒是很喜欢它"绿色长廊"的风格:绿叶、藤蔓、青草、苔藓目不暇接。雨中,白色的雾气穿过森林,整个小径仿佛是"天空之城"的走廊。每到开阔之处,便能看见云海沉入山谷,远方的山峰漂浮着,仿佛白色奶油蛋糕上的巧克力……

行李　树种、植被如何?

诺娅　树种很有意思,南方的海拔总体比北方高,但是因为纬度低,主要是枫树和橡树。中间的部分,榉木开始多了,胡桃树也挺多。麻省以北就有很多硬叶林。弗吉尼亚那边主要是各种橡树和枫树,也有榉木,偶尔能看到松和杉。我还买了一本认树的小册子,一两天之后,发现山里我见过的树都认得差不多了,因为种类并不是很多。

行李　你最喜欢什么树?

诺娅　很难说,之前特别喜欢桦树,反倒是徒步科罗拉多之后,发现桦树喜欢潮湿的环境,经常长在小溪旁边,那时候是夏天,水旁的蚊子特别多。AT上的树,挺喜欢橡树,独立,高大挺拔,很坚定的样子,而且AT上最古老和最大的树都是橡树,还有两棵专门被当成地标。还很喜欢榆树,笔直笔直的,很干练。哪怕是现在回到城里,还是很喜欢靠近树木,它们给我的感觉很独特,是一种很平静安宁的感觉。

行李　"如果有来生,要做一棵树,站成永恒,没有悲欢的姿势。一半在尘土里安详，一半在风里飞扬。一半洒落阴凉，一半沐浴阳光。非常沉默非常骄傲，从不依靠从不寻找。"这是三毛对树木的念想，不过估计三毛对树的认识不多，树千差万别，只有极少数树是这样的。

诺娅　对，生物学太奇妙了。树承载了很多象征意义，它身上的各个部分都很有寓意。这次带我去大烟山看萤火虫的两个朋友都是植物学出生，一个是博士，一个是年轻的博物学家，花草树木鸟兽虫鱼都能辨认，我受到了很多启发，之前对大自然的美感一直保持在一个形而上的态度，但是他们让我意识到，每个生物都有名字，都有独特的习性，应该从科学的角度去认识、了解。

4.

行李　和以前一样，这次也是打零工攒的旅费？

诺娅　是，自己攒的。其实相比城市生活，徒步无需支付房租、汽车保险，更没有城市中的购物诱惑，因为买来的新东西多半带不走。把钱花在物品和人身上，不如把它花在经验、经历、奇遇上，这就是我的理念，You are your stories。

行李　那些徒步的人都和你一样么？

诺娅　至少我不是特例，在 PCT 遇到的徒步者，许多都辞去了高薪的工作——《走出荒野》的作者在徒步 PCT 之前是餐厅的服务生，《尤吉 PCT 指南》的作者是全职服务生。还有人沿途打工，常年生活在栈道上。在餐馆端盘子当然不是最体面的工作，却最能支持我的徒步计划：如果做了一个更长期的工作，在半年之内就卷铺盖跑路，确实不是件靠谱的事情，而且在简历上写着也不光彩。办公室的生活也不是我向往的，至少不能起到锻炼的功效。为了徒步，我放弃了他人眼中体面的生活。这是一种取舍，一种选择。在"稳定"和"自由"之间，我们选择了后者，也自然选择了它的苦涩。

行李　值得的，5 个月，穿过了好几个季节吧？

诺娅　是的，过了 3 个季节。最开始的时候，佐治亚的叶子还没长出来，在初夏的时候进入弗吉尼亚，那时候和两个特别聪明的同伴"大猩猩"和"闪电"一起走，他们都是很有生活常识的高手，算是博物学高手吧，很多生物都能认出来。大猩猩刚从斯坦福毕业，他在纽约乡村的农场长大，父亲是动物学家，从小教他各种哺乳动物的叫声。他把猩猩的求偶啼声学得最顺溜，经常跟我们表演，故得此名。他爹心血来潮了就会拉着他和姐姐俩人进行公路旅行，一出走就是 5 个月。每次公路旅行都有个主题，内容涉及战争、地质、植物、政治，等等，主要"授课地点"在各大国家公园，当然沿途顺带介绍常识，从汽车维修，到美国公路系统，到各地文化。

还有杰斯特，他是美国徒步的"三重冠"，就是 PCT、AT、CDT 都走过，早年在波士顿大学读的电影系，后来接触长距徒步之后就几乎没有稳定的工作，于是干脆出了几个纪录片。这次重新走 AT，就是为了拍纪录片，他非常幽默，肚子里满是笑话，经常给我们讲他在各个徒步线路上的故事。还有一个人，他其实不算是一个 AT 徒步者，也只和我同行了几英里，但是从某个角度讲，他从精神层面上陪我走完了 AT。我们在宾州见过两次面，之后再见面就是登顶之后了，他还在 AT 的终点卡塔丁顶上给我留了条子。

行李　怎么影响你了？

诺娅　能让我从 AT 徒步者的身份跳出来，站在一个局外人的角度看我此次的旅程。因为自己走路的同时，会融入徒步者的身份，这时候就比较容易忘记初衷，忘记徒步的价值和意义，而仅仅把走路当成工作，当成一个必须完成的任务，所以非徒步者总能带给我对 AT 的新鲜理解，他们不会了解徒步的痛苦，而一直抱着一个特别乐观向上的态度，这对我的正面作用很大。

行李　他是怎么看你们的？

诺娅　他和科罗拉多上的长沼一样，户外的境界在我之上。他对 AT 非常了解，也算是一个很有长距徒步潜能的人，但不像许多外界人士对我们的简单崇拜，而是有一种在另一个世界的同僚的感觉。让我记得，自己不单单是一个徒步者，我在另一个世界里也有自己的身份。

　　这次还在路上遇到了心中的女神阿尼什（Anish），她是 PCT 无支持纪录的保持者，今年夏天的计划是破 AT 无支持纪录。阿尼什的身体是一个永不熄灭的小火球，每天从早上四点走到晚上十一点，身上背着所有装备和补给，每天要走 40～50 英里，日复一日，没有一天休息。阿尼什的毅力和魄力再一次感染了我：头脑中的意志力也许能战胜一切身体上的痛苦，毕竟 "It's all in your mind"。

5.

行李　AT 沿途补给的情况还好吧？离城市这么近。

诺娅　纽约市、波士顿、亚特兰大、华盛顿，这几个城市我都去了。最远的波士顿离白山往返 5 个小时，华盛顿和纽约都可以从栈道上坐火车到达。亚特兰大就在 AT 起点，可见 AT 其实并不是那么野生原始。其他的补给城市就更不用说了，要是你愿意，每天晚上都可以睡床，因为 AT 穿过很多公路，只要你计划好，就能让旅店送车来接你，全部靠自己规划。AT 从某个意义上来说，玩法特别多元，所以一次要买几天的食物，一个脚程要走多久，并没有统一的概念。

　　AT 大致经过三个人文地区：南方、中太平洋和新英格兰。

沿着 AT 走一遍，从南方到新英格兰，可以领略美国根深蒂固的风土人情，乡下的，城里的。你完全可以把它当成一次美东人文和自然风情的旅游。

行李　沿途志愿者多吗？

诺娅　多，而且 AT 上的栈道奇迹太有创意了：有教堂大妈发放自己手工缝制的毛帽；有一个个用小篮子装好的零食；有烧烤、啤酒、急救箱、甜食、晚餐，最赞的是所有栈道奇迹的准备者（即栈道天使）都在现场，不像 PCT 上的奇迹都是无人看管的。这些天使们大多都不是 AT 徒步者，只是怀着一部分崇拜、一部分怜悯的心态，向这些山间"野人"提供物质、换取故事，也是一个很有意思的现象。

行李　庇护所呢？

诺娅　庇护所多是小木屋，三面墙加屋顶，偶尔有前厅和木桌。每六七英里就有一座，大小不一，最大的能睡几十个人，最小的只能睡五六个人。周围往往有林中厕所、水源、搭建帐篷的场地，这里也是嗨客们睡觉吃饭吹牛聊天嗑药避雨搭讪休息的场所。

行李　那很热闹呀。

诺娅　是呀，所以我对庇护所又爱又恨。我每天大约能经过两三个庇护所，每晚七八点钟结束徒步的时候，最后到达的那个庇护所多半都满了，因为有很多人每天只走六七英里，从一个庇护所移动到下一个庇护所，在最早的时间抢占位置。但我又不肯少走一点路，如果让我每天下午一两点就结束徒步，还不如要了我的命。我不希望让每天的徒步计划成为庇护所位置的奴隶。另外，庇护所是公共场所，不像帐篷里那么自由，想啥时候睡觉就啥时候睡觉。有些人在里面嗑药、喝酒、大声喧哗，你只能眼睁睁地瞪着。庇护所也是老鼠的乐园，老鼠对徒步者来说是比熊还恐怖的动物，它们牙尖嘴利，无孔不入，飞檐走壁，攀绳索翻背包样样武功了得。它们在夜里发出叫声，一个屋子的人都没法睡好，生怕自己的食袋被老鼠咬穿。这些山鼠和城里的同伙们品种不同，功力更甚。

行李 为什么不直接住帐篷？

诺娅 因为庇护所有一样东西让人无法抗拒：屋顶。试想，在倾盆大雨中走了一天，鞋袜都湿了，在雨里把包里的东西一件件拿出来，在雨里搭帐篷……庇护所是雨中的最佳避难所，一到烂天气就人满为患。

行李 一个人扎营的时候，不怕黑吗？

诺娅 这三年在林子里睡了两三百天了，人的适应能力是很强的，几次就能适应。倒数第二个晚上，还在走野路的时候正面看见一只熊，当时就发现它的眼睛发着蓝光，很漂亮。一共 7 只，其中 6 只都是一个人的时候看到的。最近的一次，我的背后是悬崖，吃完午饭刚准备走，一只熊就从栈道上摇摇晃晃地走过来。最近的时候离我两米，我录下了全过程，放下 gopro 准备走的时候，它就逃跑了。黑熊真的很惧怕人，一有风吹草动它们就会受到惊吓。很多人都会怕黑熊，带着很多防熊措施，但是这些人和野外的接触很少。接触越少的人，越会有超出经验价值的防备，反而是天天在野外生活的人，已经没那么敏感了。还有些人会告诉你熊是食草动物。

行李 你有走到崩溃，甚至后悔的时候吗？

诺娅 有，很多，就差一边走一边哭了。有些人问我为什么走 AT，我说，开始走 AT 的缘由很多，维持着走下去的理由很少。很有意思的是，这个夏天有一次出生入死的经历，还以为差点就挂了。

行李 啊?

诺娅 是和朋友去玩漂流,结果筏子翻了,我被盖在水下面,断断续续一分钟。那是白水二级,就顺着水漂了一段,水流速度太快,根本站不起来,也不能控制身体的姿势,腿撞到了石头。

行李 徒步没事,徒步间隙去玩,出事了。

诺娅 AT 太过技术,速度慢,反而不容易受伤。在白山的时候,几乎都是垂直极限,每天都是神奇的天路,那时候我给山坡的难度分了 1~5 个等级,5 是摔了会死,4 是摔了会残,3 是摔了会重伤,2 是轻伤,1 是小恙,白山几乎都是 3 以上,有些下坡路上的石头比小汽车还大,地底还渗水,导致石头上非常湿滑,长了苔藓的更是恐怖。后来对石头基本免疫了,树根和泥沼真的是很烦,但是我居然神奇地没有被树根绊倒过。

行李 你坚持走下来的毅力来自哪里?

诺娅 我特别想去卡塔丁,卡塔丁是缅因州的最高峰,也是美国东部最难的单日徒步线路之一,在我心里是一座神山,徒步卡塔丁是我早在大学时代就有的愿望。

行李 你可以直接去卡塔丁,不用全程徒步完呀?

诺娅 AT 上有这个文化:纯净式徒步,因为 AT 全程都被白色油漆标出来,有一个说法是,不能跳过白色油漆,不然就是作弊。

行李 卡塔丁为什么对你这么重要?

诺娅 大学的时候,我心理实验室的同伴很喜欢户外,那时候我还没有开始玩,对很多事情一知半解,她有一次给我看爬山的图片,当时我看见那山就差点恐高了。我被它的大石头路深深震撼到了,山脊尖利磷峋,就想将来一定去看看。

行李　现在走完 AT，你也成为了那 20% 中的一分子。前面讲到这条路线的完成率很低，你也有很多绝望的时候，是什么信念支持着你走了下来？

诺娅　这个答案很复杂，除了想去卡塔丁，一个很单纯的解释是：我没有办法面对放弃之后可能会带来的内疚和痛苦。有一句名言是：不管你相信你能做到还是不能做到，你都是对的。我选择了相信我能做到。

6.

行李　上次你说这次徒步要做无痕山林的志愿者？

诺娅　对，这次我以"自然之友——无痕山林项目"志愿者的身份在全程拍摄视频资料，这是徒步 AT 最重要的事。

　　无痕山林（Leave No Trace，简称 LNT）诞生于 20 世纪 70 年代的美国，是一项由政府机关推动、民间组织参与的大项目。现在 LNT 原则已在欧美户外界深入人心，核心思想是减少人类对野外环境的改变，不带来本不属于当地自然环境的东西，也不对当地的自然生态造成人为的影响。

行李　具体而言要怎么做呢？

诺娅　有很多很多细节，举一个行走路线选择的例子，应当把步行范围控制在已经被开发好的小径上；如果一定要脱离小径，尽量在石头和沙地等表面行走，减少对植被和脆弱土壤的破坏，减少"创造"新路径的活动，尽量使用原有的小径。在较为陡峭的斜坡上会有很多呈"之"字型的路线，有些人为了图快，抄近路从山坡上直接下坡，而不沿着小道行走。抄近路可能方便了徒步者几分钟的时间，却永久地改变了土壤，甚至造成更加严重的侵蚀，让这片土地在之后完全不利于人类行走……

行李　虽然很好，但执行起来，真是需要系统的科学知识支撑呀。你的环保理念建立的过程是怎样的？

诺娅　我在 2013 年徒步科罗拉多小径的时候，被日本人上了一课，才知道怎么样洗碗不影响水源、怎么样扎营能保护土壤、什么叫作真正的"Pack it in, pack it out."我敢打赌，能真正做到这三点的户外人，少之有少。

　　后来 2014 年在太平洋山脊，我的好朋友每天都要在小径上捡一件垃圾，还向我解释为什么卫生纸不能和大便一起掩埋、为什么果核不能顺手丢在野外、为什么可降解的香皂和沐浴露不靠谱……我们热爱大自然的户外人，走入山林之中，有时候却会对山林产生更大、更直接的破坏。

行李　AT 结束后最大的收获是什么？

诺娅　结束 AT 不久之后，我在飞机上被邻座的美国姐姐问道，这次徒步中你学到的最重要的一课是什么？我思考了很久，毕竟 155 天的旅途中存储了太多信息需要消化。我最后给她的答案是：拥抱每一天，把低潮、沮丧、琐碎、挑战，都当成是经历里不可或缺的部分，当成故事的养料。

行李　最后一个问题，你现在有没有一点点名人负担？

诺娅　小学六年级时，爸爸问我要不要出一本作文书，我那时作文写得很好，但是我坚决地拒绝了，"不，我不要出，我不要出名。"所以其实现在有一些小烦恼，但整体上没什么负担，我的生活方式、习惯，基本上没太受影响，但我在网站上都留了联系方式，想联系我的人都可以联系到，现在会有朋友在徒步沿途联络我，在我个人网站上留言。

　　最近比较烦恼的问题是很多人要和我一起走，比如想和我去走接下来的大陆分水岭小径，这是徒步界的珠峰，我觉得他们只是想跟我走，而不是真的想走这条线路，这就是名人负担的一部分。如果有这个机会，我还是挺想澄清一下，长距离徒步真的不是每个人都适合，我也是走了很多很多路之后才确定自己适合，说走就走对长距离徒步不太现实，放弃率会很高。如果长距离徒步不是你这一生中最重要的事，是你当下可以放下所有事情去做的事，那你中途放弃的可能性会很大。

但有时对我来说也是好事，很多以前想见不能见的人，现在好像梦寐以求地实现了，这一次徒步认识了很多人，也了解到国内徒步的情况，我还蛮开心的。

我也有想过做自媒体，后来还是觉得安安心心找一份工作（就是当老师）比较好，以后如果要出书，还是一个副业。但我其实有一点点平天下的感觉，既然是第一个走这条路的人，如果要去开拓这个新疆域，应该也会带动很多人对徒步的兴趣。我也想让更多人知道，所以肯定会有不同声音，这是不可避免的，我也把它接受成一部分吧。

我的梦想是，以后每个中国家庭都有一些基本的露营装备，能开车到人不是很多的地方住一住，但是目前国内是两个极端，一个是去人山人海的地方，看人海，这是游客式的；一个是精英化的登山徒步。国外就正好相反，两头的人不多，中间最多，基本上每个家庭都有一些户外装备，都会带着孩子去玩皮划艇，在外面搭帐篷、睡睡袋，过年、过节、放假，都会去国家公园。

长距徒步中,
很多时间只有一个人独行,
拍照也只能自拍。
[摄影 / 张诺娅]

张诺娅

第一次到美国之外的地方徒步，张诺娅和几个朋友结伴去了山地王国尼泊尔。

[摄影/张诺娅]

张诺娅　如果你不关心那里，登顶 N 次又如何？
　　　　——尼泊尔 8000 米雪山区域徒步

　　在徒步王国尼泊尔，最为人熟知，也相对容易实现的徒步线路，一是 EBC，一是 ABC。前者是指尼泊尔境内的珠峰大本营，在尼泊尔的东北角；后者是指安纳普尔纳峰大本营，在尼泊尔的西北角。后来为方便起见，大家便把以 EBC 为目标的整个徒步线路泛称为 EBC，而把以 ABC 为目标的徒步线路泛称为 ABC。

　　这样两条已经非常成熟，也堪称流行的徒步线路，对张诺娅来说，技术上非常简单，但出人意料的是，从尼泊尔徒步归来的她，竟然患了抑郁症。

[黄菊　2016 年春天采访]

1.

行李 这一年怎么安排得这么满？用 5 个月走了 AT 这样的长线，又去了美国很多其他地方，还跑到尼泊尔走了 EBC 和 ABC 线？

诺娅 这些其实都是 AT 后半期定下来的旅途。主要还是当时心情焦虑，风景不够养眼，略觉得无聊，期望想象中的那种探险出现。刚好夏天的时候得知户外闺蜜佶扬姐要辞职，她打算半年"间隔年"。我知道她有辞职的念头挺久了，一直犹豫不敢下手，她做出决定之后挺为她开心，就约了好几个线路，其中包括尼泊尔。

行李 你对尼泊尔的计划是什么时候开始的？之前没来过吧？

诺娅 尼泊尔在心里一直有一个很模糊的"我想要去"的念头，直到 2015 年年初，那时候还在一边焦头烂额地准备 AT，一边打工。偶然间看了《我是歌手》，听到韩红的《回到拉萨》，一下就振奋了。那应该是 1 月份左右，就从网上买了指南书，决定去了。

行李 不会吧？竟然是这样的缘起。你之前没去过西藏？

诺娅 很神奇，我没有去过西藏，但不知道为什么那首歌让我联想起尼泊尔。一直以来我都心气很高，觉得有些地方近年来去的人太多，就像帅哥一样，大众情人，对我反而没有吸引力，西藏和阿拉斯加就有点这样。但是现在我对这两个地方越来越期待了，尤其是在读了很多关于它们的作品以后。

行李 对尼泊尔的印象是怎么一点点丰实起来的？

诺娅 一方面是看书，还买了《雪豹》；另一方面是看视频。因为我们去的人挺多，EBC 只有我和佶扬姐，ABC 除了我俩，还有另外三个朋友，一共五个人。

行李 这好像是你第一次约伴徒步？

诺娅 是的，尼泊尔应该是一个结束和过渡吧，我今年可能不再会有类似的徒步，但这个结局非常完美。因为之前的徒步都是一个人开始、一个人结束，这次其实是第一次享受约伴同行的快乐。同去的人不仅武功高强，而且都志同道合，让我想起了自己最初开始徒步的时候，也是因为"人"的因素，但是后来走进林子后，又开始独立了起来，日积月累，并不觉得徒步是需要群体化的事情。不过尼泊尔，如果不是有同伴，我很难想象。并不是因为它有多么难，而是因为12月份是淡季，同路者非常少，而美景太多，心里有很多感觉，和同伴抒发是非常快意的一件事情。

行李 从听到《回到拉萨》开始，到真正徒步之前，其间准备的过程怎样？

诺娅 其实挺焦头烂额，在美国徒步了这么久，这次还算是第一次在美国之外的区域徒步。因为是另一个国家，货币、签证、交通这些都需要联系起来，还有一个重要因素，我们的行程安排得特别紧。比如ABC，一般人是10天，我们是要7天完成ABC，还要去Poon Hill（布恩山）；EBC也是，LP的估算很保守，是16天，我们是12天完成，另外还要去Gokyo（格吉欧），比一般的行程快一倍，中间尤其是交通部分（比如坐飞机去卢卡拉）就很让我担心。

　　但从去AT之前就一直在阅读相关资料了，前前后后看了一年，对尼泊尔累积了很多印象。还读过一篇EBC的游记，作者是个姑娘，因为高反，她几乎每天都处在"不能再走了""再走就要死了"的状态中……但是对尼泊尔的画面是日积月累的过程，从童年就开始了，蓝天雄鹰玛尼堆，雪山青草美丽的喇嘛庙……心里是万分向往，但我一直觉得自己理论学习不够，对尼泊尔的文化背景了解得不是很多。我的伙伴倒是对宗教有很多研究，也去过阿里的冈仁波齐转山。尼泊尔还得再去很多次才能体会，这次去了三个地方都没有看庙，有点遗憾。

行李 尼泊尔就是这样一个地方,你不做研究,会觉得那里很世俗,一旦做了研究,精神就会有朝圣的心理,无数灵异大师、修行者,都把那里的山当作家园。《雪豹》里那些长篇的风景描写,最终都从风景层面进入了精神层面。

诺娅 很少有人会觉得尼泊尔世俗吧,哪怕是最浅薄的认知,也会被那里的群山感动,尤其是对登山史有一定了解的人。

行李 坐拥喜马拉雅的国家,当然不止一个,但只有尼泊尔真正拥有山地文化。

诺娅 去之前我对尼泊尔的政治和地理做了研究,他们也有三级阶梯,但真正去了还是很吃惊。麻雀虽小,自然带却是五脏俱全。

我们去的季节是淡季,路上几乎没有什么人,尤其是昆布地区。看到有些人每年都来,圣诞节几乎就是他们的尼泊尔假期,从欧洲飞过来,再从 Jiri(吉里)出发走到卢卡拉。我在走之前读到过关于尼泊尔环境问题的报道,其实这个国家是很缺树的,水土流失严重,生态破坏严重。降落加德满都(简称加都)的时候就是这种感觉,空气质量很不好,也没有什么树。

行李 你从哪里飞过来的?空中看到雪山群了吗?

诺娅 我是从阿布扎比飞加都,从加都坐螺旋桨小飞机去卢卡拉的时候可以看到雪山群。坐小飞机时我们运气好,没有延迟,他们的小飞机是一半运人一半运货物,大概最多坐 20 人,去的时候先是飞过高山,离山下的村庄和田野非常近,左侧是喜马拉雅。然后不知不觉,像是飞进了群山的腹腔,周围的山都比飞机高,飞机就在两座山之间,像直升机,远处的雪山也看不到了。还在纳闷的时候,飞机就着陆了,完全没看见跑道。那跑道只有一条,比公路还窄。回程更是刺激,起飞时感觉那跑道修到山崖的一半就断掉了,有一个倾斜度。

行李 卢卡拉机场的跑道只有 400 米长，是全世界最恐怖的十大机场之一。

诺娅 卢卡拉比我想象中小很多，是一个山村小镇，和接下来昆布地区的镇子没有什么区别，石板路，错综复杂，我们刚开始的时候还迷路了 5 分钟。我们是超级快速的走法，第一天早上十点降落卢卡拉，马上开始徒步，当天下午就在蒙佐（Monjo）进入了国家公园，第一天的风光主要是峡谷、丛林、村庄。过了很多桥，看着脚下的河水，非常向往。第二天早上就到了南池市场，之前一直乌云密布，午饭的时候突然云开雾散，雪峰就纷纷露出来了。

行李 你对高海拔没什么反应？

诺娅 我从第二天开始吃 Diamox（丹木斯），这是队友走之前开的处方药，主要是增加血液浓度，预防高反。吃到第五天到达 EBC，后来还有很多高海拔就没继续吃。中间有两次非常轻微的高反，因为在狂风之中登顶 Kala Patthar（卡拉帕塔）和 Gokyo Ri（格吉欧里），海拔分别是 5545 米和 5360 米，没有怎么喝水。Kala Patthar 是去看日落，下午两点出发，大概三四点水杯就冻住了，因为风。Gokyo Ri 是我一个人去的，也是类似问题，虽然都有保温杯，但喝不了几口。大概第二天从南池市场开始，就进入开阔的喜马拉雅风貌，阿玛达布朗峰、措拉切峰、洛子峰、普莫里峰，雪峰群出现。

行李 EBC 能看到非常壮观的雪山群。

诺娅 是的，EBC 所在的萨迦玛塔国家公园其实专门为欣赏珠峰大本营和周边山峰而设立，这条线囊括的 7000～8000 米群山有：珠峰；珠峰南面 3 公里处的洛子峰（8516 米，世界第四高峰）和卓穷峰（7589 米）；东南的马卡鲁峰（8463 米，世界第五高峰）；北面 3 公里的章子峰（7543 米）；西面的努子峰（7855 米）、普莫里峰（7145 米）、格重康峰（7998 米）和卓奥友峰（8201 米，世界第六高峰）。

2.

行李 讲讲具体线路吧?

诺娅 EBC 其实是"珠峰大本营"的缩写,但大家后来把它扩展为对整个徒步线路的称呼,一般提到的 EBC 是一条往返线路:从卢卡拉(海拔 2800 米)出发,经过南池—腾波切—丁波切—卢波切—Gorek Shep(高乐雪)—EBC,到达珠峰大本营之后折返,往返时间约 10 天。在大本营的范围之内,还可以圈起一条环线,西有 Gokyo(高丘)圣湖,东有 Chhukhung(丘肯),这条大环线包括三个山口: Renjo La(仁佐)、Cho La(措拉)和 Kongma La(孔玛拉)。

人们常说的珠峰中环线即 EBC 加高丘湖区,有两种走法:顺时针经过卢卡拉—南池—高丘湖区—措拉山口—卢波切—高乐雪—EBC—丁波切—腾波切—返程;逆时针反向,先走 EBC,再向西翻过措拉山口至高丘湖区。完成时间平均为 15 天。

珠峰大环线即 EBC、高丘加三山口,这条线可以遍及三大游览区:丘肯、高乐雪和高丘。丘肯位于伊姆加河谷,可近距离观赏洛子峰;高乐雪位于罗布切河谷,可近距离观赏珠峰;高丘位于都德科西河谷,可近距离观赏卓奥友峰。三大区域由上面说的三个高海拔山口链接:自西向东分别为仁佐、措拉和孔玛拉,难度层层递增。完成时间约为 18～20 天。此线路在 2 号中环线的基础上,主要增加了丘肯地区的景色。

我和佶扬姐这次走的是中环线,再从 EBC 向西至高丘湖区,逆时针。但我们也是中途改的计划,最初没想到我们可以走这么快,最开始 10 天策划 EBC,到了第二天,就知道 10 天太长了,我们可以加高丘,其实我们还是运动员风格。

行李 像我这种有雪山崇拜情结的,到了那里可能会走不动。

诺娅 还好,唯一一座可以多角度看的雪山是阿玛达布朗峰,其他的

273

雪山会一直从一个角度看到。珠峰我们大概在四个地方见到过：EBC、卡拉帕塔、格吉欧里、高丘五六湖，很庆幸后来加上了高丘。

行李 亲眼见到，还是很震惊吧？

诺娅 很震惊！每天都处在"Wowo！Waa！"的状态中。尤其是穿过冰川，看到高丘第三湖的第一眼。当时的直观感觉是，喜马拉雅是山脉之王！之前看过的那些山脉，落基山也好，内华达也好，比起这些都不算山。昆布地区群山的尺度是我不能理解的，体积庞大，但又离人特别近，山上的纹路都能看得一清二楚。佶扬姐是登山的，一直在观察路线。

行李 你之前对雪山没这么迷恋吧？

诺娅 谈不上迷恋，我对好景色都比较贪，在美国的时候喜欢大漠孤烟。可惜12月是尼泊尔一年之中雪最少的月份。

行李 应该春季的雪量比较大。

诺娅 对，每年3月初到4月中是尼泊尔徒步的旺季，山上的雪最多，雪量也可以，最淡季就是12月，雪最少。但这次我们也遇到两次下雪，一次在EBC，一次在ABC。在ABC的时候，那场雪刚好是平安夜，那时候我们人也多，五个人，四个女生一个男生，女生的身上都起了疹子，就在房间里互相擦药，实在是很有意思。

　　那天平安夜下雪，下午的时候能见度很低，一直没看到什么，晚上云开月明，就看到眼前高耸的群山直插天际，脖子酸仰到才能看到顶。雪下大的时候，就站在客栈外面，闭上眼睛，听雪花打在身上的声音，实在很梦幻。

　　EBC非常难，每天都被吹得很惨，因为EBC非常非常暴露，风很大，尤其是在卡拉帕塔和格吉欧里的时候，好几次感觉人要被吹走了。水瓶是每天都会冻住，有4件衣服大概10天没有脱，包括睡觉的时候也穿着——晚上穿着厚袜子，用零下5度的睡袋，外加被子；白天外加两件羽绒服、一件硬壳（冲锋衣），戴三层手套。

行李　白天走路的鞋子呢？鞋子穿厚了走起路来容易出汗。

诺娅　我俩都是越野跑鞋，还是挺满意。只是每天用手比较困难，因为大概第三天之后就没有生活用水了，洗手都很困难，热水需要买，我们12天没有洗澡。中间洗了一次头，是人家拿了一盆热水，佶扬姐帮我一点点浇出来的。

行李　ABC要好多了吧？

诺娅　ABC完全不同，坐在大巴上就发现有许多热带植物。到了博卡拉，感觉像海滨城市，走了20分钟，衣服脱到只剩一件。一路上有峡谷、丛林，和EBC的干燥凛烈完全相反，一直有一种在热带雨林里前进的感觉。

行李　尼泊尔还是很酷，这么小，这么近，反差这么大。

诺娅　是的，感觉各地文化差异也很大。东部的Sherpa（夏尔巴）、西部的Gurung（古隆族），刚好是EBC和ABC的代表。我们没有雇向导和背夫，但是在EBC过5400米的措拉山口时有冰川，于是请了一个本地的夏尔巴。印象很深刻，夏尔巴挺帅的，小个子，但是跟想象中一样厉害。他和妻子在去高丘的路上开了一家小客栈，走那条线路的人都是要翻措拉山口，那个山口很难，大概有3级的难度，需要走冰川。夏尔巴不怎么会说英语，但是他妻子很能干，当天把我们送过山口，我们就让他回去了。

　　我们也是跟路上别人请的向导聊天才知道，这边的向导要从背夫开始做起，然后通过很多培训和考试，大概两三年的时间才成为职业向导。我们请的那位并不是向导，只是夏尔巴。

行李　他们这个体系应该很完整。

诺娅　非常完整，尼泊尔的向导是世界级的。

3.

行李 这路上最打动你的是什么？

诺娅 很多，遇到了一些奇人，比如有一个韩国小哥，在尼泊尔已经待了几个月，长得和夏尔巴一样黑了，差点被我们认成本地人。他胆子非常大，一个人走，而且走的是三山口珠峰大环线，难度很高。和他交流，觉得他身上有我这些年来遇到的那种"在路上"的人的勇气、好奇心和童真。另外一个斯洛伐克小哥走得很慢，很努力，但是坚决不用夏尔巴，自己一步步走冰川，我们都挺为他担心，他也是很有野心，比我们的计划都要险。还有很多擦肩而过的人，给我的印象都很深刻。当然最感动的还是自己的队友们，让我感觉又找回了自己。

行李 你们还好吗？这样的徒步，一般中途都会有分歧，甚至闹掰。

诺娅 我们是走完之后感情更好了，因为大家都是热爱冒险、热爱户外的人，他们的水平都在我之上。其实很好玩，一男四女，中间有很多角色扮演，大家都闹着玩，而且在山里，不插电，各种情绪都很在状态。

行李 就没有很艰难、像你之前看的资料里那个姑娘一样觉得走不下去了的时候吗？

诺娅 完全没有，景色太美了，特别想一直走下去。唯一担心的是过措拉山口的那天，就是有冰川的那天，之后就很简单了。海拔对我们影响不大，尤其是佶扬姐，完全没有影响，上坡一溜烟就没影了。但是到了旅途的最后，的确很疲惫，估计是被风吹的，虽然每天七点上床，第二天七点起来，但有时候我俩轮流着不想起来。每天都说，人为什么要徒步？毕竟 EBC 是茶餐厅徒步，很多人会慢慢享受，每天走两三小时，中午就找客栈住下来，泡一杯红茶，在太阳底下看书，懒洋洋的。佶扬姐大概实现了这个想法半天，我是完全没有，因为那半天我去爬格吉欧里了。

但是如果两人真的是下午两三点就不走了（这样也有两次），我们会觉得无事可做，还是要徒步才好。

行李　干吗要这么赶？

诺娅　一方面是速度野心，觉得能多看一点就多看，户外党可能就是有这个癖好，不走动就不自在，而且我们也是中途改计划，两个人都觉得很有挑战性，很刺激。之前我俩去科罗拉多大峡谷走双重穿越来着，都是耐力党，所以能走就走了（主要是我带了书，她没有）。她休息的时候就会洗衣服，一定要动起来，如果可以跑步我们就跑了。对了，他们每个人都是跑马拉松的，其中一位叫关成贺，是哈佛大学学建筑的。

像你说的，同伴很容易闹别扭，而我们都是争着抢着帮别人背东西。大家都特别爱玩，还一起去泡温泉（我觉得尼泊尔很适合情侣）。同伴还带了一只企鹅玩具，象征她在远方的男朋友。

行李　是你们都太强了，没出现状况。一般是在身体有状况后，情绪就会跟着变化。

诺娅　我们都很注意的，有一天关成贺有点高反，还冲在队伍最前面。到了 ABC 之后，我们开始在那里各种拍照，还下腰，有个女孩下不下去，大家就笑，结果据说把高反治好了。

行李　你现在也算见识过真正的高山了，觉得各个山之间差别大吗？有人觉得雪山都一样，有人丝毫差别都能认出，像人脸一样。

诺娅　每座山的差别都很大，有形状、姿态，就跟人一样。如果更敏感的，还能感知到每座山的声音、气味和心跳。其实我觉得珠峰反而不是最美的，从美学角度讲，我喜欢努子峰和措拉切峰，像美女微醉后倾斜的模样。在格吉欧里上面可以看见马卡鲁峰、洛子峰和卓奥友峰，真是"横看成岭侧成峰，远近高低各不同"。很想去西藏嘎玛沟看看珠峰东坡没有被遮挡的样子。

行李　我们平日通过影像所见的，只是一座雪山的标准证件照。真正徒步时，随着你位置的远近高低变化，山也跟着变化。

诺娅　是的，这次我带了一只小龙猫Totoro当吉祥物，因为那是我唯一的娃娃，还是四年前夏天因为某个前男友买的，每到一个地方就给它拍照（Totoro君也是走遍大江南北的孩子了）。在尼泊尔的时候，我常常联想起宫崎骏的某些作品，《风之谷》的原型就是在巴基斯坦，而喜马拉雅云生雾散的感觉也很像《天空之城》，尤其是高丘的湖水，的确是很美。

行李　如果下次还来尼泊尔，你会去哪里？

诺娅　想去Dolpo（多尔帕）、Mustang（木斯塘），你懂的。多尔帕是因为《雪豹》（书中描写的主要区域就是多尔帕，多尔帕内转线还是禁区，木斯塘也是。还想去西边几个湖区，Rara Lake（拉拉湖）什么的。尼泊尔可以徒步的地方太多了，但是个人觉得EBC和高丘是最好的，比安纳普尔纳好一些，虽然安纳普尔纳大环线也是想去的。我们到达安纳的第一天空气质量很不好，雪山群比较零散，而且感觉离雪山非常远，只有到达大本营的那天觉得在山脚下，道拉吉里峰也非常壮观，可惜都比较零散，而且ABC的海拔特别低。

4.

行李　现在尼泊尔快成为中国人的登山后花园了。

诺娅　我在博卡拉的时候，听到了对中国免尼泊尔签证费的消息。地震对他们的挫伤确实很大，从尼泊尔人的心理状态可以看出来，他们更加依赖外界，但又屡屡不顺，本来旅游业是尼泊尔的第一大产业，据说今年的游客只有往年的1/4不到。地震只是一小方面，主要还是印度的禁运，让燃料非常紧张。所以尼泊尔人对中国人非常友善，之前所有听说过的可能会刁难我们的事都没出现，而且还因为是中国人，屡屡捡到便宜，甚至有人主动给我们开出超低价，因为中国在尼泊尔修路，输送能源。但另一方面，也为尼泊尔可惜，这样一个历史悠久、风景绚烂的国家，也是亚细亚的孤儿，生活在政治的夹缝之中。尼泊尔人的性格是很软的，也许咄咄逼人一点就能掌握主动权。尼泊尔比我想象之中要落后很多，之前我去过最穷的国家是柬埔寨，但感觉尼泊尔有些硬件设施还没有柬埔寨好，虽然柬埔寨更加不堪一击。

行李　一个多世纪以来，世界各地最顶级的户外探险者都去往尼泊尔，但是对尼泊尔到底有什么影响呢？只是增加一点收入，增加在西方的知名度和曝光率么？尼泊尔又从中获得了什么呢？

诺娅　他们失去的也许比获得的多：夏尔巴人和国际登山者之间的纷争、商业攀登的合理性、山地资源的过度开发、高原环境污染……有很多过程似乎都不可逆的。但是尼泊尔的地理环境也决定它无法成为一个农耕大国，经济资源极其有限，交通难度更不用说，发展空间极小。从加德满都飞往卢卡拉的时候，往下看，觉得每个独立的小村庄都是传说中的世外桃源，有许多是在悬崖上伸出来的一点点小平地上建造的。当然昆布地区没有公路，如果不坐飞机，光是从吉里走到卢卡拉就要一礼拜，所以当地人去哪里都靠行走，所有的货物、食物、家具，都是人工驮上去的，包括西式马桶。

行李　那一带的国家，锡金已经不存在了，尼泊尔又这样，所以不丹还是很厉害，面对着印度和中国这样的邻居。

诺娅　前两天见了一个学生态的朋友，就聊了经济学和政治学对生态的影响。其实很多时候我们对事物的研究不能太独立，尼泊尔的登山文化也是这样。很多人来尼泊尔登山徒步，对这个国家却完全没有了解，只知道徒步线路是什么，哪些地方好看。如果不是仔细看了书，还不知道尼泊尔的环境问题这么严重。这是一般人不会想象到的，尼泊尔不全是大山吗？哪里会有环境问题？但事实上，现在尼泊尔的环境问题对他们经济的冲击很大：过度砍伐、水土流失、自然灾害、物种灭绝；或是动物习性、领地变化，与人类的冲突增加；空气污染（相当严重）……我觉得博卡拉这个地方也很有意思，这是尼泊尔的第二大城市，等同于咱们的上海，但它完全是一个丽江式的地方，主要的街道都是为了方便外国游客的消费而设置的。作为第二大城市，我无法想象上海成为这样，当然也不会想象丽江能成为全国第二大城市，感觉在博卡拉的主城区看不到真正的尼泊尔。

行李 也许他们就还留着喜马拉雅山麓那一块儿吧。

诺娅 喜马拉雅山麓那一块是最严重的，因为高原林生态更加脆弱，尤其是到了 4000 米以上，进入 Alpine Zone（高山带），那里的很多苔原都是很脆弱的，但是人类的使用也很没有节制。尼泊尔的城市化还不明显，城市人口有增长，但速度很慢，远不及山区。台湾高雄刚地震，看了一些类比资料。尼泊尔地震对于城市的冲击最大，加都那十座古迹坍塌之后，感觉城市的精气神少了很多。不过什么是尼泊尔城市的精气神呢？是络绎不绝的外国游客吗？尼泊尔也确实算是在历史的沉淀中求得了一种平衡吧，他们看似对这种"外来入侵"并没有太大的危机感。

有时候宗教会从某种层面上削弱一个国家的。自然环境方面，也许是"不得不"太多了吧。徒步的人会很有感触，在逆境当中，有时候乐观是一种活下去的必需品。离开尼泊尔之后去了中国，回到美国之后抑郁了一礼拜，算是比较接近真正意义上的抑郁症。我本科是学心理学的，知道症状，虽然从时间持续性和强度上并不能算是真正的抑郁,当时对任何事情都提不起兴趣,希望时间停止。

行李　是为尼泊尔的未来操心?

诺娅　旅途之后抑郁,偶尔有过,但这次来得特别猛烈。对尼泊尔的很多情绪是这些年来的一个峰值,在美国跑来跑去,很忙,也没时间沉淀。在尼泊尔徒步的时候,自然的那种宏大,和对人类极强的影响、控制力,会让人觉得特别脆弱。以前觉得只要风景够好,就能支撑着我走下去,走完 EBC 之后我告诉佶扬姐,如果没有她,我不一定能走下来,我完全不能想象一个人行走在尼泊尔是什么样的情状。首先是景色太好,每天都有惊叹号,必须有人分享,才能疏通管道。再次是环境太恶劣,风大、寒冷,徒步强度高、海拔高,就像是在高原的紫外线下烤红薯。自然环境的征程,和内心的征程,还有 EBC 本身的厚重感,都会是很大的压力,也是动力吧。

　　回来后会有忧虑,也有很多怀疑,困惑比笃定多。尼泊尔不是一般的复杂,却也不是一般的简单,因为有很多东西在徒步的时候不能顾及。背夫和向导会减少我们的生理负担,也减少了我们的心理负担,有一种天下太平的感觉,像你说的,他们都很坚强乐观,值得信赖,技术也是没得说。

行李　那到底是为什么抑郁?

诺娅　去年底加拿大班夫山地电影节上有一个获奖电影,*Sherpa*(《高山上的夏尔巴人》),导演之一也是著名攀登家、*Meru*(《攀登梅鲁峰》)的主角和制作者 Renan Ozturk(瑞南·奥兹图尔克),他对我的影响很深。其实任何西方视角看尼泊尔都是片面的,以人道主义精神、政治正确、国际关怀这些高尚情操,站在居高临下的角度,哪怕是有尼泊尔本地人的视角,也会显得片面。我倒是很希望看到尼泊尔本地人拍摄的影片进入视野,但是西方观众和媒体就是喜欢这样的片子。

行李　因为和他们自己所在立场一样，这也难免，再如何反思，也没法根除掉自己所在的立场。

诺娅　对，会有思考和反思，但不可能去推翻这个体系。说得深一点，有些人可能会说这是一种殖民，我相信国际学者和一些尼泊尔本地人会有这个看法。但是抑郁的最主要原因，还是因为尼泊尔的经历很美好，正面的影响远远大于负面的，在 ABC 的其中一天让我非常难忘。我们是先去的 ABC，返程时向西折去布恩山，所以和大多数人的方向相反，一路上没有什么同路的人。那一片林子非常茂密，就像童话中的黑森林，树木盘根错节，仿佛是走在宫崎骏的童话世界。每次走进这样的绿色通道，就像是走进了时光隧道，高大的古树、遍地的苔藓，和 PCT 上加拿大的温带雨林非常相似。我们当时在编一个故事，说是走出了这个隧道，就会回到古代，回到冷兵器时代，这时候就有一种希望美梦不要醒来的感觉。到了山脊上，第一次看见道拉吉里峰，这是这次徒步中、8000 米级雪山中看到最清楚的一次，整个南壁一览无遗，相当庞大壮观。

　　当时在尼泊尔，我们都有一种强烈的不想结束的愿望。过去三年的徒步，都是一个人，但是回想起来，我就是因为长沼这样的人才会这么热爱这项运动。那时走的途中，人越来越少，路越来越窄，会产生一种错觉，觉得这本来就是一种应该孤寂的活动，也许确实如此吧，感觉回到了本源。上次有一个姐姐总结说，我在徒步过程中的喜怒哀乐，很多时候和自然无关，而是跟同伴有关。有时候你会觉得人生是一段长路，路本身最重要，但是话说回来，和谁去看这个世界，会决定许多事情的质量。尼泊尔是一个我会想要再回去的地方。是的，世界很大，没有去过的地方太多，但我会对那里有一种情结。我的故事里需要尼泊尔，然后尼泊尔就出现了。我现在还没从那个时光隧道里走出来，如果再回去，应该是希望能更加深入。每次走过一个地方，就把自己的灵魂剥离出一点，留在了那里。

行李　不管 EBC 还是 ABC，在户外爱好者心中都已经算是大众流行线路了，你之前还走过那么牛的长距徒步，反倒是去了尼泊尔之后有这么多感触。

诺娅　尼泊尔从身体方面会更加磨人，那时候的心理也会敏感、脆弱，感知能力会锐化，下一次去尼泊尔一定会更有收获。

　　尼泊尔是一面镜子，这种离天、离神特别近的地方，也离人心很近，因为境由心生。尼泊尔的诠释方式有很多种吧，爱山的人在那里看到了山，有信仰的人在那里看到了神，研究历史的人看到了沧海桑田，摄影师看到了日照金山……在我眼里，我就是一个普通人吧，有一些热爱，有一些怀疑，还有一些空白和期待。

　　之前你曾问到前期的铺垫，尼泊尔前期我是很忙的，也没有太多想法和预热，故意降低了期望值。我们去的时间是淡季，有时候一个客栈里除了我们完全没有别人，这时候的尼泊尔就离人群很远，大山都好像没有名字似的，曾经是怎么矗立在那里，现在依然如此，不论人们对它做出任何诠释。我很喜欢这种状态。

　　可是有人出现的时候，这时候与他们的互动会更加敏锐，就像 PCT 上的感觉一样。前面和你说过的斯洛伐克小哥，走得特别慢，我们都有点为他担心。过措拉山口那天，要走冰川，容易迷路，很危险。我和佶扬姐就雇了一个夏尔巴当向导，当时也把他叫上跟我们一起走，但是他偏不肯。出于一种自尊吧，不想拖累我们，也不想给自己压力。他是我遇到的对尼泊尔研究得最深入的人，他能记得每一座山的海拔、每一条路线的形状，而且总是比我们对栈道的感觉更敏锐。

　　旅途上还有很多这样的人，年复一年，每年圣诞节都来徒步，而且不坐飞机，从吉里走一个星期到卢卡拉。

　　还有一个英国大叔，这是他第七次来尼泊尔，他在 17 岁的时候（20 世纪 70 年代）来这边嗑药，那时候完全没有徒步的概念可言,他们就从卢卡拉跑到南池市场,跑到EBC再跑回去,让我想起了《在路上》,一个充满了能量,却没有方向的年代。

还有那个韩国人,晒得跟尼泊尔本地人一样,看上去很沧桑。他胆子很大,什么准备都没做就来了,而且没有预防高反,一个人走三山口大环线,走得还比我和佶扬姐快,不知道为啥,他突然提到《小王子》,这个人让我想到了长沼,那时候他也提过《风之谷》。

……

这些人的一部分就留给了尼泊尔,把灵魂磨成了晶莹透亮的样子,然后保留着一颗赤子之心,去张开双臂拥抱世界的粗糙。

最感动的是要去措拉山口的头一天晚上,我们都很紧张,因为听说这个山口很难很难。向导要求我们第二天五点起床,六点出发,我们晚上六点就准备睡觉了。那时候大家围着炉火,谁都不说话,这时候我发现旁边有一摞书,里面有一本英文诗集,文字很美,不矫饰,很自然、质朴,有点大山的气息,还有点玄乎。当中有一句话:"His love was a sweet flame for as long as it lasted."然后我翻到扉页,上面写着:"我是Kevin Hull(凯文·赫尔,这本诗集的作者)的儿子,我的父亲在9天前去世了,他是一个对世界充满爱意的人。"上面还留了他的联系方式和他父亲的资料。他貌似是来尼泊尔徒步的时候听到父亲去世的消息,当时手里有这本诗集,就把它留在了大山里。

际遇或者缘分吧,心里有许多酸楚和感动,也联想到了自己的命运。刚好我们的夏尔巴向导就是这家客栈的老板,他不怎么会说英文,第二天要带我们翻越山口,我们担心他来不及走回来。他不知道怎么回应我们,就指了指他妻子,然后我们就懂了,大概就是有他老婆在这里,他再怎么样也是要回来的。那时候我记得佶扬姐特别感动。她和她先生是我最羡慕的一对,志趣、爱好、人生目标几乎完全相符,而其他不同的地方又很互补。她说如果跟先生在山里开一个小客栈,生活特别简单,也挺好的。我当时还反驳她，我说他们的幸福就跟 3 岁小孩玩泥巴的幸福类似，开心，是因为对外面世界的无知。

但我不得不承认，人类对自己的认知和对世界的认知是会带来痛苦的，而且痛苦是唯一的结局和出路。就像关成贺，他说想要回到红色革命年代，甚至冷兵器时代，当时引起我们一桌人的嘲笑和反对。后来我们走进了黑森林里，试想这里和冷兵器年代的样子又有什么不同呢？

理想主义有时候是一座完整的宫殿，有时候则是在废墟之中被精心保护的一朵花。我想走到尼泊尔来的人，都有些相似吧。我之前读过《进入空气稀薄地带》，觉得这本书可以起个别名叫《喜马拉雅疯人院》，人在高海拔的状态下，神志极度不清晰，做出的判断和决定非常荒唐。因为这次来尼泊尔的好几个朋友都是玩高海拔和攀岩的，大家也有讨论以后会不会再来，要爬什么山。其实我的心里挺没底，徒步对我而言是一种旅游吧，只是用脚和眼睛当交通工具罢了，但登山是另一种 commitment。

最后我们在博卡拉的狂欢节跨年，有一个很棒的尼泊尔年轻人乐队，看上去都像是大学生，用雷鬼的唱法唱他们写的英文歌，每一句歌词都把尼泊尔的一座城市比喻成美国的一座城市，不知道尼泊尔是不是也算亚细亚的孤儿呢？

今天我在朋友圈上发了牢骚，吐槽 ABC 不值得去，因为风景很一般。但是现在回想起来，境由心生，我在 ABC 上没有很关注外物，可能是因为 EBC 已经看过了美景，兴奋劲过去了，更多的原因还是开始与人交流了吧。

一个人走路的时候，路是大山，是自己。一群人走路的时候，路是队伍，是彼此。很久没有一群人走路了，有时候渐渐忘了还有同路人。前段时间有个姐姐采访我，她说，懂得示弱，表达渴望，会离你的爱更近一步。走遍世界，却没有走到你的面前。不知道这三年来是得是失，再过一个小时就要 25 岁了，有点伤感吧，不好意思，一下子说太多了……

张诺娅

长距徒步"三重冠"的
最后一条线路：
大陆分水岭小径。
这是三重冠里，
张诺娅第一次和其他人一起走，
三个来自不同国家的男生。
[摄影/张诺娅]

张诺娅　走到极致，每一刻都是彼岸
　　　　——大陆分水岭小径徒步

　　徒步的第四年，诺娅终于走完了 4500 公里的大陆分水岭小径（简称 CDT），成为第一位完成长距离徒步"三重冠"的亚洲女性。她用三年时间，取得了徒步者的博士文凭，并在毕业季里，在路上收获了她的德国恋人：丹尼尔。

〔黄菊　2017 年秋天采访〕

1.

行李　看你过去一周在国内跑了很多场，现在刚回美国，累坏了吧？

诺娅　还好。在北京做了四场线下分享会和一场线上分享会，然后去了趟黔西南，参观了新建的安龙国家山地户外运动示范公园，在那里探了一个水平洞穴，参观了溶岩美术馆，就是一个镶嵌在峭壁上的玻璃建筑，很有意思的地方。

行李　回国就一周时间，你还去了趟贵州？

诺娅　对，其实这次回国也是山岳美途包办的，不然还没钱买机票，哈哈哈。山岳美途和国家体育总局一直在合作国家登山健身步道，我两年之前去看过他们的总部，了解了一些登山步道的情况，步道现在已近3000公里了。之后总局又推出"三横三纵"的步道概念，第一条国家步道会是丝绸之路，据说修好后会有五六千公里。

行李　山岳美途是个什么单位？

诺娅　是一个规划单位，做登山健身步道好多年，国内的线路规划了十几条了。国内的步道目前是三足鼎立：林业局方面有国家森林步道，第一阶段推出五条，包括秦岭、太行山、大兴安岭等，有主线、支线和连接线，五条加在一起有上万公里；然后是国家体育总局在做登山健身步道，山岳美途就是在做这个，目前有十几条线路；然后是一些民间项目，如"大横断"。林业局的项目才刚刚开始规划，前端做得很到位，尤其是生态规划层面。

行李　这些步道是重新修建，还是利用之前的古道？因为大多地方都早有自己的步道，像大兴安岭森林里有猎民走的路，草原上有牧道，丝绸之路上有古道，等等。

289

诺娅　林业局的步道会优先利用古道、林区道路、废弃道路，会优先穿越当地的自然景观点，而且尽量利用已有的山间小径。古道是另外一个体系，在美国，景观步道和历史步道其实是完全分开来的概念。

行李　从使用者的角度，景观步道和历史步道感觉不必区分呀……

诺娅　是这样的，历史步道很多是为了考古和科研等专门列出来的保护走廊，是一个大区域，基本没有人走，也没有修缮，这是美国的情况。比如一些西征线路、印第安人逃亡的迁徙路线，等等，美国的历史步道其实更多地算是一种"走廊"，没有固定痕迹，也没有走出什么"小径"来，很多都是在荒漠和大平原上的迁徙。

行李　像游牧民族的迁徙路线，只能叫大道，成吉思汗大道之类。

诺娅　是的，每年会随着气候和草场的改变而变化。

2.

行李　你刚走完大陆分水岭小径，这是长距徒步"三重冠"的最后一条，也是最难的一条。这条线路是从你走 AT 的时候就已经在计划之中，还是更早的时候？

诺娅　的确是很有意思的"终结篇"。在"三重冠"里，走完 AT，便只剩大陆分水岭了。对于我这种强迫症，一定是要画一个句点的。AT 走完之后，其实还没有玩够。2015 年下半年几乎每个周末都要飞出去，10 月份去了科罗拉多大峡谷走双重穿越，在科罗拉多走四山口环线，连续两个礼拜去犹他州，然后冬天又去了尼泊尔走 EBC、ABC 连穿。

　　因为 AT 的风景没有满足我对景观的需求，而且我在那条步道上也没有特别固定的旅伴，总觉得跟它有隔阂。我发现自己对一条线路的喜爱程度，和那上面的人有着重要关系。

行李 不仅是你，就连我也觉得呢，日本的长沼就一直记得。

诺娅 是的，长沼对我，就像北极星，是一种导师的作用，虽然也有情愫。这次徒步大陆分水岭小径之前他还联系我，说想给我赞助一件装备支持一下，我就点名要了日本品牌 Montbell 的一款雨衣。

我在 2014 年去 PCT 徒步之前，就计划着走完 PCT 去日本找长沼玩，顺便拜访一些走过 PCT 的前辈。可是不知道 PCT 上会发生这么多事情，遇到卡洛斯、奶爸这样的人，把我带到另一个世界，走出来以后感觉整个人都偏离了出发前的轨道，日本就变得很不合时宜了，所以一直没有去日本。长沼近几年还是在各处浪，继续他的"钓步生涯"，一边徒步一边钓鱼。他已经在日本出了书，里面还写到我们的故事，现在想起来也是一件很浪漫的事。

行李 成长途中能遇见这样一位导师，真是幸运。

诺娅 每个人的人生中都需要一位高山仰止的导师，是一种鞭策和动力。然而，也需要一个优秀的同龄人，我觉得丹尼尔就是这样的同龄人。

行李 为什么遇到奶爸等人，日本就变得不合时宜了？

诺娅 因为旅途中的故事冲淡了我对日本那种强烈的渴望吧，就像这次从大陆分水岭小径回来，发现电脑中了病毒。长距离徒步就是一种病毒，它会改变你身体内的细胞，还有侵略性。

行李 你每走一次都会中毒一次？

诺娅 AT 感觉没有中毒，所以走完之后给自己继续"打鸡血""加毒药"，除了走很多短途，还爬了雪山，跑了好多马拉松。

行李 你整个就是"求中毒"的状态。

诺娅　对，徒步是一剂毒药，因为它有两个性质：第一，它时间很长，人一直在"打鸡血"的迁徙状态中，暴露在广袤而多元的自然景观之中，在完全"野生"的状态下迁徙，就是一种"长征"；第二，它有"社区"和"群体"，有"部落"，有同类，有徒步生态和徒步文化。所以这不光是一次长距离的修行，不光是一种有仪式感的私人体验，更是从内到外、从景物到内心、从自己到他人的远征。

　　这个群体的人数很大，有第一层的徒步者同伴，还有第二层的步道天使、第三层的远距离支持者和步道社区，所以区别于像探险家余纯顺、徒步者雷殿生的那种单人远征体验。当你的经历和其他人的牵扯交织在一起，当你们有了共享而独立的行走感官，这个故事就复杂了，会涉及人的独处层面和社交层面，把人的独居性和社会性都包括进去。

行李　这几年感觉你整个处于一种"打鸡血"的状态，另一方面，在这些频繁的出行中，你又在求平静。就像跑步看上去是动的，而跑步途中，内心其实非常平静。你一直不停地走，到底是迷恋这种动，还是迷恋动中的平静？

诺娅　你说得很对，就是迷恋这种转瞬即逝的"禅"的时刻，在跑步中叫 runner's high。因为徒步本身需要我们不停前进，不停转移，不停忘掉过去，向远方迈进，所以人会在一个很漂浮的状态。

行李　走到极致，就会出现这种漂浮吧？

诺娅　漂浮和浮躁是有区别的。浮躁的时候，不知其所求，也不愿意停止，对静态有恐惧。但走到极致是很难很难达成的，那就是我心中真正的朝圣之旅了，需要精神上有强大的依托才能完成，或许是宗教，或许是为了完成一个使命。走到极致的人，就是摆脱了这种躁动，他们的人生并不漂浮，每一刻都是彼岸，一种流动中的静态。所以一些真正的登山大师，自己也变成了山峰，成了道德修养上的典范。我在走分水岭小径的时候就想过,如果用一个词语来形容这次徒步,该会是什么?想来想去,结果竟然是:peace(平静)。不是说我有,而是说我没有。

但平静不是我所追求的,也不是我任何一次出发时的目的。有些人在经过了某些大喜大悲之后,或者在完全迷茫的时刻,想去走一走长距离徒步,而我的目的完全不在此。我不刻意追求宁静,或者说,我喜欢青春时刻的激荡。但在途中的片刻,捕捉到"此时此刻再无其他"那种安详,觉得与世隔绝、时光静止也毫不可惜,大概就是最珍贵的平静吧。

行李 真是年轻而坦荡,"我不刻意追求宁静,我喜欢青春时刻的激荡"。

诺娅 也许现在还不是时候,觉得自己火候未到,资历尚浅,还不能强求。

3.

行李 和我理一理大陆分水岭小径吧?

诺娅 大陆分水岭和阿帕拉契亚一样,也是一个平行岭谷。现在世界三大平行岭谷,就差国内没走了。分水岭贯穿整个美洲,从北美洲的白令海峡一直到南美洲的乌斯怀亚,美国的部分大概有5000公里,南北走向。大陆分水岭的徒步线路讲求尽量贴近真实的分水岭,但因为资金问题、组织问题,还有民间的抗拒,有些地方离真正的分水岭相距很远。

但这条小径在民间很不受待见,沿途除了科罗拉多和怀俄明对国家步道、公有土地有很好的开发经验之外,新墨西哥、爱达荷和蒙大拿基本没有步道。"没有步道"的概念就是要么走野路,要么走公路。

行李 感觉与整个美国的大背景出入很大。

诺娅 主要是美国的地缘政治。落基山脉有美国最大的牧区,很多农场主是最开始西进运动时移民的后代,也有近几年的"红脖"搬到那些州去,右派、比较保守,再加上美国是把私有财产保护到极致的国家,这些共和党大州自然不会很喜欢国家的项目。

行李 走一条步道,可以了解到这么多历史文化背景。

诺娅 步道就是移动的博物馆,一条5000公里的步道,能提供很多流动层面的风貌。蒙大拿的一些小镇荒凉破旧;怀俄明的大分水岭盆地里有一个叫作Jeffrey City(杰弗里城)的矿业鬼城,冷战的时候开采了很多锂矿,后来锂价格下跌,小镇的很多矿工又得了癌症,联邦在20世纪90年代采取了一些很不走心的补贴措施,基本对本地人没有助益,小镇现在只剩一些空房子、一间酒吧、几户人家;新墨西哥更是如此,它的人均收入在美国排列倒数前五……很有意思的是,美国经济最落后的州,基本都在南部。南部不适合耕作(新墨西哥属于高地沙漠,还比较好),像密西西比、阿拉巴马、路易斯安那,没有良好的农业和工业基础,城市失业人口很多,种族问题也没有根除,所以在那里的环保主义者与本地居民,尤其是那些依靠农牧业为生的本地居民,永远是格格不入的——不能捕猎郊狼,就意味着羊和牛会被吃掉,一些保护鸟类的区域也是最好的牧区,现在特朗普要把犹他州的很多国家纪念区废除,其实有很多当地居民在支持他。

行李 你在美国多年,是怎么看待西方的环保的?其实和中国人对待自然的方式差别很大。

诺娅 中国哲学讲究融合,天地万物合一。而现在因为某些原因,人和自然被当成两个需要隔离的个体。

行李 在中国,人与自然是彼此嵌入的。牧区游牧千百年了,可是环境并没有受多大影响，反倒是现在以农民思维管理牧民后，草场退化了。

诺娅　其实世界各地的人和自然都是彼此嵌入的，只是城市化发展进程不同。嵌入式的相处方式，有点像原生的没有被割掉的阑尾。美国西进运动也就是最近两百年的事情，是人类近代最有代表性的迁徙。那时候需要自己发电，水从雪水中来，用木柴烧火，冬天风把房顶吹翻……这种"边疆"生活没有那么多浪漫情怀，有的是很现实的改造自然的欲望，和与艰苦环境的斗争。现在还有很多边疆地区的美国人生活在分水岭上，一辈子住在帐篷里，用喂牛的水缸洗浴。他们对开发国家公园、环境保护，都嗤之以鼻。因为环保是城市化的产物，真正生活在自然中的人，已经完成和自然的合体，有了交换的默契，无需刻板地圈地保护。杀野生动物、用枪、吃牛肉，就是他们和土地耐心相处的方式。

4.

行李　跑题了，回来讲大陆分水岭小径吧。

诺娅　今年走大陆分水岭小径的人数比去年翻了一倍，比三年前翻了五倍。人数的激增和科技发展有关，现在全线（包括很多备选路线）都被 GPS 绘制出来了，做成了一个叫作 Guthook Guide 的 app，路痴也能去。所以从导航层面上，门槛降低了，这也是最开始阻止人们去走这条小径的最大原因：找不到路。前几年，据说徒步时要背着两份不同的地图、一份指南书，还需要手持 GPS，会用指南针……现在大家下载一个工具到手机里就可以行走了。但导航变简单了，步道本身并没有因此变得容易，这就是最大的落差。

行李　你怎么看待户外的未知性和便利性？怎样的困难度是合适的？

诺娅　困难度应该是"comfortably hard"，一种"舒适的难度"，而且要有一定的一致性,不要大起大落。可是大陆分水岭小径就完全没有一致性,非常"任性妄为",因为没有人拟定合理的线路,各地都是由当地志愿者和协会操办的,分区差异很大。比如怀俄明大盆地基本都是 ATV 那种双轴的土路,但是风河山脉段的小径有很多地方需要走雪坡、攀爬,可能今天还在公路上走平地,明天就要使用冰镐了。

行李 "风河山脉"这名字真好听,记得两年前我们就聊到过。

诺娅 风河,Wind River,在怀俄明北部,黄石公园和大提顿的东南,因为常年狂风肆虐,所以叫作"风河"。最近有一部关于风河的犯罪悬疑电影上映,讲风河的印第安保留地上发生的事情。印第安保留地在美国是个大问题,有点接近欧洲的难民。居民的温饱在表面上有所改善,但他们丧失了和土地的连结,土地超负荷耕作,肥力大减,年轻人受西方文化冲撞,不知道何去何从……古印第安人应该是地球上最懂得天人合一的种族之一了,可惜现在这种文明的精髓已经流失殆尽,整个文化在工业化时代没有了古老的生气。

行李 "古老的生气"!感觉今天如果不从事点户外运动,真的是很难有"生气"了。

诺娅 有时候我非常沮丧,因为不论在野外生活了多少天,有多少得心应手的和自然相处的经历,其实内心深处还是没有融入它,或者说,有一些东西,我永远追溯不回来,无法像古代的游牧民族一样生活。有很多技能现代人已缺失,有时候在想,如果我在城市之外的地方长大,情况会不会好一点?

行李 现代人已经类似某种残疾人了。

诺娅 这就是现代人整体的悲哀。几年之内,就可以"葛优躺"地用 AI 走完大陆分水岭小径了,不对,是 VR。

5.

行李 这次走大陆分水岭小径,感觉最大的不同是你开始有旅伴了。

诺娅 是,我终于有了一起移动的"部落":丹尼尔、大陶、朴豆豆,我们四人。有一群人可以一起行走、完成分水岭小径,也是一个从孤立无援到找到群落的过程,有点像人类历史的大方向,也算是我的幸运。

很多时候我都深切体会到,如果没有人陪伴,途中我很有可能会放弃。不是因为艰难,而是因为孤独和无聊。我从来都不掩饰,长距离徒步中的人一定是孤独的(不过徒步和孤独不一定是因果关系),哪怕有同伴,如果内心不够强大,人还是会在孤独的状态。所以这次很圆满,有了同伴,我个人也有了底气,没有PCT上那种被"拖着走"的感觉。回想那个时候,完全是因为内心不强大,自己对长距离徒步无所适从,才迫切需要队友来激励自己。现在是我的队友让我成了一个比较充实的个体。

行李 是怎样的四个人?

诺娅 我们四个人,说六种不同的语言,分别是数学、生态学、艺术学和心理学出身,又是中国、德国、美国和韩国的文化背景,彼此都是非常不同的个体。他们三人最开始并不认识,但因为是今年最晚出发的一批人,只有彼此互相照应。他们不是一个稀松的组合,而是很有责任感和计划性,一开始就说好了要一路走到黑,所以第一天就一起行走,直到最后一天。

我是在科罗拉多南部,从圣胡安山脉走出来之后,在湖城小镇休息了两天,他们就追上来了,第二天我们就一起走了。湖城小镇也是当年我和长沼熟络的地方。因为分水岭小径在圣胡安山脉地区和科罗拉多栈道重合了一段,所以重走了四年前的路线,感慨很深。

行李 为什么是你们四人结伴？今年那么多人。

诺娅 他们三人 5 月 16 日从墨西哥国境线开始走，基本上就一直处在奔命的追逐状态。因为出发时间非常晚了，就会有危险，比如可能会遇到北方的第一场大雪，所以要赶时间。而我们最后也确实遇到了北方的第一场大雪，最后倒数的两天，都是在雪地里开路。我加入他们，是因为他们是我看得特别顺眼的一路人，他们很奇怪，很不符合大家对长距离徒步者的刻板印象。

行李 徒步之前，你是不是从未感觉到过时间和季节对你的影响？

诺娅 时间、空间，都很抽象。这就是人从土地上抽离了之后的状态，时间只是用来赶时间用的，季节就更不明显了。但是长距离徒步就是一次迁徙，从水草丰盛的地方去另一个更丰盛的地方，一路向北，夏天追着你走，而且日照时间越来越短。早年的很多徒步者不戴表，日出而作、日落而息，发现深秋之后，一天只能走几公里，因为早上十点才起来，下午四五点天就黑了，一天走不了多久。

　　我们这次一开始是应对沙漠的初夏，然后进入雪山残留的寒冬，再到大盆地的晚春，再到蒙大拿的盛夏。四季很混乱，因为地形、海拔的影响特别大，从 5 月到 9 月，沙漠—雪山—大盆地—雪山—高地—森林，热—冷—热—冷—热切换，有时候根本不知道在什么季节。今年是我在非雪季面对冰雪最多的年份，5、6、7、8 月，月月见雪。

行李 早年徒步者不戴表的习惯，现在还有人坚持么？听起来很浪漫。

诺娅 现在大家都有时间了，不戴表也有手机。我结束分水岭小径之后，去科罗拉多开了一个长距徒步协会的年会，被授予"三重冠"，还听了几场分享会，都非常棒。其中一场就是一对不戴表的情侣，1979 年第一次穿越美国西北部的太平洋西北小径，当时是两个妹子，现在是两位很逗趣的老奶奶。她们那时没有资料，没有路线，走野路，每天只能走几公里，中间还被抓进警察局一次。

行李　哇！

诺娅　她们两个是完全不同的背景：一个奶奶在军队里长大，一个奶奶出身知识分子家庭。知识分子奶奶严谨含蓄，军队奶奶是那种骑摩托机车的摇滚嬉皮女青年。军队奶奶生儿育女之后遇到了知识分子奶奶，两个人走到了一起。知识分子奶奶是第一个完成大陆分水岭小径的女性，这在20世纪70年代末是非常牛的事，于是军队奶奶很崇拜她，为了她不顾一切，两人一起去走太平洋西北小径，结果被虐得很惨。

　　她们没有带现金，一路上都是自己给自己寄盒子，每个盒子里有且只有10美金。有一次，盒子没有寄到，是靠吃剩饭加当地人帮助度过的。还有一次，她们在邮局里整理包裹，被一个心情很不好的警察抓了起来，以为她们在贩毒……

　　当时没有路，完全是从比例尺很烂的地图里生抠路线，在国境线附近走了很久，沿途没有遇到其他徒步者。她们的目的就是在荒野里待的时间越久越好，要纯正的野生体验！她们走了几个月，只看到一次路标……她们俩的组合太妙了，知识分子奶奶读着自己写给杂志的稿子，军队奶奶就在一边吐槽步道。她们在路上发现了彼此，真是一件很浪漫的事。

行李　太平洋西北小径是什么概念？"三重冠"又是什么概念？

诺娅　西北小径，就是从大陆分水岭的最北端，走到太平洋山脊的最北端，是一条东西走向的线路。而"三重冠"，是美国三条南北走向的长距离徒步路线：太平洋山脊小径（PCT）、阿帕拉契亚小径（AT）、大陆分水岭小径（CDT）。但"三重冠"并非政府标签，也只是一种民间说法。但因为美国显著的地理分界线都是南北走向的，所以"三重冠"承载了一些"史诗性"在里面。而东西走向的线路，比如太平洋西北小径，在文化或者景观层面都逊色一筹。

"三重冠"其实是长距离徒步者必须给自己制造出来的一个"莫须有"的概念，是一种念想和奔头。好在大陆分水岭小径非常难，很多人放在那里迟迟不去走，也就有了迟迟不完成"三重冠"、永远在路上的理由。空间宏大、季节更替丰富、徒步群体的项目感，估计全世界就只有"三重冠"了，这是长距离徒步特有的美丽。现在我把它们都走完了，就像丹尼尔说的，有一种前所未有的空虚感。

6.

行李　你和丹尼尔是如何在路上发现彼此的？为什么有三位男孩子同行，就选中他了呢？

诺娅　哈哈，其实一点都不浪漫。回到美国后，专门研究了一下德国人的民族性，发现他真是和所有刻板印象全部挂钩了。

现在想起来，我几次走长距离徒步的原动力都是因为情感问题，想起来真是俗气呀。不过走大陆分水岭小径的原动力不是因为丹尼尔，但加入他们三人之后，从一个离群索居的人，开始结伴，学会在封闭的空间和时间状态下的二人相处。我才发现一直在坚持的人其实是他，我太容易轻易说放弃。很多关键时刻，都是他把我拉回来，说要一起继续行走，直到加拿大。

他是很妙的一个人，一开始很不主动，我一度以为他是"同志"。有一天丹尼尔说，"要是你心血来潮，想过一个不太一样的全休日（长距离徒步途中会有一些休息日），我们正在考虑去跑一个50英里的越野超马，你要不要加入？"我当时的第一反应是：没门，太疯狂了。结果还是"种了草"，当天就答应了。就这样开始了，我为了追汉子，还是很奋不顾身的。

行李　他真正让你起心动念的东西是什么?

诺娅　"情不知所起",就像孙燕姿《我的爱》里开头那几句:"绕着山路,走得累了／去留片刻,要如何取舍／去年捡的美丽贝壳／心不透彻,不会懂多难得……"

　　一开始,我也不知道是为什么被吸引。可能是因为他走进湖城那家青年旅舍的时候,我觉得房间被点亮了,有温度了。他没有刻意靠近我,我们看电影时坐在不同的两排,第二天早上,一个皮卡接我们去步道口,路上我们也没怎么说话。但是他们三个一开始走路,我就被甩到了后面,一个人走了一整天,脑袋里想的都是丹尼尔的声音。真的很奇怪,到现在我也没想通为什么会喜欢他。但事实证明,我盲目的喜欢,还是把我领到了对的人面前。

行李　和他在一起前后,你对孤独的感受有何差异?

诺娅　菊姐总是问我一些想聊又不是很敢聊的东西,这就是 comfortably hard topics(舒适难度的话题)。我从小以为自己很适应孤独,和周围同学也不太一样,双下巴,父母都在远方,觉得孤芳自赏、鹤立鸡群,也喜欢独来独往,好像这就是自己的标志一样,把孤独和自由当成宝贝似的。直到最近我才知道,真没什么好骄傲的。这种性格让我不会求助,也轻易断掉了很多珍贵的友谊和感情。这也就是我为什么说,自己轻易放弃,但是丹尼尔在很多关键时刻把我捡了起来。

行李　可是你之前并未放弃过呀。

诺娅　对,但是这次差点掉头了,而且是在最后的部分,那时我们在"山火"(森林着火地带)里走了一个多月,真的没有意义了。那是黑熊区,丹尼尔跟我约了露营的地方就继续走了。我为了不一个人扎营,必须追上他们,所以没有放弃。当时是在一面巨大的花岗岩石壁前面,石壁叫"中国长城"。我对那个地方有很多幻想，可是在山火浓烟里，所有幻想都破灭了。什么都看不见，空气刺鼻，没有野花，石壁面朝东方，让我很想家。但并不是孤独，我觉得我可能是被磨钝了，体会不到那种尖锐的孤独。我已经没有少年时代那么敏感，大陆分水岭小径上如果落单，一个人走，最多能叫寂寞。因为天地仍在，从来不抛弃行路的人。如果还有天地自然可以依托，人就不孤独。这也就是为什么一直以来我会特别珍惜和喜欢一个人上路。

行李　没有旅伴，一个人才能自成一个宇宙。

诺娅　是，有旅伴和没旅伴，完全是两种不同的心情和状态。这两种风格我都喜欢，但是要体察周遭，还是没旅伴更好。其实从内心最深处，并没有感受过孤独，孤独应该是四面楚歌、孤立无援，或是与世间格格不入。周国平说，孤独和爱是互为根源的。至今我也很难说，自己有没有真正爱过。"爱"这个字很沉重，不掺杂欲念、私心、虚荣心，孤独不是谁都有机会得到的体验。

7.

行李　转眼间，你已经徒步四年。第一次和你聊天时，你还不到24岁，感觉三观已经形成，才那么年轻，已经在践行极简的生活。

诺娅　我那时的三观要好很多，现在又重新回来"断舍离"。这两年信息渠道太多，诱惑太多，再加上自己经济基本独立了，就有了很多不必要的东西。年轻的时候极简，其实很多时候是因为没钱。穷不是美德，但是甘于清贫也是一种情操。我一直都是一个没有事业心的人，到现在也没想过干大事业赚大钱，也没想过在国内做出一番户外新天地。

行李　但这几年渐渐变成了公众人物。

诺娅 不过一直就是以真身见人，做自己喜欢的事情，没闲暇顾及生命个体以外的东西。这几年如果说人生有什么大改变，就是从一个书呆子和自我封闭的中国传统室内教育精品走了出来，在十七八岁的时候开始尝试一些新东西，就像打游戏释放多巴胺那种感觉，有了快速的回馈，然后就有了更多新的尝试和冒险，根本停不下来，因为起点真的太低了。

最开始的时候，爬一座山，喝一瓶啤酒，做一顿饭，散一次步，随便去后山走一走，听一场音乐会，都是前所未有的自我行为，都是当时的冒险。然后就有了新层次的、更大更深远的"作死"。所以大学四年主要在更新玩法，在换一种更有意思的活法，第一次的长距离徒步，800公里的科罗拉多栈道，也是顺水推舟的自然产物。

有人经过大彻大悟、大喜大悲，"突然"开始一次冒险。但绝大多数人的种子很早就埋在骨头里了，该绽放的花朵一定会绽放，不过是迟早的事。

行李 你骨子里的冒险精神是从哪里来的？

诺娅 我这一代中国孩子没有受过"选择训练"，很多都是被灌进来的。有时候我们想抵抗，只是想自己选择一些东西。所以这次在几个美国、德国、韩国同伴身上，我发现20岁之前，我们的人生经历大不相同。虽然都是生于各个国家的中产家庭，都受过很好的教育，都在良好的社会环境里长大，可是过程完全是天壤之别。我自己是做教育的，这让我反思了很多。

行李 那么多不同，最终你们却走在了同一条路上。

诺娅 这一代人的"身份觉悟"，很多都是脱离原生家庭，进入大学之后才发生的。可是这个发掘自我的过程，对于这几个同伴，发生得要早很多。他们有更多时间去确认自己的价值体系，去寻找自己的坐标，去完成自我人格的修养。

而我自己，本科学心理学。在近代研究性格的学说中有一种理论，区分内向性格和外向性格。外向性格的人其实是一些对外界刺激的生理反应天生不明显的人，"波澜不惊"，所以他们需要寻求更多的感官刺激来保持内外的平衡。而内向的人相反，他们内心天生敏感，容易波动，所以有时候需要避开外界的干扰，转向内观，以获得宁静。

行李　你身上好像同时有两种性格。

诺娅　我做过很多性格测试，包括乐嘉的色彩心理，虽然是伪科学，没有太多参考价值，但是做出来，我同时具有两种完全相反的性格特质，红色和蓝色各占一半，也说明了我身上同时有动有静，变幻多端，比较无常。

行李　你最初是怎么开始接触自然的？

诺娅　就是从来美国上大学开始的。最开始走进林子里，走进大学的后山，在空山里看到蚂蚁洞，叶子绿得像要渗出来，鸟鸣蝉语，觉得这就是仙境。那时候像发现了新大陆，发现还有另一个地方，有一种魔力和气息，很像我最喜欢的东西——书。书是一个抽象的空间，阅读的过程就是在脑中营造一个世界和体系，完成和作者共同的旅程。但是走进山林之后，发现现实世界有这么一个具象的地方，花香犹如墨香，可以行走和停留，可以发生和书写故事，而且还有随时变化的景色，那种体验就跟读到一本好书一样畅快淋漓。然后就反复地进后山去，没事就去跑个步，冬天的时候走在雪坡上，自己开发新的野路……那里就是我的王国。

行李　你竟然没有过结伴的过程。

诺娅　一开始就是一个人进去，也从来没想过要找人陪一下，那绝对会破坏我的体验。就像灵修和冥想，是要自己一个人完成的。真正的大师会闭关，他们珍惜这个过程。

《在路上》和《达摩流浪者》奇妙的一点，就是有一些看似是群体行为的"上瘾"的体验。其实一个人如果对一件事情真的上瘾，找同伴很花费时间精力，而且破坏自身体验的过程，两个人的世界比一个人要复杂太多。所以能找到合适的同伴，是一件非常难的事情，很多攀岩大师终其一生都没有找到固定搭档，也是因为这个"场力"和"心力"的匹配不够强烈。

行李　对比四年以前，这真是挺大的变化，你忽然发现了自然界，而且以这样极致的方式进入它。

诺娅　每个人心里都有一个宇宙，也许是自然界，也许是艺术，也许是别的什么东西，总有一两件事情能让人专注、忘我。可惜的是，现在我的学生——至少从表面上看来——并不太对游戏和手机之外的世界上瘾。我觉得这里有很深层次的时代的问题，也有一些中国教育特有的问题，最终是一种现代人的困顿无聊。这终究是一种撕裂、一种脱节。我们周遭的世界越来越陌生、抽象、割裂。土地变得遥远，自然变得遥远，很多技能也变得遥远。把学科分门别类，其实是几百年前的划分了，已经非常过时，人的认知过程和学科的分门别类无关。

行李　今天物质太过富余，活下来变得很容易，所以整体上处于"肌无力"的状态，其实最终是对什么都不上瘾。

诺娅　现在的人活得越来越长，速度越来越快，越来越没有耐心，也没有心思去做那些需要很久很久的时间才能出成效的事情了，手机游戏能给人快速的反馈。

行李　作为老师，你想做点什么？

诺娅　控制自己去改变一个人的欲望。教师是世界上最有权力的一批人之一，这种权力很伟大，也很可怕。按照行为心理学的说法，每个人生来就是一张白纸，可以被改造成任何模样。但现在认知科学发达了，人们认识到大脑并不是一个黑盒子。就像户外对于我，是一种深埋的基因或者种子的意外觉醒。我想把我教育的孩子的自我觉醒时间提前，但是现在做这件事情，其实有了几年前没有的挑战，要去跟很多东西争抢孩子的注意力了。我有很多的想法，有很多的价值观，我认为体验是最好的教育方式，要手脑结合，要重视自然和应用，要让他们自己做决定，探寻自己的空间……但这些最终都只是我的"认为"，是单方面的。但教育不是一个人的独舞，是两个灵魂的交谊舞，要有引导，也要有创造。

行李　你要想一想，换作四年以前，如果别人和你说自然界的好，你也未必听得进去。迟早有一天，自然界小径分叉的花园，会使他们误入其中，沉醉不知归路。

诺娅　我之蜜糖，彼之砒霜。要让他们的声音给自己引路，我们做的主要是让他们听到自己的声音而已，顺便开拓视野，知道人生还有很多可能性。

8.

背影和脚印
—— 诺娅的独白

虽然步道被雪埋了，但是脚印还在。

这些脚印在雪地上特别明显，有深有浅，有大有小；每天不同的时段，脚印也是不同的。早上的雪硬，脚印就比较浅；而下午的时候，太阳把雪晒软了，雪一踩就塌，这时候就成了一个个深深浅浅的雪坑。

有几次，我近乎癫狂地寻找着认识的脚印——或者是任何脚印。我对于这些或陌生或熟悉的脚印，都有一种痴迷的依恋——

我坚信它们的正确性,坚信它们带领我走向对的方向。我为此做过一些错误的决定,吃过好几次亏,都是因为脚印本身引领的方向是错误的。

而我知道,这些脚印对我的意义不再是路标和导航而已。它们被具象化了。它们成了一个个真正的、有血有肉的人,陪伴着我;它们成了苍茫大海上的灯塔,成了岛屿上的炊烟。哪怕看不见人,只拥有脚印、灯光乃至人的气味,都能磨灭我对未知的一点点恐惧。有几次,在终于发现脚印的时候,高兴得几乎落泪。有几次,却又孤独惆怅。

七天之后,我终于在下一个补给小镇 Mammoth Lake(马姆莫斯湖)与我的同伴重逢了。我还特别查看了他们的鞋印,发现我并没有"最强大脑",竟然把一些鞋印记错了。然而哪怕是把脚印完全认错了,那种依托感是类似的、无可取代的。

三年之后的今天,我渐渐对孤独有了新的理解,也明白了自己坚持走下去的动力是什么。其实很简单,就是两个字——寄托。

在出发去走阿帕拉契亚小径之前,有一个名叫王子龙的朋友通过邮件联系了我。他提到了 Pilgrim(清教徒),提到了精神世界的生态理论,也提到了宗教。那时,子龙已经开始策划他自己的"朝圣之路"了。现在的他已经行走了一年多,依然在路上。

除了子龙,还有另外一些朋友,觉得我能走完三年 8500 公里的路途,一定是出于以下一些原因:意志力特别强大;特别喜欢走路;特别热爱大自然,喜欢在自然里生活;特别有目的性;特别不怕吃苦;或者是特别爱装 ×。

这些原因都有,但都不是最主要的。

我其实特别佩服那种把"极简生活"贯彻到人生之中的人,更佩服一个对步道从一而终、不忘初心的人。因为步道于我,只是一段旅途;我任由步道改变着我,带给我新的故事。而在这个过程中,终点是什么,加拿大是什么,卡塔丁是什么,杜兰戈是什么,都被渐渐模糊了。战胜孤独、继续行走的动力,其实不再是几千公里之外的终点线,而是一个个具象的寄托。

孤独一直会有,孤独一直相伴。

我是凡人,也许今生都与慧根无缘,无法成为一个心神合一的行走的人。我将会让贪、嗔、欲、执相伴,与七宗罪同行。我的世界里没有佛和基督,只有自然的魔、内心的魔。

路是这样窄么?
只是一脉田埂。

拥攘而沉默的苜蓿,
禁止并肩而行。

如果你跟我走,
就会数我的脚印;

如果我随你走,
就会看你的背影。

顾城这首《田埂》里的背影和脚印,也许就是我们完成一条条长距离步道的力量吧。

走完这条路,
张诺娅从一个人变成了两个人,
她接纳了来自德国的男生,
两人有时并肩而行,
有时在身后数着对方的脚印
或看着对方的背影。
[摄影 / Daniel S.]

后记

黄菊

四年前,我们决定从北京退回到一个相对小点的城市生活。孩子马上出生,而且我们准备自己带孩子,需要在家办公,也需要所在城市的节奏稍缓些,自然环境相对干净些。

北京数年,习惯了在世界版图上满天飞,也习惯了主流媒体的视角,自以为站在人群之上,眼高,看到的也都是浮出水面、万众瞩目的"成功者"。

退回到小城市后,有近两年时间,因为养育孩子,我们的活动半径从之前的世界版图退回到半个小时可以走完的小区院子里。我会变成井底之蛙吗?那时常有这样的担心。幸好同时有了"行李",借助采访,使世界版图又从一张书桌前延伸到了全球各个角落。

也因为退回到小城市,视野从那些万众瞩目的成功者身上,自然过渡到水面下的冰山世界,才知道之前看到的,不过冰山一角,更广阔的天地还在水面之下,在千山万壑的江湖里。

我永远记得最初读到寒山的故事时的震撼,一个画家,去哪里都走路,在城里走,在乡野里走,戴个绿军帽,背个包,解放鞋,牛仔裤,棉麻上衣,因为长期在野外走路,看起来脏脏的,像山民。路上饿了,就摘点仙人掌喝汁儿,晚上没地方借宿,就在人家屋檐下蹲一晚上,或者荒山古寺里靠一宿,还有心思数星星,听旷野上的风声。

有次走到藏北一个工地，弹尽粮绝，看到工人蹲在地上打牌，旁边放着猫吃下的剩饭，就问可不可以吃一口，工人大方，请他随意，他吃完，大赞"美味佳肴"。饭后，看见旁边有孩子的鞋子烂了，就拿出包里一双簇新的徒步鞋送他……对一个徒步者，这鞋就是他的全部！但对寒山，自己的手和脚就是全部：脚走路，手绘画，只要还能走，就会一直走下去，只有还拿得起笔，就会一直画下去，直到生命的结束……

还有乔阳，沉迷于白马雪山的高山植物，时代的列车轰隆隆开过去，完全不受影响，连风都不会带动。张瑜在床上养螳螂，研究刺猬的颜值。拍摄14座8000米雪山的摄影师李国平，年逾六十，为了等待最佳时机，常在山上一整天不动，甚至几天不动，怎么过呢？一人独坐山巅，用毛笔字写日记。一人下国际象棋，分饰两个角色。或者在群山之巅唱歌剧，一直唱完所有记得的歌，一直唱到声音没了。而诺娅，那个徒步的90后姑娘，用四年时间，孤身徒步12500公里，我们单独为她辟了一个章节，详实记录她在徒步的过程里，如何发现自我、认识自我、超越自我。

有几年时间，我频繁利用周末做一些小旅行，不远，就在北京周边的山里，大五台、小五台、百花山、军都山、灵山、雾灵山、海坨山、黑坨山、云蒙山、妙峰山、野三坡……大多时候徒步，黎明时起床，带点干粮，搭乘最早的地铁离开城中心，在城市边缘搭乘最早的班车进山，在群山万壑里迎接日出，然后一头扎进山里，埋头走路，手脚并用。常常走得想死，但大汗淋漓后的清爽，在山间穿过草木时的美妙，和在山顶一览群山时的豁达，使人沉醉，也使我们忘掉自己。在成为自然的一部分，而非隔空观察自然时，在踏着星光和月色回城，看到群山的剪影和淡蓝色的天空一起沉沉坠入真正的黑夜里，应和着山里越来越响的虫鸣、蛙声时,我好像慢慢体会到旅行的意义,体会到文德斯说的,成为所有地方的所有人,也慢慢明白,哪有什么目的地,道路本身就是目的地。

谢谢每一位接纳我们的探险家。

谢谢四年里,每篇文章都做第一个读者的家人,我们以前很宅,因为这些故事,已经在路上了。

谢谢我们的老板,瓦舍酒店创始人赖国平(我们习惯昵称他为"老赖")。作为完美老板,他只提供经济来源,精神嘉奖,其余一概不管。这些路上的故事,也激励他更加坚定、扎实地走在自己的路上。

2009年秋天的某个夜里,在北京方家胡同散步时,灯火阑珊,晚风拂面,老赖忽然动情地说,我们做一家咖啡馆吧,就叫"行李",再拍部纪录片,问所有人旅行的意义,片名就叫《收集流浪史》。

那时瓦舍刚创立两年,我还在杂志社工作,刚刚向他约了一篇稿子:以未来二十年的身份,给现在的自己写封信。

他很快发来了这封信:

在桂林、北京等热门旅游地开设了好几家国际青年旅舍后,我很快感到厌倦,虽然它们生意都很好。于是,我又继续之前的世界旅行,并在途中考察了无数青年旅舍、环保旅舍、精品设计酒店,从纽约的派拉蒙酒店到挪威的 The Other Side,从不丹的安缦度假村到云南热带雨林里的生态酒店,它们都很棒,但走完全程,我开始厌倦这种"被动"的身份,和假环保的本质,后来,我创造了一种真正环保、不考虑客人喜好、只考虑我个人想法的酒店。

如今,从三峡大山后的某个小村子,到南海群岛上的无名小岛，从大兴安岭里的林业区，到阿拉善沙漠深处的山民家，我已经在二十个小地方开设了新酒店，并在每家酒店旁都开设了一家名为"行李"的咖啡馆。

二十家酒店都包含了以下原则：

酒店选址远离热门旅游地，都是难以抵达的偏远角落，必须步行三天才能抵达。

酒店的物材，全部选用当地废弃材料，采暖制冷因地制宜，减少板材使用。

酒店设计上，摈弃小资美学、文艺美学，以实用为原则，自然为美，不强调风格，修修补补随物赋形，随处可见的补丁成为我们的标识。

酒店自然和人文环境都很好，比如员工都喜欢音乐，乐于和人交流，乐于助人。而每家酒店都支持和参与当地文化的保护和创造，举办小众电影节和音乐节。支持创意手工产品在旅馆的自由交换和买卖。每家酒店都有院子，种上适合当地环境的植物和蔬菜，还养殖鸡鸭和牛羊，自给自足，自己动手烧火做饭。

每家酒店都是文物，因为在你所在的时代，太多宝贵文物因为经济原因而被拆迁，我那时无能为力，不能阻止他们，只能找个空地，把所有墙砖买下来，全部编号，然后用它们建成酒店。后来人们后悔了，经常来我的酒店外面，对着酒店外墙的旧砖瓦发思古之幽情。我们的每家酒店都成为当地文化和环境的保护单位。

每家酒店都很环保，但我们不强制客人环保，那是他的自由，但是不提供一次性用品。尽量引导客人不做讨厌的游客，减少他们对目的地的干扰，帮助他们像当地人一样生活，而不是简单地消费目的地。客人可以长留，可以不必付费，但需要参与劳动，可以种菜，打鱼，当然不一定能打猎。

每家酒店里的员工和客人，都要学会当地语言，甚至杜绝英语和普通话，在我们的每家"行李"咖啡馆，每天都请来当地德高望重的老人，讲述遥远的当地文化，传授古老的当地语言，甚至教导当地生产方式，员工和客人都可以来学习。

而每到夜里，我们就在院子中央升起篝火，大家围炉而座，交换各自路上的奇观和奇遇，甚至交换梦想和爱情——后来，我用他们的旅途故事，集合而成一本书：《收集流浪史》，书中故事和人物，如同小径分岔的花园，成为解读它们各自所在时代的密码，它和《忧郁的热带》《秘鲁征服史》《命运交叉的城堡》一样伟大。

你放心，关于 2012 世界末日的预言，并未完全实现——不然我怎么可以给你写信——但确有一些灾难发生，而让那些贪欲无止境的人们开始有所反省，开始尊重自然。然而，这二十年里我最开心的，是在 2025 年发生的一场翻天覆地的变革：地球遭受太阳风暴肆掠，黑森林成为景观，火山和温泉随处可见；汽车停止生产，只有自行车可以使用；飞机停航；高速公路消失，乡村小道如河网状密集；每条河道都丰盈无比，河面上的船只穿梭来往，没有大船，全是小舟……世界重新回到古代，远方重新变得遥远，远行已是远征，徒步重新成为乐趣盎然的旅行方式：每一座山都难于逾越，公路并不比沼泽便捷，像契柯夫年代生活的西伯利亚的吉利亚克人，在铺设好的马路边的密林里步行，带着女人和狗。人们开始崇拜所有的原始部落和少数民族，他们懂得翻译自然的语言，是我们和自然相处的老师。

国际公约还对旅行者特别规定：旅途里禁止摄取影像，照相机、摄像机、录音机通通禁用，不再有照片和录像，只允许用眼睛和心灵观察和表达。印刷也不再使用，信可以用树皮书写。使用计算机的人全都移民住到另外的星球，每周有星际航班通往火星和月球。他们在努力从遥远的星球旅行到更遥远的星球。

我现在所处的时代，人人都需要旅行，就像人人都需要阅读一样。在成功开设了第二十家酒店后，我退隐到一个少年时代最为倾心的山居小城，那里山水俱佳，清爽朴素，常有才学识兼备的旅行者造访，讲述他们的流浪续集。

写下这封信后的第五年，我们创办了"行李"，以人物访谈的形式，关注日渐稀薄的风土，重现人地关系。就像老赖在信里想象的那样，二十年后，我们希望旅行更纯粹、更纯净，旅行者需要付出更多体能、耐心和诚意，才会被目的地接纳。在一个虚拟世界越来越泛滥、人力被越来越多取代、消费者至上的时代，这期望另有一番滋味。

从过去两百多篇访谈里，筛选出了十二个故事组成本书。和《寻隐记》里那些志在归隐的现代陶渊明不同，这十二位受访者呈现了一个荒野世界，一种道路上的生活。

这不是一本关于徒步的书，但这些在节奏越来越快、人工智能越来越发达的时代，却坚持用身体观察自然、重返自然的自然之子，常常使我想起赫尔佐格关于徒步的"教条"：

一个人生出来就不是为了让你坐在电脑前或是坐着飞机去旅行的。如今的人类已经疏离于我们最基本的东西很久很久了，那便是游牧式的生活：徒步行走。

世界之大，它的深度和强度，只有那些用脚走路的人才能体会得到。我从来就没有当过观光客，因为观光客破坏文明。我说过一句话，并把它当作格言写进了《明尼苏达宣言》："旅游是罪孽，徒步行走是美德。"

我之前说到过白日梦，我晚上不会做梦，但在我走路的时候，会深深地陷入梦中，我在梦幻之间漂浮，在叫人难以置信的故事中发现自己。我真的会一边走路一边在脑海中读完整本小说，看完一部电影或是一场足球比赛。而且我走路时从来都不看路，但我绝不会迷路。当我从一个很长的故事中做完梦回过神来的时候，我发现自己已经走出来 25 公里、30 公里。

当你带着这种强度徒步行走的时候，脚下走过多少路已经不再重要，重要的是你正在走过心中那片内在的风景。

沿路行走，直到自己变成道路。

受访者

蒂姆·寇普（Tim Cope）

1978 年出生于澳大利亚维多利亚州，探险家、旅行作家、纪录片制片人。家里四个孩子中的老大，其父从事户外教育，不时地带领家人在澳大利亚南部旅行。

1999 年～2000 年，开始第一次长途旅行，用 14 个月时间与克里斯·哈瑟利（Chris Hatherly）一起从俄罗斯圣彼得堡骑车到中国北京，全程 10000 公里。

2001 年，用 5 个月时间与三位同伴一起从俄罗斯西伯利亚的叶尼赛河划船北上，抵达河流的终点北冰洋。

2004 年～2007 年，带着五匹马、一只狗，沿当年成吉思汗的足迹，从蒙古骑马经哈萨克斯坦、俄罗斯、乌克兰，到达匈牙利，全程 10000 公里。

根据这些长途旅行，著有《不坐火车：从莫斯科骑车到北京》（*Off the Rails: Moscow to Beijing by Bike*）和《成吉思汗之路：穿越游牧民族土地的史诗旅程》（*On the Trail of Genghis Khan: An Epic Journey Through the Land of the Nomads*），后者获 2013 年度加拿大班夫山地图书节大奖。

所拍纪录片《不坐火车：回北京的路上》获 2002 年度奥地利格拉茨国际登山及探险电影节最佳探险电影奖，纪录片《追寻成吉思汗之路》（*On the Trail of Genghis Khan*）获 2010 年度奥地利格拉茨国际登山及探险电影节评委会特别奖。

老独

原名李勇,网名"独步苍茫",自称"老独"。四川资阳人,知名探险家,现居成都。童年时跟随从事水利工作的父母,长期在野外生活。2001年9月,独自穿越雅鲁藏布江大峡谷,成为第一人;2002年6月,夏季成功独自穿越罗布泊,成为第一人;其后担任"丝路发现"职业探险队副队长,探索多座西域古城遗址;2007年登顶珠穆朗玛峰;带队登顶多座未登峰,开辟多条新路线。

寒山

箐苗人,生长于贵州毕节乌蒙山中。3岁习画,母亲与外婆皆是染布人。幼时随父亲旅行过滇藏一线。18岁离家到城市读书,就读于四川音乐学院成都美术学院。毕业后做过很多工作,为了自由行走而辞职,一人一杖,徒步大西部,几乎没有任何装备、储备。

早期在成都周边行脚,走遍邛崃山脉、龙门山脉。2011年,因吴家林《边地行走》而决定走滇藏线。2015年夏,在成都安仁古镇创办独立染织品牌——岚染工坊。2016年,从大理沿滇藏地带徒步到神山冈仁波齐,沿途绘画、拜访民间染坊,学习古老染织技艺,记录当地手艺人染织技艺与村寨生活方式。现居蒲江霖雨山谷,以染布为生,每日敬神、染布、采药,像古人一样生活。

乔阳

四川乐山人,自称"乔公子"。大学毕业后一度在四川工作。痴迷地理课本上的"横断山脉",2002年前往云南,在那里生活至今。先是在德钦飞来寺开设季候鸟酒吧,门朝梅里雪山十三峰顶。2009年邂逅海洋学者许路,结婚育儿,退至靠近白马雪山的雾浓顶村开设季候鸟雪山旅馆。其间迷恋上高山植物,并追随百余年前曾在这一带考察植物的英国生物学家金敦·沃德的足迹,寻访绿绒蒿。至今仍然在横断山脉一带活动,并把关注范围一路向西延伸,直至拉萨。她和先生一起,希望恢复这一带自一百多年前以来的图景,包括外来探险家、传教士、植物学者的活动轨迹,也包括传统藏族人对自然界和生命的认识。

奚志农

1964年出生于云南大理巍山,著名野生动物摄影师、"野性中国"创始人,首位在野生生物摄影年赛获奖的中国摄影师,也是目前唯一入选"国际自然保护摄影师联盟"(iLCP)的中国摄影师。从考察鸟类起步,长年致力于中国野生动物的拍摄和保护,推动环境保护事业。首次用影像记录云南白马雪山的滇金丝猴,使之进入公众视野,并成功保护了一片滇金丝猴的栖息地;首次披露藏羚羊被盗猎和反盗猎的状况,引发国内外多方关注;创办"野性中国"工作室和中国野生动物摄影训练营,倡导"以影像保护自然"。2010年,被英国户外杂志评为全球最有影响力的40位自然摄影师之一。

张瑜

1980年出生，天津人。北京师范大学生命科学学院鸟类学硕士毕业，现为《博物》杂志插图编辑、自然类科技绘画师、生态摄影师、观鸟导游。自幼习画，大学时期开始从事科技绘图，成为业内顶尖者。观测动物成痴，刺猬、绿头鸭、螳螂等无不喜好，长期追踪记录身边的自然。

李国平

四川凉山州甘洛县人，著名世界极高山摄影师、户外专家。学习电气工程出身，早年在西藏、川西做松茸外贸出口，熟悉高原地区地理地貌。1988年参加雅鲁藏布江漂流后勤工作，后又跟杨勇进行"为祖国找水"的科学考察和南水北调西线工程水资源考察。2005年，以后勤协助的身份随同《中国国家地理》杂志社考察四川、甘孜一带的冰川，在随行摄影师张超音、《中国国家地理》执行总编单之蔷的鼓励下，开始专注于极高山地带的拍摄，进入过很多无人抵达之地，在波密，今天还有一条以他的名字命名的冰川。2013年6月，成为中国第一个拍完全球14座8000米雪山的摄影师。常年行走在高山地带，被称为"高原第一摄影师"，"你拍得不如他，是因为你爬得不够高。"单之蔷如此形容他的作品。已出版画册《伟大的八千米》《喜马拉雅孤行者》《高镜头：至高影·至高音》《西藏波密——中国最美的冰川之乡》，图文书籍《遇见喜马拉雅》《孤影八千》《喜马拉雅孤影》等。现在以成都为据点，长年累月往返在中国大西部的山川里。

罗静

湖南衡阳人，网名"白天罗静"。原为白领，2002年开始接触户外活动，从一个小白鼠一跃而成为登山界的女王，陆续登顶全球13座8000米雪山，是登顶马卡鲁峰（8463米）、干城章嘉峰（8586米）、加舒尔布鲁木Ⅱ峰（8034米）、道拉吉里峰（8167米）的首位中国女性，登顶乔戈里峰（8611米）、南迦·帕尔巴特峰（8125米）的首位华人女性。

张亮

1985年生于山西临县，性情内敛，国内高空扁带和长度扁带纪录保持者。大学毕业后在北京的画廊从事英文翻译。2007年，在美国同事带动下，第一次在朝阳公园尝试走扁带。2010年迷上花式扁带，2012年成为职业玩家，将这项要求高度专注的极限运动作为一种生活方式，在持续的行走中磨练着技巧和心性。2015年，开始挑战高空扁带。2016年4月12日，在扁带上行走310米，刷新国内长度扁带纪录。同年4月26日，在虎跳峡以60米长、25毫米宽的扁带横越金沙江。同年10月17日，在宁波后塘河完成170米的水上扁带行走。2017年9月，以136米长的扁带越过贵州马岭河大峡谷。现在上海继续他的扁带人生。

爵士冰

原名王冰。武汉人，在新疆长大。国内极限运动玩家，业余从事户外运动 18 年，先后尝试过登山、滑雪、骑行、溪降、潜水等户外项目，并成为多个项目首创者和国内第一个推广者。中国户外界的导师级人物。

作为中国大河漂流运动的先驱和推动者，他几乎漂过中国境内的所有大江大河。2011 年，他从长江源头沱沱河至通天河漂流 900 公里，获中国户外最高荣誉金犀牛奖"最佳探险活动奖"；2012 年，首次以单人艇的方式挑战并完成金沙江 360 公里的全程漂流；2013 年历经 72 天，首次用独木舟方式漂流探险 4000 多公里的黄河全程。现在和妻子潇海生下了一对双胞胎，在照顾家庭之余，继续开展大河漂流项目，推广河流旅行，推动公众认识河流，接触河流，从而唤起人们保护水资源的意识，尤其是大江大河命运的关注。

程远

1984 年生，全球知名的沙漠越野跑赛事"极地长征"的中国经理、越野跑赛事品牌 CHINA ULTRA 的创始人。

从小热爱地理和历史，游历多地。大学攻读国际关系外交学和俄语，毕业后赴美做语言人类学方面的研究。十年前在挪威访学交流的时候，开始参加越野跑；回美后，参与学校的户外学生组织机构，同时作为组织者参与了美国徒步协会的义工旅行项目。毕业归国，机缘巧合成为极地长征"四大沙漠"系列赛事中"戈壁长征"的志愿者。后来成为极地长征的赛事总监，参与组织了七大洲数十场赛事。十年里跑过茫茫戈壁、热带雨林、非洲大草原和南极大陆，以脚印丈量世界的广袤天地。

现在一边继续负责组织极地长征在世界各地的赛事，一边将他的户外和跑步的理念分享给更多人。

张诺娅

1991年生于重庆,自称"路痴+恐高+乐观主义精神病患者"。17岁求学于美国,大学主修心理学,后攻读特殊教育专业硕士。2011年年底,开始参加徒步活动,践行极简主义。2013年至2017年,先后穿越4条美国著名长距离徒步线路,总长12500公里,野外生活数百天,走坏20双登山鞋,成为首位完成美国长距离徒步"三重冠"的亚洲女性。2015年获第九届中国户外金犀牛奖"最佳背包客"奖,同年成为"自然之友——无痕山林"志愿者,推行户外活动中尽量不改变野外环境的理念。现执教于某留学生户外教育机构。

主编： 黄菊

采访： 黄菊
　　　 程婉
　　　 邱笑飞
　　　 傅晓蕾

摄影： 宋文
　　　 乔阳
　　　 杨昶
　　　 张瑜
　　　 郑超
　　　 李力
　　　 李国平
　　　 奚志农
　　　 爵士冰
　　　 张诺娅
　　　 Daniel S.
　　　 蒂姆·寇普

绘图： 刘欣
　　　 张瑜
　　　 李国平

图书在版编目(CIP)数据

荒野志 / 黄菊主编 . — 北京 : 人民文学出版社，2018
ISBN 978-7-02-014423-5

Ⅰ.①荒… Ⅱ.①黄… Ⅲ.①访问记—作品集—中国—当代 Ⅳ.①I253

中国版本图书馆 CIP 数据核字（2018）第 149367 号

| 责任编辑 | 甘 慧　张玉贞　汤 淼 |
| 装帧设计 | 李猛工作室 |

出版发行	人民文学出版社
社　　址	北京市朝内大街 166 号
邮政编码	100705
网　　址	http://www.rw-cn.com
印　　刷	上海盛通时代印刷有限公司
经　　销	全国新华书店等
字　　数	152 千字
开　　本	890 毫米 × 1240 毫米 1/32
印　　张	10.5
版　　次	2018 年 10 月北京第 1 版
印　　次	2018 年 10 月第 1 次印刷
书　　号	978-7-02-014423-5
定　　价	78.00 元

如有印装质量问题，请与本社图书销售中心调换。电话：010-65233595